BIBLIOTECA ADELPHI
626

DELLA STESSA AUTRICE:

Come le mosche d'autunno
David Golder
Due
Film parlato
I cani e i lupi
I doni della vita
I falò dell'autunno
Il ballo
Il calore del sangue
Il malinteso
Il signore delle anime
Il vino della solitudine
Jezabel
L'affare Kurilov
La moglie di don Giovanni
La preda
Suite francese
Una pedina sulla scacchiera

Irène Némirovsky

L'ORCHESSA

E ALTRI RACCONTI

Traduzione di Simona Mambrini

ADELPHI EDIZIONI

WWW.ADELPHI.IT

ISBN 978-88-459-2908-3

Anno				Edizione						
2017	2016	2015	2014	1	2	3	4	5	6	7

INDICE

L'ORCHESSA
E ALTRI RACCONTI

LA COMMEDIA BORGHESE

Una strada di Francia, nera di catrame fresco, con ai lati due file di pioppi e due vasti campi grigi. La campagna del Nord si estende a perdita d'occhio, piatta e malinconica, senza nessuna variazione. È l'imbrunire. Le nuvole scorrono nel cielo primaverile. Le fronde stormiscono al vento. Un cigolio di ruote, di assali; passano automobili, carretti, un treno in lontananza. La statale si trasforma in una carreggiata irta di sassi aguzzi come chiodi. Il paese. Un paesino, in realtà, nuovo, tranquillo, brutto. Case basse e grigie, marciapiedi stretti, alti muri di cinta. Qui e là, oltre la cresta di un muro, da un giardino invisibile sporge il ramo di un albero coperto di fiori delicati e sgargianti.

Ai piedi della chiesa nuova, sulla piazza del mercato, deserta, restano ancora, nel fango ormai secco, paglia, scarti di verdura, vecchi giornali. Una pozza d'acqua, dove si abbeverano gli uccelli, riflette gli ultimi raggi del sole al tramonto.

In fondo alla strada sorge una fabbrica, piccola e

modesta come il paese; l'unica ciminiera sbuffa placida un po' di fumo grigio e leggero che il vento subito disperde. Accanto alla fabbrica c'è una casa con la facciata bianca e le imposte chiuse.

Qualcuno suona un valzer al pianoforte. Nei passaggi difficili la musica si interrompe bruscamente su una nota alta, pura e acuta, per poi riprendere dopo una breve pausa.

Un ampio ingresso, fresco e buio; la scala dai gradini lustri, tirati a lucido. La sala da pranzo dà direttamente sul giardino. La finestra aperta incornicia il bel giardinetto, adorno di aiuole e foglie di insalata; il garage e il pollaio delimitano l'orizzonte. Sul prato, all'ombra di un melo in fiore, ci sono due sedie di paglia e un tavolo di ferro. La sala da pranzo ha un aspetto borghese e confortevole. I vasi sul caminetto traboccano di «monete del papa», i sottili frutti argentei della lunaria. Sul davanzale della finestra un fox-terrier dorme nella sua cesta imbottita. Un cestino da lavoro posato a terra contiene del cotone da rammendo, rocchetti di seta, un paio di calze e un ricamo iniziato.

La stanza attigua è il salotto: piccolo, soffocante. Poiché dà sulla strada, le imposte sono chiuse e anche le finestre, dietro le tende di merletto e peluche. Al pianoforte è seduta una ragazza. Ha un viso calmo, impenetrabile, dai lineamenti puri e regolari, un po' assonnati, i capelli ben pettinati, un vestito chiaro con un colletto chiuso da una spilla d'oro.

Qualcuno chiama:

«Madeleine, Madeleine!...».

Lei smette di suonare e risponde:

«Sì, mamma...».

Ha una voce profonda, dall'inflessione dolce e leggermente strascicata tipica della zona.

«Sai che sono le sei e mezzo? Tra poco tuo padre torna dalla fabbrica».

«Va bene, mamma, finisco subito».

Chiude lo spartito e attacca una serie di scale. Passa un treno. Madeleine alza la testa e rimane un istante in ascolto del fischio lontano. Uno sbuffo di fumo argenteo sfugge dalla ciminiera e fluttua nel vento della sera. Ma lei non può vederlo: le tende sono perfettamente accostate. Suona più velocemente.

In sala da pranzo la madre di Madeleine ripone l'argenteria insieme alla domestica.

«A sinistra, ragazza mia, quante volte devo ripeterglielo? I coltelli a sinistra, i cucchiai e le forchette a destra...».

Parla in fretta, in tono imperioso e spensierato. È una donna vispa e rotondetta, con i capelli pettinati all'antica, due guance piene e lisce, senza un filo di cipria, e il nasino all'insù. Indossa una camicetta nera e ha un aspetto sano, di bonaria operosità. Passa un dito sullo schienale di una poltrona, osserva la leggera traccia di polvere scuotendo la testa.

«Ernestine, questo schienale è stato spolverato male. Deve stare più attenta, figliola».

«Sì, signora...».

«Madeleine, vai a vestirti, su...».

«Metto il vestito blu, mamma?».

«Sì, e il colletto di pizzo».

Dissolvenza. La camera di Madeleine. Mobili laccati di grigio, finto Luigi XVI, ninnoli, fotografie, una profusione di stampe. Sopra il letto stretto è appeso un crocifisso.

Madeleine è in piedi in mezzo alla stanza in sottoveste di batista bordata di gale; al collo ha una catenina d'oro a cui sono appese piccole medaglie benedette. Canticchia piano sollevando con delicatezza il vestito appoggiato su una poltrona. È un abito «elegante», sovraccarico, appesantito da ruche, sbuffi e volant. Infila con cautela la testa pettinata nello scollo stretto, poi sceglie un fazzolettino e una pochette tutta ricamata di perline.

Dal corridoio sua madre chiama:

«Sei pronta?».

Lei risponde: «Sì, mamma». Lancia una rapida occhiata alla porta, apre un cassetto, tira fuori in fretta una scatolina di polvere di riso e si incipria il naso. Ha un'espressione maliziosa, un po' spaventata, che la rende di colpo più giovane e bella. Richiude il cassetto e soffia via con cura i granelli di cipria dalle pieghe del vestito.

La porta si apre.

«Vuoi una goccia d'acqua di Colonia sul fazzoletto?».

«Sì, grazie, mamma...».

«Su, presto, papà aspetta...».

L'auto è davanti alla porta di casa. Il padre è al volante; porta una giacca scura e in testa una paglietta. Ha un paio di baffoni neri.

Il giardiniere si china a tastare le gomme per assicurarsi che siano gonfiate a dovere.

«Tutto a posto. Le signore possono salire...».

Madre e figlia si accomodano in macchina, ciascuna reggendo il cappello con entrambe le mani, per non sciuparlo.

«Tira su il finestrino, Madeleine. Tuo padre aveva un dolorino alla spalla ieri».

Pian piano, l'auto fa manovra nello spazio angusto tra le colonne del cancello.

«Puoi andare ancora un po' indietro, Gustave, ancora, ancora un po'!».

«Ma lo vedo, cara, che diamine!...».

Poi:

«State bene?».

«Hai preso la sciarpa, Madeleine?».

«Attento, Gustave, c'è il cane dietro...».

E l'auto parte con un rombo.

La strada, di notte. Il fascio dei fari illumina via via i tronchi e i rami bassi dei pioppi, i cippi chilometrici, i boschetti folti, selvatici, addormentati, un vecchio ponte immerso nell'oscurità. In un avvallamento, le luci di un paesino brillano all'improvviso per scomparire subito dopo la curva.

Il padre guida senza fretta, e ogni tanto domanda:

« Non hai freddo, Jeanne? E tu, Madeleine? ».

« No, Gustave ».

« No, papà... ».

Gli alberi, dopo un breve passaggio nella luce dei fari, sembrano richiudersi dietro l'auto con un fruscio misterioso di fronde e vento, a formare una volta profonda e immobile.

La madre di Madeleine dice soddisfatta:

« È molto chic il tuo vestito. Per favore, guarda se il mio cappello è dritto ».

« No, mamma. Tiratelo un po' giù a sinistra ».

« Così? ».

« Sì ».

Il padre picchietta con il dito sul finestrino.

« Avete visto quante lepri? ».

Attraversano la strada a balzi, atterrite dal bagliore dei fari.

La voce di Madeleine:

« Ci saremo solo noi dalla zia Cécile? ».

Il padre tossicchia. La madre stringe impercettibilmente le labbra, poi risponde con un leggero sospiro ansioso, subito soffocato:

« Ci sarà anche il giovane Bertrand... ».

Altra casa borghese, uguale a quella in cui abita Madeleine come le due metà di un guscio di noce.

Una sala da pranzo ben illuminata. La tavola è apparecchiata per sei.

Brusio di voci, schiocchi di baci.

« Buonasera, buonasera... Buonasera zia, buonasera zio... ».

« Oh, ma si è fatta ancora più grande la piccola cara! E che splendida cera... ».

« Buonasera Jeanne ».

« Buonasera, mio caro Gustave ».

« Buonasera, mio caro Octave... ».

A un tratto tutti tacciono e guardano con espressioni diverse un giovanotto bruno, di altezza media e piuttosto in carne, che si tiene in disparte.

Zia Cécile annuncia con una certa solennità:

«Cari amici, mia piccola Madeleine, permettetemi di presentarvi Henri, il figlio dei nostri poveri amici Bertrand, appena arrivato da Parigi. Ha terminato da poco gli studi di ingegneria. Prego, accomodatevi. Madeleine, mettiti là».

La cena. La zuppiera fumante viene posata al centro della tavola, sotto il lampadario di porcellana.

Zia Cécile, brandendo il mestolo, serve la zuppa.

È una donna robusta, con la vita strizzata e il petto imprigionato in un corsetto come una volta; porta una camicetta di seta plissettata con una piccola gorgiera di tulle; sulla fronte, i capelli sono acconciati in un rotolo rigonfio come un salsicciotto. Il marito ha un faccione giocondo da cacciatore, da forte bevitore. Il solino gli dà visibilmente fastidio. Ha una voce stentorea e cavernosa.

Zia Cécile e la madre di Madeleine chiacchierano con grande loquacità, mentre Madeleine e il suo vicino tacciono, timidi e impacciati.

«Hai una nuova domestica? E sei contenta?».

«No. Mi è stata raccomandata dai Mouchot, ma mi sembra una ragazza po' svampita».

«Sono tutte così. Da quando c'è stata la guerra hanno in testa solo Parigi e il cinema».

A queste parole si mescolano gli scoppi di voce di zio Octave.

«Il motore continuava a perdere colpi. Alzo il cofano. Controllo. Niente. Riparto. Dopo nemmeno dieci metri la macchina si ferma. Alzo il cofano. Guardo di nuovo. Niente».

«Mi è successa la stessa cosa il 14 agosto, sulla strada per Villeneuve. Era il carburatore».

«Ma no, molto peggio, stai a sentire. Rimetto in

moto, schiaccio un po' l'acceleratore. Altri dieci metri e la macchina si ferma. Allora faccio: "Per la ..."».

«Octave!».

«Faccio: "Per la miseria! Sarà quel dannato carburatore!". Sollevo il cofano. Guardo...».

La domestica posa l'arrosto in tavola ed esce. Lo zio Octave affetta il filetto di manzo e serve gli ospiti.

Nel silenzio si sente:

«Conoscete Parigi, signorina?».

«Un po'».

Arriva l'insalata. Zia Cécile riprende il discorso:

«In fondo sono brave ragazze, ma è sempre la solita storia. Se non gli si sta dietro in continuazione non fanno niente. E se le sorvegli a dovere: "La signora è troppo esigente, la signora è troppo tirata". È già tanto se oggi non ha bruciato l'arrosto...».

«A proposito di arrosto, i miei complimenti, Cécile: è squisito».

«Ah, il segreto è un bicchierino di Armagnac nella salsa».

Henri:

«Vi piace il teatro? Siete mai stata alla Comédie-Française?».

«Sì, e anche all'Odéon e all'Opéra».

«Siete musicista?».

Zia Cécile interviene prontamente:

«Suona che è una meraviglia».

La serata si è conclusa. Madeleine e i genitori stanno per andarsene. Il piccolo spiazzo davanti alla casa appare deserto e placido al chiarore della luna piena. Si sente:

«Buonanotte, fa freschino... Copritevi bene... Andate piano... Arrivederci... Buonanotte».

L'auto è partita.

Zia Cécile domanda impaziente:

«Allora?».

«È incantevole».

«Vero? Eccellente educazione, ottima musicista,

una salute di ferro. Riguardo alla dote, è proprio come le dicevo. Gliene ho parlato. In linea di massima sarebbero d'accordo. Naturalmente, se la piccola acconsente...».

«Naturalmente».

L'auto attraversa il bosco. La luna splende. La madre di Madeleine sospira, sbircia di sottecchi la figlia con un'espressione tenera e ansiosa, scrolla il capo, sorride, ricorda. Sulla strada stretta che taglia per il bosco, i rami frusciano contro i finestrini con uno stridore prolungato di seta lacerata.

«Ti piace o no, Madeleine?».

«Non lo so, mamma...».

«È una faccenda molto seria, cara. È per tutta la vita...».

Uno studio notarile. Henri è seduto, immobile, l'espressione tesa, vigile. Si sente la voce del notaio, fuori campo:

«Metà della dote sarà versata alla firma del contratto. Il resto rimane investito nell'azienda del suo futuro suocero».

Mentre seguita a parlare e risuonano le ultime parole, pronunciate da una voce nitida e metallica, la scena è cambiata. Il giardino dei genitori di Madeleine. I due giovani passeggiano giudiziosamente a braccetto, sotto lo sguardo vigile della madre, intenta a cucire sul prato seduta in una poltroncina di paglia, con i piedi appoggiati su uno sgabello. C'è aria di temporale. Gli uccelli volano basso, sfiorando l'erba con un frullo di ali. Dal vicino pollaio arriva il canto roco dei galli.

Henri dice teneramente:

«Avete dei capelli magnifici...».

Non ha ancora finito di pronunciare la frase che il giardino svanisce. In un salotto di provincia ricoperto di fodere una vecchia signora occupata a lavorare a maglia, con le dita che spuntano dai mezziguanti, gli occhiali posati sulla fronte, bela sommessamente:

«Bene, molto bene. Sono contenta. È un ottimo partito, Henri caro, congratulazioni. È una brava ragazza e di ottima famiglia...».

Come un'eco:

«Di ottima famiglia...».

Adesso sono i genitori di Madeleine a pronunciare la frase.

«Ottima... E poi così non dovrai lasciarci, dal momento che tuo marito diventerebbe mio socio. Non ti dispiace, vero, Madeleine?».

Sono seduti tutti intorno alla tavola sparecchiata. La lampada illumina le tre teste accostate. La madre dice:

«Non vogliamo influenzarti, figlia mia... Ma è un buon partito. Un giovane onesto, beneducato, che ti renderà felice. Noi desideriamo solo la tua felicità».

«Noi desideriamo solo la tua felicità...» ribadisce con veemenza il padre.

In preda all'emozione, schiaccia con foga la cenere nel piatto con il fornello della pipa spenta. Gli tremano leggermente le dita. Ripete:

«Allora, Madeleine, ti piace o no?».

Madeleine risponde con un filo di voce:

«Sì, papà».

Un attimo di silenzio. La madre le scocca un rapido bacio sulla guancia, si asciuga gli occhi e mormora con affettuosa sollecitudine:

«Sembra un bravo ragazzo...».

Il padre:

«Potremmo fissare il pranzo di fidanzamento il 15 e le nozze a giugno, dato che, stando ai dottori, alla prozia Moulins restano al massimo sei mesi di vita. Bisogna sbrigarsi. Il viaggio di nozze coinciderebbe con le ferie, sarebbe perfetto...».

«Ma il corredo sarà pronto in tempo?».

Un mese dopo.

Alcuni ragazzini del paese sono in attesa davanti alla porta chiusa. Stringono in pugno grandi mazzi di fiori avvolti nella carta lucida. Non appena la porta si apre, attraversano l'atrio con un sonoro sbatacchiare di zoccoli.

«Tenga 'sti fiori, signorina, per il giorno del suo matrimonio, e assaissimi auguri...».

«Grazie, bambini. In cucina vi aspetta la merenda».

In casa è tutto un viavai di domestiche allegramente indaffarate. Una lava scrupolosamente le piastrelle dell'ingresso; un'altra lustra i parquet. Il campanello suona quasi senza sosta. I regali arrivano e vengono aperti. Servizi da liquore, zuccheriere, lumi da notte invadono i tavoli.

Henri è in salotto, sembra preoccupato. Passa la madre di Madeleine e dice:

«Avete una brutta cera, ragazzo mio».

«Ho un po' di pesantezza di stomaco» si affretta a rispondere lui.

«È l'emozione. Volete una borsa d'acqua calda?».

«No, grazie».

«Ma sì, vi farà bene. Madeleine, cara, vai a prendere una borsa d'acqua calda per il tuo fidanzato».

Intanto il fattorino di Chez François, il ristorante della cittadina vicina, è stato fatto entrare e attende disposizioni.

«Serviranno due camerieri» si raccomanda la madre. «Gelato misto, vaniglia e cioccolato, con frutta candita. Saremo in trenta a tavola».

Esce.

I fidanzati restano soli, seduti in silenzio alle due estremità del divanetto rigido. Alla fine Madeleine dice timidamente:

«Sembrate triste».

«Io? Per niente».

«Inquieto...».

«Inquieto? Ma no, che idea...».

«Siete felice?».

«Certo» afferma con convinzione. «E voi?».

In quel momento suonano alla porta. Madeleine scosta la tenda ed esclama sorpresa:

« To', credevo che fosse la modista con il velo ».

Henri trasale.

« Invece chi è? ».

« Una donna che non ho mai visto ».

Henri si precipita alla porta in un impeto di ansia. Ma la visitatrice è già dentro. Si sente un parlottio nell'ingresso. La porta si spalanca di colpo e sulla soglia appare una giovane donna in abiti modesti, l'aria oltremodo sfinita e sconvolta. Henri cerca di portarla via, di farla tacere. Dopo un breve tafferuglio, la donna lo respinge e si avventa su Madeleine.

« Signorina, signorina, quest'uomo è il mio amante da tre anni! Aveva promesso di sposarmi! Ho avuto un figlio da lui! Un figlio, un figlio! ».

Grida, gesticola. Madeleine è ammutolita dallo stupore.

Henri ripete meccanicamente:

« Non state ad ascoltarla, non è vero... Madeleine... Thérèse, avanti, smettetela, siete pazza... ».

« È il mio amante, signorina! » urla la donna. « Giuro che è la verità! È il mio amante!... ».

Accorrono i genitori.

Nella camera al piano di sopra dove Madeleine si è rifugiata giunge ancora quella voce affannosa, disperata. Pallida, smarrita, la ragazza è seduta sul letto, con le mani strette intorno alle ginocchia.

A poco a poco il suono di voci, di pianti si placa.

È sera. La stanza è immersa nell'oscurità. Si distingue appena la sagoma di Madeleine buttata sul letto. Tiene il viso affondato nel cuscino, piange in silenzio. Sua madre è in piedi accanto a lei. I primi raggi di luna proiettano sul muro la sua ombra ingigantita. Parla con voce pacata, ragionevole:

« ...Tutti gli uomini hanno qualche avventura prima di sposarsi... Per una ragazza è diverso... Su, consolati... È solo una donnaccia, una piantagrane... ».

La strada. La donna cammina, curva. I pioppi ondeggiano al vento. È una bella serata estiva.

Di nuovo la camera di Madeleine.

« Tu non sai ancora niente della vita... È la vita, Madeleine. Bisogna prendere le cose come vengono... Questo non gli impedirà di essere un buon marito... ».

« Ma quella donna, mamma, quella donna... ».

« Che vuoi farci? È una disgraziata... ».

Sospira e conclude meccanicamente:

« È la vita... ».

Le sue parole riecheggiano ironiche mentre la donna continua a camminare lungo la strada. I raggi della luna rivelano nell'oscurità uno stagno scintillante tra le canne.

La camera di Madeleine.

« Ma, mamma, e se domani viene in chiesa? ».

« Ma no, via, che interesse avrebbe a dare scandalo?... Se n'è andata, le è stato dato del denaro... Stai tranquilla... ».

Lo stagno luccica al chiaro di luna, l'acqua sciaborda lievemente tra i giunchi.

La madre riprende in tono un po' impaziente:

« Su, ora basta. Coraggio, asciugati gli occhi e scendiamo... ».

Dissolvenza.

Sulla superficie dello stagno si allarga un grande cerchio, come dopo la caduta di un oggetto pesante, e subito svanisce. Sulla riva è rimasta la vecchia borsetta nera che la donna stringeva in mano.

Disturbato nel sonno, un uccello vola via con un verso stridulo.

Un nugolo di uccelli si alza in volo dal campanile. È la mattina delle nozze di Henri e Madeleine. Un sole magnifico splende sul sagrato della chiesa. Bambini strillano e si rincorrono tra i gruppi di invitati. Qualche mendicante biascica: « Vi prego, fate la carità... ». Le campane suonano a festa. La folla è percorsa da un fremito.

« Eccoli! Vedo la signorina Madeleine! ».

La chiesa. I cappelli ornati di fiori, di piume, ondeggiano, chini sui messali. Le damigelle d'onore, in abiti di mussolina, stringono con cautela tra le mani guantate il bouquet e la pochette della sposa. Gli sposi sono inginocchiati uno accanto all'altra davanti all'altare.

Si sentono le parole del prete:

« Voi, educato cristianamente, proteggerete e vi prenderete cura di questa giovane... ». Un crepitio di ceri, bisbigli sommessi: « È un buon partito... Pare che non abbia una salute di ferro... ».

« Un cugino per parte materna è morto di tubercolosi... ».

« Un cugino dello sposo? ».

« Ma no, della sposa... ».

« Ma no, dello sposo... ».

« Ad ogni modo, entrambe le famiglie sono benestanti... ».

Le campane suonano a distesa. Madeleine e Henri escono dalla chiesa sulle note dell'organo.

Il suono di voci, di campane si tramuta in uno scroscio di applausi. Il pranzo di nozze volge al termine. Un invitato fa un brindisi alla salute dei novelli sposi e torna a sedersi. In casa dei genitori di Madeleine è stata allestita una grande tavolata a ferro di cavallo. I camerieri servono le portate in guanti di filo grosso. Madeleine è un po' pallida, ha i lineamenti tirati. Indossa ancora l'abito bianco e il velo. Attorno a sé vede solo facce distese e benevole, allietate dal vino e dalla buona tavola. Risa, conversazioni chiassose. Poi il trambusto di sedie spostate nel salotto attiguo si confonde con le prime battute di un foxtrot degli anni Venti. Un ragazzino vestito alla marinara si diverte a scivolare da una parte all'altra della stanza, mentre la vocina squillante di una bimbetta strilla: «Mamma, Jean ha preso la mia torta!».

Si formano le coppie. I giovani ballano. Gli anziani accennano qualche saltello sul posto, tenendosi per la vita, come una volta, e ridono.

La musica sembra allontanarsi, i suoni si perdono sullo sfondo. Onde che si infrangono su uno scoglio. Un albergo sul mare, l'unico illuminato nel cuore della notte. Le onde sferzano le rocce e ricadono con un rombo sordo e monotono.

Una camera. Un letto matrimoniale. Nella penombra, un uomo russa nel sonno. È Henri. Madeleine giace accanto a lui, con il viso rivolto alla finestra. Il fascio luminoso del faro illumina due lacrime che le rigano lentamente le guance. Dissolvenza. Il fragore del mare si smorza, trasformandosi nel frastuono di una fabbrica. Lo stabilimento si è ingrandito. Henri è al telefono, nel suo ufficio. Chiede:

«Ancora nessuna novità?».

Una voce femminile:

«No, ancora niente, ma il bambino si presenta bene. Non ci sono complicazioni».

Gli squilli della fabbrica; i carrelli avanzano. Passa un anziano caporeparto.

«Allora, signor Henri, è fatta?».

«Non ancora, Anselme».

«Eh be', ci vuole il suo tempo, come si dice. Speriamo che sia un bel maschietto».

La camera di Madeleine. Si vede la spalliera di un letto matrimoniale. Nell'ombra, una voce soffocata, tremula:

«Mi fa male, dottore...».

«Ancora un ultimo sforzo, signora».

Il giardino è un'esplosione di fiori che ondeggiano dolcemente alla brezza di maggio. È sera. Una donna chiude le imposte. La luce filtra dallo spiraglio delle persiane. Un ramo carico di grappoli di lillà urta leggermente le finestre. La campagna è assopita, silenziosa. Nel cielo spunta una luna dorata. Alla luce della lampada il dottore finisce di avvolgere un neonato nelle fasce.

«Un bel maschietto...».

Il pianto di un bambino. È passato un po' di tempo. Madeleine è in piedi, accanto alla culla. Sulle scale risuonano dei passi e una voce chiama:

«Su, Madeleine, non vieni a cena?».

«Subito, mamma».

Appare la madre, si china a sua volta sul bambino che piange e si lamenta.

«Ha ancora la febbre, mamma».

«Che vuoi che sia? Il dottore ha detto che non c'è da preoccuparsi! Credi che i bambini si tirino su senza coliche? E, comunque, se mi avessi dato ascolto... Ai miei tempi non si cominciava a dare la pappa prima dei sei mesi».

«Ma il dottore di Parigi...».

«Il dottore di Parigi non ne sa più degli altri...».

Scendono le scale e le loro voci si perdono.

La sala da pranzo. La cena sta per finire.

«È una bellissima serata. Vieni a fare una passeggiata in giardino, Madeleine?».

«No, Henri, non posso... Se il bambino si sveglia...».

«Ma c'è tua madre».

«No, no, non ne ho voglia. Sono stanca... Vai senza di me, Henri».

Mangiano in silenzio. Si sente il tintinnio dei cucchiai contro i piatti. Un bicchiere urtato inavvertitamente da un coltello d'argento risuona improvviso nella quiete. La vibrazione del cristallo si propaga in una lunga nota malinconica che il canto di una giovane voce sembra riprendere.

È la stessa notte, una notte estiva. Davanti alla casa di un'operaia della fabbrica, nel piccolo giardino dove sono stesi ad asciugare i panni, Henri bacia una donna nell'ombra.

Lei si divincola, sussurra ridendo:
« Mi lasci, signor Henri... ».

Le camicie stese su un filo svolazzano al vento. Si sentono appena i bisbigli appassionati dell'uomo; nell'ombra, al chiarore incerto delle stelle del cielo d'agosto, si intravede una figura femminile con il viso bianco rovesciato all'indietro. Le risa della donna cessano.

Madeleine canticchia una canzoncina e culla in grembo il bimbo addormentato con un movimento rapido e meccanico, tastandogli ogni tanto la fronte con un dito.

Intanto guarda corrucciata la giacca del marito appoggiata su una sedia; all'occhiello è rimasto appuntato un fiore appassito. Madeleine lo fissa e si rammenta di un cespuglio di rose canine simili e di una giovane donna appoggiata allo steccato di un giardinetto...

Prende la rosa, la annusa un istante; poi, con un'espressione di tristezza e rabbia la getta a terra, culla il bambino che si agita, cantando sommessamente:

Nel giardino di mio padre
Canta un piccolo usignolo...
Canta, usignolo, canta,
Tu che hai il cuor contento...
Non è così per me,
La mia felicità è passata...
La mia felicità è passata...

Il ronzio della fabbrica. L'operaia incrocia Henri in un corridoio, si fa da parte con un sorriso, abbassando gli occhi. Lui bisbiglia rapido, sottovoce:
« Stasera? ».

Madeleine, in camicia da notte lunga, con i capelli raccolti in una treccia sulle spalle, guarda l'ora. Per le scale risuonano i passi di Henri. Indugia un attimo davanti alla porta, come in ascolto, poi si allontana. Madeleine spegne la luce e va a dormire.

Strilli, risate infantili. Madeleine e la madre fanno il bagnetto al piccolo. Il sole mattutino accende riflessi sull'acqua della vasca e sulle piastrelle bianche bagnate dagli schizzi del bambino. Madeleine lo prende in braccio, lo asciuga, e lo bacia con trasporto.

«Amore mio, mio unico amore...».

La madre scuote la testa e osserva:

«Da un po' di tempo mi sembra che tu non sia del solito umore, figlia mia...».

«Ma no, perché?».

«Via, non sono cieca... Che c'è? È Henri, vero?».

Madeleine ride nervosamente.

«Oh, è sempre la stessa storia... Mi tradisce con le sue operaie, tutte quelle giovani e carine ci passano. Tutto qui...».

Un attimo di silenzio. La madre dice senza convinzione:

«Ma cosa ti salta in mente...».

«Dunque anche tu sapevi?...».

«Io? Ma che dici! Sei impazzita?».

«Oh, non crucciarti più di tanto, via... In fondo non mi fa né caldo né freddo... E forse è proprio la cosa più triste di tutta la faccenda...».

Tra le due donne, il piccolo ciangotta, si tira il coprifasce. Lo prendono in braccio, ridono con lui. Poi la nonna esce portandoselo via. In piedi in mezzo alla stanza, Madeleine guarda fisso davanti a sé. Il viso stanco, quantunque ancora giovane, comincia a sfiorire: le prime rughe, agli angoli della bocca e delle palpebre, che sul volto di una venticinquenne prefigurano, preannunciano la vecchiaia. Poi la piega della fronte si distende un po'; qualche lacrima le bagna il viso, andando a perdersi nei golfini da neonato che tiene in mano. Si asciuga in fretta gli occhi ed esce. La piccola vasca inondata di sole luccica in mezzo alla stanza. L'acqua diventa una pozza di luce nella stanza in cui Madeleine impartisce disposizioni alla cuoca, in piedi di fronte a lei.

«E per stasera, signora?».

«Per stasera, Émerance, una bella zuppa di acetosella, un po' di pasta, dato che ieri abbiamo mangiato verdure, arrosto freddo di vitello e un piccolo dessert».

Parla con voce stanca e monocorde.

«Mi dia l'agenda».

La sfoglia con espressione assente.

«Lunedì 22 giugno, martedì 23 giugno...».

E i fogli girano.

Ottobre, novembre, dicembre...

I fogli girano sempre più velocemente. Gli anni passano.

Di nuovo Madeleine seduta allo stesso posto, solo più vecchia e con un abito più scuro. Il bambino è cresciuto; un secondo dorme nella culla accanto a lei. La cuoca, invece, è un'altra: più giovane, con i capelli tagliati corti, l'aria sveglia e smaliziata.

Madeleine dice:

«E per cena, zuppa di crescione. Ho comprato delle belle sogliole, freschissime, pollo e frittelle di mele. Al signore piacciono molto...».

«Bene, signora...».

Intanto Henri attraversa le sale della fabbrica, esamina i macchinari. Anche lui è invecchiato. È ingrassato, si è appesantito, ha il volto teso. Qualche operaia cerca di sfiorarlo, di strappargli un sorriso. Lui non reagisce, non sembra neanche vederle. Si allontana. Torna a casa. Due bambini giocano in giardino. Il figlio e la figlia, di nove e sette anni. Madeleine e la madre sistemano nella dispensa vasetti di marmellata.

La cena. I due bambini cascano dal sonno sulle sedie. Henri e il padre di Madeleine leggono il giornale. La madre, una vecchia rattrappita e canuta, tace. Ogni tanto Madeleine dice alla cameriera in tono stanco e assente:

«Julienne, le dispiace passarci il pane?».

«Ha dimenticato il sale, ragazza mia...».

«Julienne, sa che il signore non sopporta la panna. Mi dia il colino».

Un silenzio profondo. In giardino si sente il canto di un usignolo. Henri sbadiglia.

«Oddio, che sonno!... Ho la digestione difficile...».

«Prendete un paio di pastiglie di Vichy» consiglia il padre.

«Voi dite? Quasi quasi. Che ne pensi, Madeleine?».

Madeleine non risponde.

«Madeleine!».

Lei trasale come se si destasse di colpo da un sogno.

«Ma certo, caro...».

Poi, di nuovo con voce assente e dolce, si rivolge ai bambini:

«Roger, tesoro, tieni il cucchiaio come si deve...».

«Hélène, cara, stai dritta...».

Henri dice pensosamente:

«Nella credenza ci sono delle pastiglie di Vichy. E se le prendessi stasera?».

Nessuno gli risponde.

Avvolta in uno scialle, Madeleine passeggia da sola per i vialetti del giardino. I fiori ondeggiano dolcemente al chiaro di luna. Il canto dell'usignolo si diffonde nella sera. Madeleine torna verso casa, e le luci alle finestre si spengono l'una dopo l'altra.

Sale la gradinata, mette il catenaccio alla porta, spegne l'ultima luce. L'usignolo, che si era interrotto un istante, riprende a cantare più forte una melodia appassionata e trionfale.

Il salotto di Madeleine. Una giovane coppia prende il tè con lei.

«Vi annoierete qui, dopo aver vissuto a Parigi...» dice Madeleine.

«Oh, no, signora. Non mi annoio mai con mio marito...».

«Non siete sposati da molto?».

«Oh, sì, signora, da più di due mesi...».

Madeleine ride con una punta di tristezza, li guarda. Lui è un bel ragazzo, elegante. Lei è minuta, bruna, molto graziosa.

«Comunque dovrete venire a trovarmi spesso».

«Con piacere, signora...».

Si alzano. Mentre li accompagna alla porta entra una tipica signora di provincia. Madeleine fa le presentazioni:

«Il signor Jean Larare, il nuovo ingegnere dello stabilimento, e sua moglie Marguerite».

Dopo che la coppia si è allontanata, la signora punta l'occhialetto nella loro direzione.

«Niente male quel ragazzo. Sono parigini?».

«Sì».

«Ah, be'!» fa con aria di disapprovazione, scuotendo la testa. «Strano modo di vestirsi hanno le giovani parigine, oggigiorno...».

Una sera. Nel tranquillo salottino senza più le fodere, Madeleine suona al piano il valzer frivolo e triste di un tempo.

Henri sbircia istintivamente le gambe accavallate di Marguerite Larare, poi distoglie lo sguardo, soffoca con la mano uno sbadiglio e tira fuori l'orologio dal taschino. Il padre e la madre di Madeleine, sprofondati in poltrona, ciondolano la testa, semiaddormentati. Roger e Hélène si scambiano gomitate d'intesa. Jean tiene lo sguardo fisso sugli occhi, le labbra, le mani di Madeleine. Madeleine abbassa con delicatezza il coperchio del pianoforte e scorge il viso di Jean. Anche lei ha un'espressione singolare, turbata, ardente. Tacciono. Henri dice:

«Cara, che ne diresti di far portare dell'aranciata?».

Il coperchio del piano si richiude con un tonfo sordo.

Un bosco, in una bella giornata autunnale. Un

picnic. Dei panieri aperti sono posati sul prato; un asinello bruca l'erba legato a un albero. Bambine con abitini ricamati a punto inglese e bambini vestiti alla marinara giocano, fanno un girotondo:

> Non andremo più nel bosco
> I lauri son tagliati,
> Ma ecco la bella
> che li raccoglierà...

La canzoncina, le vocine acute si allontanano.

Jean e Madeleine sono soli, in mezzo a una piccola radura. Le foglie scricchiolano sotto i loro passi; la luce del tramonto rischiara il bosco. Sulle labbra di Madeleine aleggia un sorriso dolce e smarrito, un po' ebbro.

Lui le prende la mano, la bacia, mordicchia la carne tenera del polso.

« Madeleine... ».

Come un'eco, una voce ripete: « Madeleine... ».

Ma è Henri a pronunciare il suo nome, a chiamarla. Nella penombra della stanza si vede il letto pronto per la notte, il lume è acceso.

« No, no, stasera no... lasciami... sono stanca... ».

Intanto, a casa loro, Jean e Marguerite litigano.

Lei grida con voce lacrimosa:

« Sì, ho visto, e non sono stata la sola... Siete rimasti quasi un'ora nella radura, e al ritorno lei era pallida come un lenzuolo e a te tremavano le mani... Se ne sono accorti tutti, tranne il marito, naturalmente! Tu non mi ami più! Sei innamorato di quella provincialotta che non è nemmeno bella!... ».

La strada. I pioppi scossi dal vento. Madeleine, Jean, Roger e Hélène. I bambini corrono avanti; il suono delle loro voci si diffonde come un'eco smorzata nell'aria autunnale mite e densa. Ogni volta che tornano dalla madre, lei li allontana con un gesto.

« Andate a giocare... ».

Passa un'auto. Dietro il finestrino balena per un istante il viso arcigno, curioso, di una donna.

Madeleine dice:

« Ci ha visti ».

« Chi? ».

« La signora Lechère, la moglie del notaio ».

« E allora? ».

« Domani lo sapranno tutti ».

« Non stavamo facendo niente di male, mi pare... ».

« Voi non conoscete la provincia, amico mio... ».

« Avete sempre vissuto qui? » chiede lui con un'involontaria nota di sgomento:

« Sì ».

Madeleine tace un istante, poi riprende scrollando le spalle con aria stanca e rassegnata.

« Questa strada... Quando penso che ci vengo ogni giorno a passeggio... Ci venivo da bambina, con mia madre... Ci sono venuta da ragazza... e adesso con i miei figli... Più tardi probabilmente ci verrò con i figli di Roger e Hélène... Ogni giorno, sono quasi trent'anni... ».

Dissolvenza. Si sente ancora l'eco della sua voce e resta solo la lunga strada piatta, nera di catrame fresco, i due campi grigi ai lati e il sole delle cinque tra i pioppi.

A casa di Jean e Marguerite, gli ospiti hanno finito di cenare sulla terrazza. Gli uomini fumano; i puntini ardenti delle sigarette brillano nella notte autunnale, tiepida e nebbiosa.

Servendo il caffè, Marguerite chiede:

« Che ore sono? Alle dieci c'è Radio Tour Eiffel ».

La radio. Dopo un lungo armeggiare, finalmente si diffondono le note di ballabili.

« Balliamo » dice Henri. « Venga, signora Marguerite, le faremo ricordare Parigi ».

Volteggiano. Jean stringe Madeleine e sussurra:

« Amore... amore... amore mio... » come un sospiro soffocato, come un gemito.

Lei non risponde. Lo guarda con un'espressione appassionata che trasfigura i lineamenti puri del viso placido, sfiorito.

«Non ci vedrà nessuno, Madeleine. Fa buio presto in questa stagione. Uscirete dalla piccola scala sul retro della casa. Non c'è anima viva da quella parte, è aperta campagna. Io vi aspetterò in auto... E vi riporterò indietro alle sette. Nessuno si accorgerà di niente... Volete? Domani? Domani? Un'ora soltanto, un'ora... una sola volta...».

L'indomani. All'imbrunire. Piove. Madeleine, con il capello in testa, dice alla domestica:

«Se il signore chiama dalla fabbrica, gli dica che mi è venuto un gran mal di denti e sono andata in città...».

La piccola Hélène le si aggrappa alla sottana.

«Mamma...».

«Su, lasciami... vai a giocare con tuo fratello...».

«Mamma, non te ne vai, vero?».

«Sì, ma torno presto. Ho mal di denti, vado dal dentista...».

«Anch'io sto male...».

«Ma cosa dici? Su, lasciami passare...».

«Sì, sto male» dice la piccola in lacrime.

La madre le tocca la fronte con un gesto meccanico e guarda l'ora.

«Sul serio, Hélène? Non è una scusa per farmi restare?».

«No, mamma. Mi fa male la testa, e anche la gola. Ho freddo...».

«Hai freddo? Ma se hai le mani bollenti. Vieni, misuriamo la febbre...».

Il termometro segna 40°.

Un parlottio per la strada, sulla soglia della piccola scala sul retro.

«Non posso venire, Jean. La bambina è malata... Domani, forse...».

L'indomani. Il dottore esamina la gola della piccola. Madeleine le tiene la testa. Henri regge la lampada. Tutti e due, in ansia:

«Allora, dottore?».

«È senz'altro scarlattina, signora. C'è un'epidemia in zona».

La bambina piagnucola, si dimena. Henri affonda il viso tra le mani, prostrato. Madeleine gli parla con dolcezza, lo consola...

«Su, non è il caso di angosciarsi. Non è poi così grave, al contrario... Preferisco che si agiti, che sia meno fiacca...».

«Ah, dici?» fa lui speranzoso.

«Ma sì, che vuoi farci, ci vuole pazienza. Ti dispiace passarmi quel flacone? È l'ora della medicina».

La versa nel cucchiaio.

«Su, figlia mia, bevi, è buona».

«Non voglio, mamma. Ho caldo. Sto male!...».

Madeleine si rivolge di nuovo al marito:

«Faresti meglio ad andare a riposarti, Henri...».

«No, no, tu piuttosto, vai a stenderti un po', Madeleine. Sono sei notti che la vegli».

«Ti assicuro che non sono stanca. La mamma, piuttosto, come sta?».

«Oggi il dottore non era molto contento. Il cuore è peggiorato, è in pensiero per te e la bambina...».

Madeleine sospira:

«È sempre così nella vita, arriva tutto insieme...».

Un attimo di silenzio.

«Mamma, mamma...».

«Sì, tesoro, sono qui...».

Lenta dissolvenza. Un giorno d'inverno. Sono passate cinque settimane. Il calendario accanto al letto di Hélène indica che è novembre.

La voce del dottore.

«Bene, andiamo molto bene... Oggi potrà tirarla su a sedere nel letto e farle mangiare qualcosa...».

La bambina è seduta, sistemata tra due cuscini. Madeleine la imbocca. Indossa una vecchia vestaglia di flanella sulla quale ha allacciato un grembiule. Ha il viso tirato, pallido.

Henri dice:

«Jean e Marguerite sono partiti ieri. Sono stati gentilissimi. Hanno lasciato una splendida bambola per la bambina. Gliela daremo quando sarà un po' più in forze».

Madeleine mormora:

«Sono partiti?».

«Sì, per due, tre settimane, a Cannes. Marguerite era leggermente indisposta. Detto tra noi, credo che sia incinta. È una bella notizia. L'ho sempre detto a Jean: "Quello che vi ci vuole adesso è un bambino...". Vi fanno penare ma non c'è niente di più bello nella vita...».

Cannes. Jean e Marguerite, in tenuta da tennis bianca, sono seduti sotto le palme, al tavolo di un ristorantino di fronte al mare. Marguerite parla in fretta, in tono concitato:

«Sì, Jean, faremo così. Lì non ci voglio più tornare. Ascoltami. Sono calma adesso, non faccio scenate. Riconosco che Madeleine è una donna onestissima, ma ti piace, non negarlo, e lei è innamorata di te. Allora, perché sfidare la sorte? Il tuo contratto scade proprio in questi giorni. Accetta il posto che ti hanno offerto. E poi, sai bene che è meglio non contrariarmi in questo momento. Insomma, è meglio così, Jean, credimi...».

«Sì,» dice lui aggrottando la fronte «è meglio così... Però, ascolta Marguerite, non tirerai mai più fuori questa storia, promesso?».

«Promesso».

Marguerite sorride e tace.

Intanto Hélène fa i primi passi per la stanza al braccio del padre. La madre di Madeleine è seduta in poltrona, infagottata negli scialli, le mani pallide e gonfie da gottosa posate sulle ginocchia.

Parla con voce rotta, affannata:

«Hélène è cresciuta. È sempre così. La febbre fa crescere. Ti assomiglia, Madeleine. È il tuo ritratto alla sua età. Oh, è davvero terribile, sai, che la vita sia così breve!».

«La vita è fin troppo lunga» dice Madeleine. «È la giovinezza che passa in fretta».

Guarda il calendario, la strada. Gli alberi sono spogli. Soffia il vento.

Henri dice:

«Ah, dimenticavo. Stamattina è arrivata una lettera di Jean. Ha trovato un posto molto interessante in un cementificio di Bordeaux. Non tornerà più».

Le mani tremanti di Madeleine lasciano cadere a terra la bambola che teneva in grembo. La raccoglie con lentezza. Tutto prende a girarle davanti agli occhi: il viso del marito, della figlia; la voce di Henri le giunge come dal profondo di un sogno.

«Peccato, erano persone ammodo... Hanno mandato una cesta di frutta candita per Roger e Hélène...».

La finestra della sala da pranzo. Alberi spogli in inverno. Cadono le foglie. Hélène si esercita al piano. Il piccolo Roger ripete la lezione. Il fuoco arde nel camino. Madeleine cuce, e di tanto in tanto si abbandona alle fantasticherie, lo sguardo perso in lontananza; poi trasale e riprende il lavoro con un sospiro, ascoltando distrattamente: «do, re, mi...».

E la voce del figlio:

«Un tempo il nostro paese si chiamava Gallia. I nostri antenati, i Galli, vivevano in grandi foreste...».

Roger alza la testa.

«Ci andiamo oggi a passeggio sulla strada, mamma?».

«Ma certo,» fa lei con voce spenta «come sempre...».

Di nuovo la lunga strada pianeggiante che sembra proseguire all'infinito. Madeleine cammina insieme ai bambini, che tengono gli ombrelli aperti davanti a sé per ripararsi da una pioggerellina sferzante e dalle ultime foglie secche sospinte dal vento.

Hélène dice in tono disincantato:

« Potevamo almeno andare al cimitero, sulla tomba dei nonni, tanto per cambiare... ».

Si allontanano. La strada lucida di pioggia sembra salire verso il cielo basso e sprofondare all'orizzonte.

La sala da pranzo. Madeleine e la figlia sono sole. Hélène è una ragazza ormai. Dimostra quattordici o quindici anni. È alta e robusta per la sua età. Dissimula uno sbadiglio mentre Madeleine taglia alacremente delle pezze di stoffa.

« Be', figlia mia, sogni ad occhi aperti? ».

« Mi annoio, mamma ».

« Ma non ti vergogni? Datti da fare e vedrai che non ti annoierai. Forza, vai a fare le tue scale ».

« Tutti i giorni la stessa cosa!... Sapessi quanto mi annoiano quelle scale, tutti i giorni alla stessa ora!... ».

La madre si lascia sfuggire un sorrisetto ironico e triste.

« Sapessi quanto mi annoia sentirti suonare tutti i giorni quelle scale, sempre alla stessa ora, figlia mia... ».

« Ah, sì? ».

« Sì ».

Hélène si avvicina alla madre.

« Ma tu sei mai uscita da questo paese? Hai mai viaggiato, visto altri posti? ».

« No, mai ».

« Non hai mai avuto voglia di qualcosa di diverso? ».

La madre risponde in tono piatto, senza alzare gli occhi:

« Mai... ».

Ciascuna torna alla propria occupazione.

Le campane della chiesa suonano. Si sentono i diversi carillon. Mezzogiorno. Battesimi. Funerali. Matrimoni. La campana a martello... Gli anni passano.

Gli alberi fioriscono e perdono le foglie. Le nuvole sfilano in cielo. Poi il festoso scampanio nuziale risuona ancora una volta nella cittadina. Stavolta è Hélène a uscire dalla chiesa con il velo appartenuto un tempo alla madre, al braccio di un giovane sconosciuto.

Madeleine la segue, seria e un po' triste. È tutto uno scambio di auguri, di strette di mano, di baci. Qualcuno esclama:

«Come passa il tempo...».

«Mi sembra ancora di vederla, Madeleine, con Henri, vent'anni fa...».

«Come passa il tempo...».

La leggera scia di sospiri e parole si attenua e svanisce.

L'auto dei novelli sposi parte in un vocio confuso. Roger, in uniforme da soldato, bacia i genitori e inforca la moto.

«Fa' attenzione, Roger» dice Madeleine.

«Ma sì, mamma...».

Si è dileguato. Qualcuno chiede:

«Mi hanno detto che anche vostro figlio è fidanzato. È vero?».

«Oh, non è ancora ufficiale, si sposerà dopo aver finito il servizio militare, il prossimo ottobre...».

«Resterete soli...».

Henri dice:

«È la vita...».

Il baccano della fabbrica.

Il baccano della macchina da cucire.

La fabbrica si è ampliata, nuovi edifici la circondano. Passano alcuni operai dall'aria nervosa e inquieta, discutono. Henri attraversa una sala, seguito da sguardi astiosi e sordi mormorii di malcontento. Henri parla ai rappresentanti degli operai:

«Ho fatto tutto il possibile per evitare lo scontro... Se volete lo sciopero, peggio per voi...».

Voci, urla in osteria, per le strade del paese. Intanto, Madeleine chiacchiera affabilmente sulla soglia di casa con le operaie di passaggio. Tirandosi dietro i figli, le donne sospirano:

«Certo, gli uomini non hanno tutti i torti. Con rispetto parlando, signora Madeleine, ne abbiamo abbastanza, come dicono loro, di sgobbare per ingrassare il padrone. Ma c'è poco da dire, loro si divertono a scioperare. Discutono, bevono e intanto chi è che deve tirare la cinghia? Noi e i marmocchi! C'è poco da stare allegri, via...».

«Le donne pagano sempre per tutti...» dice Madeleine.

«Proprio così... Quando va bene, pensano solo a loro... e quando va male, siamo noi a farne le spese».

E se ne vanno.

Un sasso sibila, mandando in frantumi un vetro: un gruppo di monelli del paese prende a fiondate i fiori del giardino. Madeleine chiude le imposte. Nel salottino, Henri cammina nervosamente su e giù. Madeleine è alla macchina da cucire.

«Smettila, ti supplico, questo rumore mi dà sui nervi!».

Fuori, bande di uomini attraversano il paese gridando insulti indistinti.

Henri continua:

«Domani devi farmi il piacere di andare da tua sorella».

«No».

«Come sarebbe, no?».

«Te lo ripeto: no».

«Ma insomma, qui è pericoloso! Non ti rendi conto! Le donne sono proprio stupide!».

«Mi rendo conto perfettamente che è pericoloso, ma non sono una fifona. I ragazzi sono sposati e vivono lontano... Non ho nessun motivo per non restare...».

Henri prende un giornale, si accende la pipa e borbotta stizzito:

«Come vuoi...».

In lontananza l'inno dell'*Internazionale*. Madeleine ha riposto la macchina da cucire nella custodia e cuce serafica, con un vestitino da neonato tra le mani.

Un sasso, due, tre colpiscono le imposte. Madeleine dice ridendo:

«Avrei voglia di mettere sul davanzale i due vasi azzurri che ci ha regalato zia Cécile per il nostro matrimonio. È un'occasione unica per sbarazzarsene, non trovi?».

«Certo che hai un bel fegato» dice lui dopo una pausa.

«Non te n'eri mai accorto?».

«Per la verità, no. Non mi era ancora capitata l'occasione di vederti in simili circostanze».

«Per fortuna!».

«Già. Sono preoccupato, sai...».

«Si sistemerà tutto».

«Credi?».

«Ma sì».

Lui tace, sorride e le prende la mano con una sorta di pudore.

«Madeleine...».

«Sì, caro?...».

«Sono contento che tu abbia deciso di restare con il tuo vecchio marito».

Lei si stringe leggermente nelle spalle.

«È naturale».

Fa per ritrarre la mano ma lui la trattiene.

«Dove vai?».

«A vedere cosa c'è in dispensa per cena. Le domestiche sono barricate in cucina, in preda al panico. Si farebbero scuoiare piuttosto che andare in paese stasera. E io preferisco non uscire per non dare l'impressione di volerli provocare».

«Io non ho fame».

«Stasera ti verrà appetito».

«Si direbbe quasi che la situazione ti diverta...».

In paese si accendono i lampioncini alle finestre. Cala la notte, gruppi di operai si aggirano per le strade. Donne e bambini sono in attesa davanti alle bettole. Il suono di una fisarmonica. A poco a poco lo strepito dei tafferugli, delle risse sfuma, sovrastato dagli accordi di una musica lontana. La casa del padrone. Dalle imposte filtra l'aria leggera, ovattata, di un valzer. Madeleine suona nel salottino tranquillo. Henri ascolta. Quando la moglie finisce di suonare dice:

«Una vera serata da innamorati... Un po' tardi alla nostra età... Sai che domani saranno ventidue anni che siamo sposati?».

«Ma certo, lo so bene...».

«Pensa, io me l'ero dimenticato... Ventidue anni...».

Si rabbuia di colpo. Lei dice:

«Henri? Scusami... È da tanto tempo che volevo chiedertelo, ma mi è sempre mancato il coraggio. Ma stasera è diverso, non so perché...».

«Già. Avanti, dimmi...».

«Ricordi quella donna che si è presentata alla vigilia del nostro matrimonio?».

Henri fa segno di sì.

«Era vero quello che diceva?».

«Del bambino?».

«Sì».

Lui si alza, va verso la finestra, torna indietro, e dice con ostentata indifferenza:

«Sì...».

«Tuo? Senza ombra di dubbio? Che ne è stato di loro?».

«Lei è morta. Si è gettata nello stagno della Berche quella sera stessa, dopo essere uscita di qui».

Madeleine trasale. Lui si affretta ad aggiungere:

«Non ho abbandonato il ragazzo. Ho provveduto a farlo allevare. Gli ho dato un mestiere...».

«Be', almeno questa è una buona cosa, Henri...».

Lui dice prontamente:

«Non sono stato un buon marito, Madeleine, e spesso ho fatto delle sciocchezze... Mi dispiace, tanto più che tu sei sempre stata una moglie irreprensibile».

Madeleine china il capo con un sorriso involontario, un po' beffardo e un po' amaro. Henri, apparentemente stupito dal suo silenzio, ripete:

«Irreprensibile... Tu non mi hai mai tradito... Il solo pensarlo sarebbe un insulto. Non ne hai mai provato il desiderio... So che sei stata perfettamente felice, ma sei anche... un po' fredda... Non capiresti mai certi trasporti...».

Lei fa per protestare, poi distoglie lo sguardo e dice piano:

«Già».

«Io, invece, ho commesso delle sciocchezze... E, dato che siamo in argomento vorrei dirti quanto mi dispiace... e che da quando i nostri figli sono grandi ho messo la testa a posto... E poi avrei un favore da chiederti...».

«Sì?».

«Se muoio, vorrei che il ragazzo ricevesse cinquantamila franchi... Troverai nome e indirizzo in una busta nel cassetto di sinistra della mia scrivania, e il denaro in un'altra busta accanto. Sono contento, Madeleine, che tu la prenda così... pacatamente... È un pensiero che mi ha tormentato spesso... Ora posso stare tranquillo. Vorrei soltanto che restasse un segreto fra noi due, per via di Roger e Hélène».

«Ma certo, caro».

«Su, suonami quel valzer ancora una volta e poi andiamo a letto».

Mentre Madeleine suona, bande di operai ubriachi attraversano di nuovo le strade. Fischi, canti interrompono di continuo l'aerea, deliziosa melodia del valzer.

Henri brontola:

«Ah, ma insomma, adesso mi stanno davvero facendo perdere la pazienza!».

Si avvicina alla finestra e scosta bruscamente le imposte.

Madeleine grida angosciata:

«Henri! No! Sta' attento!».

Cerca di trattenerlo, ma lui ha già aperto la finestra e si affaccia. Si sentono due urli simultanei. Uno è di Henri:

«Volete piantarla, banda di farabutti?».

E la voce di un giovane operaio dall'accento straniero che sbraita astiosa:

«Eccoli, gli affamatori del popolo».

Parte una sassaiola. Henri cade, colpito alla testa.

Il baccano cessa all'istante. Cala un silenzio ansioso e trepido. Gli uomini indietreggiano, poi ritornano, sostano in capannelli, parlottano:

«Sei stato tu a colpirlo...».

«Io? Ma che dici? Ero qui, tranquillo, non mi sono mosso...».

«È colpa di quel polacco della malora!».

«Be', dopo tutto sono degli sporchi sfruttatori!...».

Se ne vanno alla spicciolata.

La strada del paese è deserta e silenziosa; a terra brillano schegge di vetri infranti. Si sente il trambusto delle porte sprangate precipitosamente.

Il funerale di Henri. La solita strada. Il carro funebre, addobbato di fiori, avanza lentamente. Gli operai, col vestito buono, fanno ala al passaggio del feretro e si scoprono il capo con una specie di imbarazzo, di malumore, ma tutto si svolge senza incidenti. Lo scalpiccio del corteo funebre si smorza. Si vede uno scorcio del piccolo cimitero del paese. Le croci. Gli uccelli posati sulle tombe. La pace. Poi, il frastuono della fabbrica. I macchinari vanno a tutto spiano, l'attività ferve. Roger attraversa le sale. Somiglia al padre, ma ha un piglio più autoritario, più freddo, più severo.

Madeleine, intanto, vestita di nero, con il cappello e il velo vedovili, scende da un treno in una stazione parigina e si confonde tra la folla.

Un sobborgo di Belleville. Una piccola officina di riparazione per biciclette. Un bel ragazzo, fine, gentile, di ventitré, ventiquattro anni, in tuta blu da lavoro, è di fronte a Madeleine. Stanno finendo di parlare. Lei dice:

«Spero che farà buon uso di questo denaro».

«Mi servirà per mettere su casa con la mia ragazza».

La parlata parigina, rapida e gutturale, contrasta con la calata lenta, calma e grave di Madeleine e della gente di provincia che frequenta.

«È fidanzato?».

Il giovane ride, alzando leggermente le spalle.

«Diciamo così... È una brava ragazza, si guadagna da vivere, lavora a bottega nella casa di moda di Madame Laure, in rue de Rivoli. Casomai le servisse un cappello, deve vedere come lavora...».

«Ah, sì?».

«Sì».

Un breve silenzio imbarazzato. Madeleine si alza.

«Le auguro di essere felice...».

«Grazie, me lo auguro anch'io, signora...».

Dopo un attimo di esitazione chiede un po' goffamente:

«Può dire a quel signore che si interessa a me, a mio... insomma, a mio padre...».

Madeleine trasale.

«Be'? Non è il caso di fare tante storie... Gli dica pure che può star tranquillo, non gli procurerò mai delle noie, conosco la vita...».

«È morto...».

«Ah?».

Sembra accorgersi solo in quel momento del velo nero di Madeleine.

«Lei è la vedova?».

Madeleine fa un breve cenno del capo e mormora:

«Sua madre è morta, vero?».

«Tanto tempo fa...».

Si guardano senza parlare. Lui distoglie lo sguardo e aggiunge:

«Per un'infreddatura, a quanto pare...».

Madeleine trattiene un gesto, abbassa il velo e mormora:

«Lei è un bravo ragazzo...».

Ed esce.

Di nuovo a casa. Di fronte a lei, Roger, con un'espressione stizzita, si sforza visibilmente di contenersi e di parlare senza alzare la voce:

«Insomma, mamma, credo di avere il diritto di sapere dove sono finiti quei cinquantamila franchi. So perfettamente che erano nel cassetto della scrivania di papà, li ho visti all'indomani della sua morte. Contavo su quel denaro per finire di pagare i nuovi macchinari e...».

«Figlio mio, ti ripeto che sono stata io a prendere quei soldi. E non sono tenuta a rendertene conto, va bene?».

«Perdonami, mamma, ma essendo subentrato a papà ho la responsabilità della gestione della fabbrica. E quindi devo sapere esattamente dove va a finire il denaro necessario a tutelare i miei...» si corregge «i nostri interessi».

La moglie di Roger, una giovane ossuta con un naso affilato da faina, gli dà man forte:

«Roger ha perfettamente ragione, signora. Non chiediamo di meglio che riconoscere i vostri diritti di vedova, ma consentitemi di ricordarvi che mio suocero deve sicuramente aver pensato prima di tutto a suo figlio...».

«Appunto» dice Madeleine con un sorrisetto che spunta di rado su quel viso tirato, su quelle labbra già sfiorite e tristi di vecchia. «È proprio a suo figlio che ha pensato...».

«Non capisco» fa Roger, interdetto.

«Non è necessario che tu capisca tutto, figlio mio...».

«Mamma!».

Madeleine lo interrompe, alza le spalle.

«Sentite, faremo un cosa semplicissima. Preleverete quella stessa cifra dalla mia parte di eredità. Ogni mese tratterrete una certa somma fino al saldo del pagamento».

Nell'auto, Roger e sua moglie si parlano addosso, furibondi:

«Mai e poi mai mi sarei aspettato una cosa simile da mia madre!».

«Sappi che non metterò mai più piede in casa sua!».

«Del resto, l'ho sempre saputo che Hélène era la sua preferita!».

Le parole si confondono nel rombo del motore. L'auto si è dileguata; sulla strada fangosa resta il solco delle ruote. Piove.

Di nuovo, come dalle profondità di una nebbia, emerge la casa, che adesso sembra più che mai vasta e vuota. Con un piumino in pugno, Madeleine spolvera i mobili. È ingrassata e ha i capelli bianchi. Somiglia vagamente alla madre alla stessa età. E con lo stesso tono brusco e contrariato dice alla cameriera:

«Insomma, faccia attenzione, ragazza mia, così mi rovina i fiori...».

Entra nel salottino. Solleva il coperchio del pianoforte, strimpella con un dito il valzer della sua giovinezza, sospira. Spolvera con cura le fotografie incorniciate: quella del padre, della madre, del marito, dei figli, e infine quella di un gruppetto sbiadito in cui si distinguono appena, accanto a lei, giovane e vestita di bianco, Jean e Marguerite. Le contempla a lungo, poi distoglie lo sguardo, si avvicina alla finestra, guarda la strada.

Alla fine si mette il cappello e annuncia:

«Henriette, vado da mia figlia, sarò di ritorno per le cinque».

Casa di Hélène. Hélène versa il caffè al marito, gli dà un bacio. Il salotto echeggia delle grida, dei giochi, di quattro bambini dai tre ai sette anni.

Il marito di Hélène dichiara raggiante:

«Come si sta bene a casa propria, senza scocciatori».

Si sente suonare il campanello. I due si guardano, costernati.

«Ecco, ci avrei scommesso! È di nuovo tua madre!».

«Ah, adesso esagera» dice Hélène. «Da quando ha rotto con Roger e sua moglie è sempre qui da noi».

«È una cara donna, ma alla fine diventa pesante, uno non è più padrone a casa propria!».

«Bisognerebbe farglielo capire, ma non è facile, i vecchi sono talmente egoisti».

«E se la mandassimo fuori con i bambini? Potremmo approfittarne per fare un bel giretto in macchina, oggi è sabato».

Intanto Madeleine è entrata timidamente.

«Non vi disturbo?».

«Stavamo per uscire. Ma non fa niente. Ti dispiacerebbe portare fuori tu i bambini?».

La strada. Sempre la solita. I tre maschi corrono avanti con i cerchi. Madeleine cammina lentamente, curva sulla bimbetta che tiene per mano e che le dice con una vocina tenera:

«Mi piace tanto passeggiare con te, nonna...».

«Davvero, cara?».

Un attimo di silenzio. Poi:

«Ma sarei ancora più contenta se mi lasciassi correre con i grandi!».

Madeleine sorride.

«Verrà il momento, piccola mia. Intanto resta ancora un po' con la tua vecchia nonna...».

Le loro sagome e le loro voci si allontanano. Risalgono lungo la strada, e quando formano solo due piccole ombre indistinte all'orizzonte, la sera cala di colpo e tutto svanisce.

IDA

Appare ogni sera, nei music-hall di Parigi, in cima a una scala di trenta gradini d'oro, con altre cinque o sei ragazze; incede tra due ali di *girls* seminude, ciascuna con un copricapo di rose e un ombrellino dorato in mano. Pendenti di cristallo, gemme e lustrini le incorniciano il viso; il corpo è coperto da un lungo mantello intessuto d'oro, di perle e di piume. È una donna non più giovane da tempo; le gambe sono ancora belle ma il seno è nascosto da un corpetto tempestato di pietre preziose perché, prima o poi, tutto si sciupa...

«Perché proprio Ida Sconin?» si chiedono le altre. «Perché tutta questa notorietà, questa gloria? È vecchia, non sa cantare, è straniera».

«Perché le perle, le gemme, le pellicce pregiate?» pensano. «Perché non una ventenne?... Perché non io?...».

Si sporgono per guardare quelle gambe affusolate, il piede dalle unghie laccate che sfiora il gradino dorato. Il ventre è liscio e perfetto. Da un palco, una donna sulla trentina la guarda avidamente e pensa al proprio corpo, ai fianchi che, dopo l'ultima gravidanza, hanno perso la linea, la sodezza, la flessuosità di un tempo. Un leggero sibilo le sfugge dalle labbra strette:

«Quella donna... Insomma, possibile che non si trovi una bella ventenne che sappia scendere le scale?...».

Tutta Parigi la contempla con una specie di sorda ostilità, la ammira ma non l'ha mai adottata come altre. Lei non è amata. Non è di qui. Sono stati gli stranieri a consacrarla all'indomani della guerra, all'epoca delle vacche grasse, degli anni dell'abbondanza, quando la terra traboccava di pane, lavoro, oro, e in tutti i paesi del mondo era facile arricchirsi (bastava acquistare un titolo qualunque in Borsa e subito la sua quotazione saliva come la febbre). Lei era la gioia e il diletto di americani, di macellai e minatori arricchiti e di bei gigolò, così felici, così rapidamente appagati, coi fianchi larghi e le spalle strette, la pelle color sigaro, o pane nero o tabacco biondo. La preferivano alle attrici francesi, troppo esili e ossute, che li sopportavano con il sorriso distante, cortese e forzato di una padrona di casa stanca.

Ida Sconin... Nessun'altra sa portare come lei il copricapo di piume, l'oro e le perle. Gli stranieri se ne sono andati ma Ida Sconin continua a regnare sovrana.

Parigi come le cittadine di provincia sono stregate, ossessionate da lei. Davanti ai municipi sonnacchiosi di placidi paesotti, si sente risuonare la sua voce incisa che canta *Mon bel amour.* Sui muri di Parigi, la sua immagine appare a ogni angolo di strada: in piedi, seminuda, in cima a una scala dorata, la testa fiera sotto una massa di piume di struzzo; il suo nome sfavilla, lampeggia spasmodicamente nella tenue foschia luminosa delle sere parigine.

«È sempre la stessa solfa» dicono le altre. «Non prova nemmeno a rinnovarsi...».

Perché dovrebbe?... Cantare *Mon bel amour*, portare un copricapo di piume rosa, sorridere, girare lentamente la testa, mostrare le gambe e l'ombelico, ascoltare senza battere ciglio le battute che si scambiano in un palco di proscenio due vecchie americane sorde e imbellettate:

«*My dear!... She is too wonderful! She doesn't look a day older than fifty...!*».

Ripetere tutte le sere lo stesso saluto, la stessa canzone, ridere sempre nello stesso identico modo, con quel gonfiarsi morbido e voluttuoso del collo, ancora bello e liscio come una colonna. Ida conosce il segreto del successo: resistere a ogni costo, imprimere un'immagine immutabile di sé nella memoria degli uomini. Tutto, persino il profumo, è rimasto lo stesso. Al momento di cantare, quando increspa leggermente la bocca e le labbra si schiudono piano come un bocciolo di rosa, ci si dimentica che il suo viso è cambiato, è invecchiato. Lei è quella di sempre, senza sorprese; il vecchio americano dai denti d'oro che la applaude si ricorda della sua gioventù, delle serate in tempo di guerra, delle donnine che da Maxim's gli si strusciavano addosso con la testa all'altezza del suo cinturone da ufficiale, dell'armistizio, delle risse nei caffè a suon di sifone e bastoni da passeggio, degli anni d'oro. Non chiede di più. Lei ha importato a Parigi il gusto del teatro di rivista, del fasto, dello scintillio delle gemme sui seni nudi.

È perfettamente consapevole dell'effetto provocante del suo corpo malcelato da stoffe grosse e pesanti e attorniato da donne nude. All'inizio erano cinque o sei, ma il pubblico si è presto assuefatto e, per allettarlo, si è pensato bene di aumentarne il numero a ogni stagione. Adesso non sono più cinque, né dieci, ma quaranta, cento, una fiumana, un mare mosso di gambe, cosce, seni, schiene nude, che cipria e belletto rendono dell'identico rosa uniforme, come la carne di un maialino macellato di fresco. Tanta ostentazione fiacca il desiderio ed ecco allora che appare Ida Sconin, con la vita stretta in due immense crinoline di raso nero e oro. Sfoggia il sontuoso copricapo di piume senza mostrare il minimo segno di sforzo, se non per una lieve piega agli angoli delle labbra che in platea, dalla terza fila in poi, si può facilmente scambiare per un sorriso.

Sulla scena le luci si spengono e solo i fasci incrociati dei riflettori la illuminano. È alta, eretta, flessuosa, con il mento imperioso; il bel viso segnato esprime orgoglio sfrontato, sfida; solo ultimamente il sorriso vigile si offusca a tratti; la trionfale baldanza dello sguardo e la caparbia ostentazione di felicità impressa sui suoi lineamenti si attenuano, si velano di inquietudine. Le uniche ad accorgersene, però, sono le ragazze che la attorniano, così come solo loro possono scorgere, durante la passerella *Gemme e gioielli*, tra i fili di perle dell'acconciatura di Ida Sconin, i capelli, originariamente neri, tinti di uno sfavillante color oro, poi ritinti di rosso scuro, poi di un tenue biondo platino e ancora di rosso fiammante, capelli talmente sfibrati da non avere più una parvenza umana: secchi e fragili come paglia, e per i quali un solo giorno di tregua sarebbe sufficiente a far spuntare la radice nivea sotto la tinta.

Le *girls* alzano e abbassano ritmicamente ora il braccio sinistro, ora il destro; un moto ondoso agita la marea di ragazze seminude sotto il copricapo di rose. Ida Sconin sfila in mezzo a loro: le gambe nude scostano pigramente la cascata di velluto, di lustrini, di raso. Quando si ferma, le ragazze contemplano malevole quel collo liscio e sodo, percorso da un impercettibile tremito mentre sopporta stoicamente la bardatura di piume e fiori. Sotto la reticella dorata, le tempie si imperlano di sudore.

Mormorano:

« Guardala... Non è possibile, adesso crolla... ».

« Santo cielo, ma cosa ci troveranno ancora di bello in questa donna? ».

« Ha avuto fortuna, ecco tutto, cara mia. Mica come te e me ».

E pensano:

« Già, una fortuna sfacciata!... Null'altro... Carogna come poche, oltretutto, e con un cuore di pietra. Neanche un'infatuazione, un capriccio, a parte il noto debole per ragazzi giovani e bellissimi, docili amanti per una settimana, quindici giorni, e poi via. Negli ultimi tempi sembra che non abbia nessuno ».

« Del resto, a che le servono gli uomini? » pensano le ragazze con amarezza. « È pagata meglio di una diva americana... ».

Disposte su due file, l'una dopo l'altra, alzano le gambe illuminate dai fasci dei riflettori, inarcandosi e affondando nell'ombra i visi stanchi e indifferenti.

Il direttore d'orchestra sembra raccogliere le onde sparse con la punta della bacchetta e ricondurle verso la diva che, con la mano libera, agita indolente il ventaglio di piume rosa. Ida Sconin aspira il calore, il sottile pulviscolo che vortica nel fascio dei riflettori. Il teatro è percorso da un brusio sordo, come il mormorio del mare. Ida canta, sorride, balla, ma in mente ha un solo pensiero, una sola preoccupazione: il botteghino!... L'ammontare degli incassi.

Pensa:

« Ieri, sabato, abbiamo fatto centomila tra la matinée e il serale. Oggi altrettanto. Gli incassi sono in costante aumento... ».

E immagina la linea ascendente del grafico che fa dire ai produttori in tono di rispetto:

« Ida Sconin fa cassetta ».

Lei sa bene che è quella la parola magica. L'unica a sbarrare la strada a quelle giovani scalmanate, impazienti, dai denti aguzzi, che scalpitano da anni per prendere il suo posto, in attesa di un suo passo falso, di un cedimento, di un giorno di malattia o di stanchezza, del momento in cui l'età, così a lungo tenuta in scacco, si prenderà finalmente la rivincita.

« Portate pazienza » pensa. « È ancora presto... ».

Ancora per un pezzo sui muri di Parigi campeggerà la sua immagine ridipinta di fresco; le sue canzoni continueranno a essere fischiettate da operai, camionisti, monelli di strada; tutte le sere lettere di fuoco tracceranno sulla sommità degli edifici:

IDA SCONIN

IDA SCONIN

IDA SCONIN

Credono davvero, tutte quelle ragazze, quelle rivali, che si lascerà spodestare perché ha passato la sessantina? Come loro, per tutta la giovinezza ha aspettato il successo, la ricchezza, il mormorio lusinghiero della folla al suo passaggio:

« Ida Sconin... Ida Sconin... Avete visto?... Ida Sconin... ».

La fama?... A vent'anni si fa presto a sentirsene appagati, ma lei l'aveva raggiunta a più di quaranta. E, a quell'età, non fa che aumentare la sete, come l'acqua di mare. Prima della guerra, nonostante gli smeraldi, gli amanti e la boria, aveva ottenuto solo briciole di notorietà, qualche eco sui giornaletti scandalistici, qualche commento casuale: « Ida Sconin?... Mai sentita... Ah, sì, una bella ragazza... ».

Solo da quindici anni raccoglie il frutto di una lunga pazienza. Certo, non si fa illusioni. Non è granché tutto questo far parlare di sé, questo clamore, e per che cosa poi?... Per una donna nuda che scende una scala dorata... Ma, anche se sono altri i sogni che coltivava, sa da tempo ormai che, alla fine dell'esistenza, bisogna sapersi accontentare di quel mezzo fallimento che si chiama successo, aspirazioni realizzate, coronamento di una carriera. Lo sanno, quelle ragazze?... Hanno idea della fatica, dello sforzo che le è costato arrivare a un traguardo risibile ma che per lei, nonostante tutto, rappresenta il culmine, un trionfo?... La lotta estenuante contro il tempo, contro gli uomini... Quegli uomini che così cinicamente e a caro prezzo le hanno venduto chi un favore, chi un appoggio, chi una parola di incoraggiamento, chi un aiuto, le sfilano tutti nella mente.

Faccioni rubizzi, labbra sottili e glabre, palpebre pesanti, guance vizze e cascanti, ricordi, schiavitù del passato e assicurazione tuttora valida contro gli imprevisti del futuro (l'anziano finanziere e l'ex presidente del Consiglio che si alternano nel suo letto)... A volte ha l'impressione che non le basteranno mai i baci, le bocche giovani, i corpi sodi, per cancellare la sozzura di quelle mani nodose, di quei corpi flaccidi, di quelle pance prominenti sulle gambette corte, di quelle bocche molli che ansimano di piacere tra i suoi seni...

Che aspettino, le belle fanciulle, come ha dovuto fare lei!... Che consumino, come lei, gioventù e bellezza con intelligenza, con pazienza!... Lei non si farà da parte.

Ride, saluta, in piedi al centro della scena; il suo corpo risplende sotto i riflettori.

Il sipario intessuto d'oro e di rosa, i suoi colori, cala lentamente.

L'uscita degli artisti. Ida Sconin attraversa il marciapiede appena bagnato da una pioggia leggera, lucido come un quadro dipinto di fresco. Sono passati tre mesi. Sono le due di una notte di giugno; un breve istante di oscurità e silenzio tra due crepuscoli argentei. Nei giardini dell'Eliseo fioriscono i primi lillà. Le pubblicità luminose ruotano pigramente e di lì a poco si spegneranno. Sul cielo limpido e trasparente piccole, brillanti fiammelle gialle tracciano:

IDA SCONIN

Con un fascio di rose in braccio, Ida passa davanti alla folla curiosa dicendo a voce alta:

« Quattrocento fra mazzi e ceste ieri... È davvero troppo. E poi i bigliettini, le lettere... Mi uccideranno ».

Respinge con un gesto garbato l'amico fedele che la sollecita sottovoce:

« No, no, sono distrutta... Matinée e serata il sabato, matinée e serata la domenica... Mio caro, sono sfinita... ».

« Ma se siete fresca come una rosa ».

« Adulatore!... ».

Il pubblico osserva, ascolta, cerca di cogliere le battute che vengono scambiate davanti alla lunga auto scintillante.

Un giovane a capo scoperto, con una sciarpa rossa avvolta intorno al collo, stringe al petto un fascio di rose. È pallido, titubante.

Non sospetta nemmeno che se Ida Sconin, in piedi davanti alla portiera socchiusa, inclina leggermente il viso fine, sfiorito e imbellettato, se si attarda a sistemarsi il collo di pregiata pelliccia, lo fa proprio per lui, così insignificante – per dargli il tempo di farsi coraggio, di andarle incontro e offrirle le sue rose perché lei ne annusi il profumo e pronunci con voce roca e sommessa:

« Oh, che bei fiori!... Sono per me questi bei fiori?... Grazie... ».

Così tutti penseranno:

« È ancora stupenda. Anche da vicino non dimostra la sua età... Chissà quanti spasimanti avrà ancora!... ».

« Vedete bene che è una leggenda, la sua età, i giovanotti che paga... ».

«È ancora molto bella...».

Alla fine il giovane si è avvicinato, le ha teso timidamente i fiori attraverso la portiera; Ida ha sorriso come si conviene, ha posato su di lui uno sguardo, ahimè, non più voluttuoso né lascivo come vorrebbe ancora far credere, ma saggio e profondo: perché è più facile cancellare le rughe che mascherare l'espressione lucida e stanca dello sguardo di una vecchia carica di esperienza.

Ciononostante, lei china il capo e mormora con la sua voce bassa, lievemente roca e melodiosa:

«Per me?... Questi bei fiori?... Oh!...». (Pausa, altro sorriso). «Grazie...».

E anche per oggi la recita è finita. L'auto può partire. A Ida piace attraversare il Bois de Boulogne assopito e silenzioso, poi di colpo chiassoso e pieno di luci. La Grande Cascade è illuminata da una luce elettrica verde chiaro. La sua casa è ai margini del parco.

Abbandona la testa all'indietro, chiude gli occhi.

Si sente triste. Può truccarsi, rifarsi seno e guance quanto vuole, massaggiarsi la fronte, cancellare ogni giorno le rughe che ogni sera, puntualmente, si riformano, ma non può impedire che la sua anima, a tratti, si senta spossata più in fretta del corpo.

Adesso si lascia andare. Il mento le ricade mollemente sul petto che ballonzola a ogni scossone dell'auto. Si sforza di reagire, di guardare fuori dal finestrino. Non c'è verso! L'animazione, il frastuono delle strade, le luci eterne di Parigi inebriano; è lì che si sente più in forma, più combattiva, più viva. Quel silenzio la intorpidisce, la infiacchisce, la rilassa troppo.

«A partire dai quarant'anni» pensa «bisognerebbe trasferirsi per sempre alla Butte Montmartre».

È a casa. Terminata anche la toilette della sera, si è messa a letto. Il viso, la fronte, le mani, il collo sono avvolti da bende imbevute di un denso strato di crema. Sprigionano un odore di erbe, un vago sentore di olio. La finestra è aperta, l'aurora di giugno sta per allungare sul prato il primo raggio infuocato. La domestica ha chiuso con cura le imposte e tirato i pesanti tendaggi.

Ida dovrebbe dormire. Un tempo era facile per lei addormentarsi e svegliarsi all'ora stabilita. Aveva addestrato il suo corpo a obbedire come una macchina. Non appena si metteva a letto, dopo le cure di bellezza e un lungo bagno tiepido, un sonno senza sogni si impadroniva di lei.

Sei ore dopo, il risveglio: doccia, ginnastica, massaggio, altre cure del corpo... Poi le prove, il lavoro. Mai un giorno di malattia, di ozio o di stanchezza. Da qualche mese, invece, fatica a prendere sonno. Il cuore le batte ora troppo veloce ora troppo lento, e a volte sembra avere una battuta d'arresto, urtare contro un ostacolo invisibile per poi riprendere stentatamente il cammino, brancolando, e lasciandola ansante, con le membra ghiacciate, le ginocchia tremanti.

« Affaticamento » dice il dottore.

Ida intuisce quello che pensa mentre le ausculta il cuore, soppesando di sfuggita quel seno nuovissimo, operato, rifatto, rimodellato per la seconda volta quell'inverno. (Sarà pronto per essere esibito trionfalmente il prossimo autunno, per la nuova rivista: lo tiene in serbo per l'occasione).

« A lungo andare, tutto si sciupa » pensa il dottore mentre mormora: « Ha una salute invidiabile, sfacciata... ».

Le solite parole, ascoltate e ripetute fino alla nausea...

« Però si riguardi... Non deve strafare... ».

Certo, è invecchiata... Il cuore che perde colpi, la memoria vaneggiante che non appena si ritrova sola con se stessa rivanga senza sosta il passato. Come un meccanismo inceppato, si ostina a passare in rassegna vecchie immagini inutili... sgradevoli...

Chiude gli occhi, si toglie con cautela la maschera di crema che le copre il viso, si sforza di rivedere con gli occhi della mente il cartellone che da settembre tappezzerà i muri di Parigi:

«Il 15 novembre Prima di gala della nuova rivista dell'Impérial. Biglietti disponibili. La famosa stella del varietà Ida Sconin canterà e ballerà in *Femmes 100%*, la nuova produzione di Simon & Mossoul, aggiornata da Archibald d'Hupont, Stanislas Goldfarb e Malt-Lévy. Balletti e ensemble di Jacques Josseline. Accompagna lo spettacolo, che prevede un cast sensazionale, l'orchestra di Mac-Lloyd».

Confronta mentalmente la grandezza delle lettere che comporranno il suo nome con quella delle lettere che formano attualmente i nomi delle rivali più temibili.

Ogni nuova stagione segna per lei l'inizio di una battaglia che diventa di anno in anno più dura e più incerta. La prossima in modo particolare...

Sospira. Le sembra di rivedere Simon davanti a lei, di sentire le sue parole:

«Attenzione... Il pubblico si stanca... Lei è formidabile, meravigliosa... eppure...».

Come al solito, quando le parla con l'intento di blandirla, si agita per l'eccessivo zelo, si gratta il testonc corrucciato, inclina il lungo naso, storce ancor più la bocca fremente e sinuosa e le lunghe ciocche nere gli ricadono sulla fronte. Quell'uomo nutre verso di lei un'ammirazione e un affetto sinceri, ma ciò che soprattutto gli sta a cuore è quella che chiama la propria reputazione; con grande dispiacere ma altrettanta fermezza, non si farà scrupoli a liquidarla il giorno in cui il pubblico dovesse effettivamente stancarsi di lei. Sul suo volto, specchio fedele della sua anima, Ida coglie un'espressione in cui si mescolano astuzia, cupidigia, crudeltà e sensibilità.

Ma ecco che aggiunge con voce tremante:

«Sa che può fidarsi di me, che non le ho mai mentito?... Mi conosce, no?...».

E, argomento supremo:

«Che ne pensa Dikran?...».

Dikran, l'amico del cuore di Simon, è un armeno grasso e untuoso, dal molle ventre tremulo, gli occhi semichiusi da odalisca, neri e lustri come uvetta di Corinto; da quella pingue massa di carne esce una voce femminea, dolce e musicale, che pronuncia parole molto sensate:

«Mia cara, non dimentichi che i suoi capitali sono in gran parte investiti in questa attività. È anche nel suo interesse che gli affari vadano bene...».

Simon contempla teneramente l'amico:

«Ha ragione, come sempre... Dickie, spiega alla divina, all'incomparabile, che quella ragazza, quella Cynthia, servirà a sottolineare ancor più la sua sfolgorante bellezza... Perché, insomma, è questo il principio che ci ha sempre guidato nei nostri spettacoli con ballerine nude...».

Alla fine Ida ha acconsentito, ma adesso è tormentata dal dubbio.

Quella massa informe di corpi nudi, tutta quella carne rosa su cui spiccava il suo corpo non poteva certo nuocerle, ma farsi precedere da una sola donna nuda, da un unico corpo femminile, di fronte a un pubblico assuefatto, ingrato, pronto a lasciarsi conquistare...

«Ho paura...» pensa.

Ha cercato a lungo di nasconderselo.

Anche ora, sola e al buio nella sua camera, avverte un cedimento, una rinuncia, nel momento in cui lascia che si formino nella sua anima quelle parole:

«Ho paura...».

(Lei, il cui unico merito, l'unica virtù sono il coraggio e l'insolenza!).

Ma il solo pronunciarle le fa provare un senso di

sollievo, di distensione, di mesta felicità... Da quanto tempo non si apre, non si confida con nessuno... Questo no! Mai!...

Si rimprovera aspramente. Ci mancherebbe altro! Compatirsi, lei, Ida Sconin!...

«Perché ho accettato?... Perché? Per orgoglio?... Perché il pubblico dica: "Però... in fondo, che classe, che fegato... È davvero così sicura di sé? Non teme confronti...". Oppure perché da un paio di mesi gli incassi non aumentano?». Niente di preoccupante, per ora, le cifre sono di tutto rispetto, ma non raggiungono il massimo, e invece bisogna fare sempre meglio, sempre di più, per non rischiare ben presto di vederle precipitare.

In giardino gli uccellini cinguettano allegramente. Un merlo fischia tra i rami di lillà in fiore.

Ida sospira. Le dita contratte si distendono, scivolano sul lenzuolo di seta. Assapora il fatto di essere a letto da sola, sotto il baldacchino rosa e oro!... Non è da molto che può concedersi il lusso di dormire così, con la certezza di svegliarsi senza un uomo accanto, pronto a strapparle un bacio. L'amore è bello, riposante: il suo dolce languore fa dimenticare tante cose... I ragazzi che paga sanno accarezzarla in silenzio, e lei non chiede altro. «Ma che strazio i *dilettanti*» pensa con cupa allegria, e i vecchi amici che si tiene buoni e sotto le lenzuola le raccontano dei loro affari, delle loro ambizioni, dei rimpianti del passato, dei desideri inappagati!...

«Comunque,» pensa «quella ginnastica senza piacere è preferibile al vero amore...».

Girando la testa verso le imposte chiuse vede brillare sul prato una luce vermiglia. Continua a rimandare il momento in cui, per dormire, sarà costretta a prendere la pasticca di Veronal già pronta sul comodino.

«Si riguardi» ha detto il dottore.

Un cuore di... diciamo sessant'anni, sottoposto a

un simile sforzo, notte dopo notte, non si tratta a colpi di Veronal... D'altro canto, nell'ultimo mese ha prima raddoppiato, poi triplicato la dose. L'insonnia, però, farà ritornare le rughe ancora più in fretta. Tasta istintivamente le bende di lana che le stringono la fronte, lisciandole con dita leggere e apprensive. L'amore... Nomi dimenticati le risuonano alle orecchie, dall'ombra riaffiorano dei visi. La luce del giorno li cancellerà...

Dicono di lei:

« Una donna che non ha mai amato, che si è sempre servita degli uomini... ».

Certo...

« No, non sono una "brava ragazza", io » mormora a un tratto con un impeto selvaggio. Per un antico riflesso dimenticato da tempo, fa per gettare indietro la testa, ma si trattiene pensando alla tintura (« Cerchi di scuotere il meno possibile i capelli, sono secchi e fragili »). Le torna in mente il giovane che si tolse la vita per lei (una bella pubblicità gratuita!), trovato riverso al suo fianco ad Antibes.

« Ah, che messinscena!... Quel pallido, esile corpo sulla terrazza, al chiaro di luna, il filo di sangue sulle piastrelle di marmo... E poi che *rentrée* trionfale!... ». (Ma, ad essere proprio sinceri, si era davvero ucciso per amore?... Era un cocainomane e quella notte era fuori di testa).

Certo, è stata amata. Sapeva come legare a sé gli uomini (il primo, Gabriel Clive, le aveva insegnato quale potere avesse sul desiderio maschile un'immagine vaga e sfuggente...). I più si erano affezionati a lei perché sapeva lusingarne la loro vanità, ed era tutto quel che chiedevano. E a quelli non dava altro... Dall'ombra affiorano certi visi che rievoca con maggiore diletto e una segreta tenerezza. Ma non si fa nessuna illusione... Quello che assapora in essi è la sua gioventù.

« Dunque, non ho mai amato » pensa ancora una

volta. «No. Non c'è dubbio. Che m'importa dell'amore?... Quello di cui ho bisogno, che mi fa godere, è l'amore della folla, il buio, il desiderio, il mormorio sordo che si diffonde in sala alla mia comparsa, la bramosia senza volto... Quanto amo tutto questo... Rinunciarvi?... No, piuttosto la morte... Ma per conservarlo devo restare bella, fresca, giovane... Basta con i pensieri, i ricordi, le speranze, i rimpianti, i timori...».

Chiude gli occhi e, con tutte le forze, trattiene lo spasmo nervoso dei muscoli delle palpebre. Ripete dieci, quindici, cento volte, come una formula magica:

«Sono calma. Sono giovane. Sono bella. Voglio dormire. Dormo».

E finalmente si addormenta.

Autunno.

Le ultime prove notturne.

La sala è immersa nell'oscurità. Solo l'orchestra è debolmente illuminata. Piccoli flauti di cristallo attaccano il preludio.

Mani invisibili regolano le luci. I fasci dorati, i raggi azzurri palpitano e si spengono.

Sulla scena spoglia, Cynthia, la ballerina nuda, esegue il suo numero.

«Niente male la piccola» dice Ida Sconin.

Poi:

«Di questo passo, però, temo che la mia scena slitterà al mattino».

Ha parlato a voce sufficientemente alta e tutti si bloccano, interrogandola con sguardi deferenti. Lei muove stancamente la mano, fa segno a Cynthia, impietrita come gli altri:

«Continua, cara. Non ti preoccupare...».

Cynthia è una bionda dalla carnagione lattea di Chicago, *where beauty is cheap*. Ha lunghi occhi verdi, zigomi rosso sangue che spiccano su un viso di un bianco compatto e luminoso come gesso, la mascella quadrata, una dentatura smagliante. È snella, agile, le lunghe membra affusolate fanno pensare a parti di un congegno d'acciaio.

«Non è poi così bella» pensa Ida. «Io, con il mio sfarzo, la mia fama, i miei gioielli...».

Si sente pesante e intorpidita. È sola nel suo palco.

Ha mandato via gli amici, gli ammiratori fedeli. Se ne sta impettita, rigida, con la schiena inarcata, consapevole degli sguardi che nel buio la cercano e la riconoscono, lei e la sua pelliccia di ermellino. (Sì, ermellino, perché si dica: «Alla sua età non ha paura di portare il bianco, è straordinaria!»).

Quanta gente.

«Per una semplice prova hanno di nuovo invitato un sacco di gente come per la generale...» pensa. «Ma non c'è niente da fare, è un delirio».

È stanchissima. Sono quasi le tre. Hanno provveduto a portarle un'ala di pollo freddo e dello champagne. Beve distrattamente, a piccoli sorsi. Aspira quell'odore familiare, caldo e polveroso; se non ci fossero tutte quelle persone, si metterebbe a dormire, riposerebbe meglio che a casa. Si rifugia in teatro come un animale nella tana.

Scivola in un dormiveglia, ma per un riflesso automatico tiene la testa dritta. A tratti si scuote bruscamente dal torpore, raddrizza ancora di più la schiena, porge la mano da baciare a un'ombra che passa tra le poltrone, sorride e mormora:

«Buonasera, buonasera a lei!... Ma guarda, che gentile a essere venuto!...».

«Come sta, mia cara? Si lasci baciare... Com'è carina...».

Ma pian piano diventa taciturna, e allora gli altri si allontanano, contemplando da lontano con sentimenti misti le guance imbellettate, la lunga mano bianca, ornata da anelli di famosi gioiellieri, che ciondola indolente oltre il bordo del palco.

Cynthia ha finito. Si allestiscono le scene.

L'orchestra suona.

«Ma hanno bellamente plagiato Ta-ra-ra Boom-de-ay» pensa Ida. «Dove ho già sentito questo motivo?... Dove ho già visto quel grasso zigano vestito di rosso?».

Si prova l'inevitabile scena retrospettiva. Un séparé rosso e nero, stile primo Novecento, merletti, un corsetto nero e un pot-pourri di vecchi valzer.

«Ora ricordo» pensa Ida.

Perché rivangare il passato? Certi visi, certi ricordi dovrebbero restare per sempre sepolti nella memoria... Invece continuano a ossessionarla suo malgrado. Ogni tanto si sorprende a sospirare, come una vecchia solitaria...

Si ridesta, rivolge un saluto con la mano a un uomo che passa e che non riconosce. La scena è male illuminata. Il cerone della cantante ha un riflesso verdognolo.

«1900... A quei tempi... Sì, sì, inutile nasconderselo... In fin dei conti, quel ricordo è l'unico che conta... Gabriel e... insomma, Gabriel...».

Qualcuno dice ad alta voce:

«Questa mania delle retrospettive è ridicola, sta diventando una tradizione».

Si sente una risata. Qualcun altro domanda:

«E l'incomparabile non è troppo stanca?».

«Io?... Oh, mio caro, quest'esistenza febbrile è la mia vita, lo sa bene...».

«È una donna meravigliosa!».

Il Pré Catelan, una sera di giugno, dorato e rosa come una pesca. Ida Sconin comincia a farsi conoscere, a essere notata, guardata... Che ebbrezza!... Sa bene di dovere tutto questo a Gabriel, all'istante in cui, fra mille altre, lei sola ha saputo catturare e trattenere lo sguardo di Gabriel Clive. Lei, una straniera, una sconosciuta...

«Ero bella allora, anzi più che bella» pensa, e guarda con amara irritazione Cynthia, seduta in prima fila, con le lunghe gambe nude, luccicanti, coperte per metà da una brutta pelliccetta fulva.

Gabriel... Cerca il suo viso nella memoria e subito lo rivede come se fosse ancora seduto lì accanto, chino verso di lei: il grande naso sporgente, adunco come il becco di un rapace; le guance ossute, gli zigomi forti, gli occhi chiari, con la pupilla dilatata da tossicomane, un corpo snello e agile, le belle mani scosse da un tremito impercettibile, e quella bocca fremente e sensibile da vecchio guitto. Aveva un viso esangue e diafano, di quel pallore che hanno gli uomini che passano le giornate a scrivere, e la cui carnagione, alla lunga, finisce per riflettere il candore della carta. Accentuava la scioltezza felpata della sua andatura, la curva satanica delle sopracciglia che sfoltiva come una vecchia vanesia... Quegli occhi color del ghiaccio, la mania di portare sotto gli abiti camicie finissime, così che, quando cingeva le spalle di una donna, com'era solito fare, lei avvertisse la forma e il tepore di quel bel corpo di cui andava tanto fiero...

«E dal punto di vista morale?» si domanda ancora Ida. «Oh, l'uomo fatale, una "vamp" in versione maschile... Fra le tante donne che prendeva e mollava una dopo l'altra, sono stata forse l'unica a procurargli esattamente il genere di sofferenza che desiderava...».

Quanto godeva a soffrire!... Ingannandolo, torturandolo, lei sapeva che in fondo stava al suo gioco, recitava la parte che lui le aveva assegnato in una commedia destinata a un pubblico invisibile... Sfidava apertamente la morte, in mare, al volante delle auto più veloci, eppure amava ardentemente la vita... Era un uomo vanitoso, puerile, facile da ingannare...

«Un guitto» pensa Ida. «In questo consisteva il

suo celebre fascino: nell'incessante commedia che recitava davanti agli altri e a se stesso. Era dispotico, tirannico, talmente abituato alla felicità che i gesti e la voce avevano acquisito una specie di arrogante noncuranza, l'uggia benevola di un sovrano.

«Ho saputo servirmi di lui, e lui ha saputo servirsi di me» pensa. «La sua nota gelosia... Ho saputo dargli esattamente le emozioni che cercava... Quale altra donna sarebbe stata capace di dosare a suo piacimento quel misto di orgoglio, sensualità, irrequietezza?...».

Gabriel l'aveva lanciata nel music-hall. Gli piaceva soprattutto vederla ballare seminuda, «in pasto alle belve», come diceva con una leggera increspatura delle lunghe labbra sottili e un lampo cupo negli occhi chiarissimi... Gli piaceva...

La vecchia diva scrolla le spalle a quei ricordi.

Di un solo essere al mondo era geloso... sinceramente, senza finzioni né segreta voluttà... Lui, così crudele e dissoluto, era stato responsabile dell'infelicità e della morte di un solo essere al mondo...

«Le tre e mezzo» pensa confusamente Ida, mentre sul proscenio le ragazze provano per la decima volta la coreografia, e quaranta gambe scattano all'unisono fuori da una corta gonnellina a sbuffo di raso nero. «Ho male al cuore... Ho di nuovo esagerato con il Veronal la scorsa notte... E adesso sono mezzo intontita...».

Lentamente è tornata in sé, sorride, porge la mano verso il volto di un uomo che emerge dall'ombra, si alza e le sfiora le dita con un bacio:

«Quando sarà di scena?».

«Il quindici, pare».

L'amico si allontana. Ida sorride e risponde allegra al suo saluto: «*So long...*». Ma chi è? Avrebbe dovuto ricordarselo. Rimasta sola nel palco in penombra, scivola di nuovo nel dormiveglia, abbandonandosi ai ricordi e ai sogni.

«Di un solo essere al mondo era geloso: Marc...».

Pronuncia quel nome a fior di labbra, e lo sente risuonare alle sue orecchie con stupore. Da quanto tempo non pensa più a suo marito... Anche allora, all'epoca in cui Gabriel l'aveva conosciuta, Marc viveva solo nella sua ombra, ai margini della sua vita. Erano sposati già da quindici anni, ma lei l'aveva a poco a poco emarginato, cancellato... «Eppure è stato l'unico amico che abbia avuto al mondo...». Povero Marc... Con i suoi occhiali, la spaziosa fronte bianca e il sorriso paziente, tranquillo, che si increspava appena per un dispiacere, ma restava sempre impresso nella dolce piega delle labbra, le guance paffute, quasi infantili, il colorito roseo che la irritava tanto a confronto del pallore di Gabriel...

«Ah, com'ero sciocca. Ero giovane e innamorata. No, innamorata no, ma... soggiogata, abbagliata...

«Nessuno sapeva che ero sposata, e anche dopo non si è mai saputo. Tutto avrebbe potuto continuare così. L'ho confidato io stessa a Gabriel...».

Le sembra di risentire le parole di lui:

«Molto interessante... Quindi, vi ama e sopporta tutto?... Strana questa mentalità straniera... Mi piacerebbe conoscerlo... Sarebbe molto dostoevskiano».

«Un guitto» pensa di nuovo Ida con astio.

«Povero Marc... Con la sua voce dolce, affannata, che diceva: "Quanto ti agiti... Perché, tesoro mio?" L'unico essere al mondo che mi abbia mai parlato così...».

Soltanto le mani di Marc, quando le prendeva delicatamente il polso, avevano il potere di calmarla, di placare il fuoco che le ardeva nelle vene. («Ciò di cui hai bisogno, quello che davvero ti piace, non è tanto il denaro, o i gioielli... ma che il tuo nome risuoni ovunque, che la gente si alzi in piedi al tuo passaggio, ti si affolli intorno... Una fama purchessia...»).

Mormora, come un tempo, come se lui fosse ancora accanto a lei nel palco buio e caldo:

«Non sono felice...».

Marc sì che la conosceva bene. In nome di quella «fama» – ingannevole, vana, eppure l'unica cosa al mondo per cui valga la pena vivere – lei ha sacrificato tutto, ha perduto la felicità e l'anima.

«Povero Marc... ho perduto anche te» pensa.

C'era voluto poco perché Gabriel trovasse intollerabile la presenza silenziosa, per quanto discreta, di Marc nella loro scia sfavillante. Sapeva che su quel rivale non avrebbe mai potuto avere la meglio. Una gelosia insulsa...

«Quell'uomo!... Non sopporto più che ti frequenti, che ti parli!... Deve andarsene!...».

Lei aveva ceduto. Per amore?... Ma no, piuttosto perché non si dicesse: «To', il nostro bel dongiovanni si è già stancato della piccola Sconin... Non è riuscita a tenerselo stretta a lungo!».

Forse anche perché era lui a scriverle le famose melodie, *Rythmes sauvages*, con le quali aveva cominciato a farsi conoscere.

«Che animo spregevole» pensa la vecchia Ida Sconin.

Così si era tenuto stretto Gabriel Clive. Aveva cantato le sue melodie. Si era fatta vedere al suo fianco, aveva sfoggiato gli smeraldi e le perle di cui la ricopriva; aveva obbedito, ascoltato quella voce febbrile, minacciosa, implorante che risuonava giorno e notte alle sue orecchie:

«Deve andarsene!... È così facile!... È russo, un suddito russo... Basta una parola da parte tua o mia per espellerlo dalla Francia con un pretesto qualsiasi... È così facile!... Non verrebbe mai a saperlo!... E poi soffre di più a sapere che sei la mia amante!... Nessun uomo degno di questo nome si accontenterebbe di un'amicizia fraterna con una creatura come te!... Eppure tu ami lui molto più di me!... A lui concedi il tuo affetto, la tua fiducia!... Io sono solo uno strumento del tuo piacere!... Caccialo, mandalo via!... Altrimenti sarò io ad andarmene...».

Com'era crudele, lui che, pur temendo di ammalarsi, convinto di avere i polmoni delicati (ma anche questo faceva parte del personaggio!), era rimasto immobile una notte intera sulla terrazza, spazzata dal vento freddo di Nizza a fine inverno, per non disturbare un gatto malato che gli si era appisolato in grembo.

Lei aveva parlato con Marc. Lui aveva chinato il capo e mormorato:

«Sì, capisco... Davvero, Ida, ti assicuro che capisco...».

In quindici anni non si erano mai separati... Cacciarlo senza una parola, come suggeriva Gabriel? Sarebbe tornato... D'altro canto, cominciava a diventare... imbarazzante... Marc Sconin, dopo tutto, era rimasto il piccolo orologiaio timido di una volta... Non parlava nemmeno francese... Rifiutava categoricamente il suo denaro e portava, d'estate come d'inverno, un vecchio impermeabile logoro e un cappello di feltro scolorito...

Ida mormora:

«In fondo, forse è stato meglio così...».

Simon grida:

«Calate la cupola!...».

Dalla penombra, una voce:

«Cosa prendiamo?».

«Tutto a posto, Noël?».

A occhi chiusi, Ida Sconin rivede la forma immobile di Marc che pende dal soffitto dorato della sua camera.

Rabbrividisce. Quello, quello sì che non si poteva cancellare... L'altro, il ragazzo ubriaco, riverso sul pavimento di marmo, esanime, nella notte profumata, in un certo senso rientrava nell'ambito della sua vita pubblica, della messinscena, della finzione e della pubblicità. Quel povero cadavere, invece, dai piedi penzolanti nei calzini color malva, quel povero corpo che doveva essere nascosto, fatto sparire a ogni costo, seppellito alla svelta, perché quell'immagine priva di bellezza non urtasse la sensibilità di Gabriel...

«Ma nessuno ha mai saputo nulla!... Non ho mai chiesto niente a nessuno» pensa con orgoglio. «Non ho mai piagnucolato, mai implorato conforto o aiuto...».

La sua relazione con Gabriel era durata quattro anni. Poi ne erano seguite altre, parimenti lusinghiere e vantaggiose... Ida ricorda di aver rivisto Gabriel, una decina di anni prima, vecchio, malato, con i capelli tinti, il nasone affilato e prominente tra le guance giallognole e scavate. Lui, che aveva sempre ostentato verso le donne una superficiale e sprezzante gratitudine («Continuo a voler bene a tutte quelle che mi hanno amato...»), si era voltato dall'altra parte con un'espressione di rabbiosa sofferenza.

Ida Sconin canticchia meccanicamente: *Mon bel amour...*

«Tocca a lei, signorina Sconin!... È pronta, signorina Sconin? Riprendiamo il tre. Sicura di non essere troppo stanca?».

«Sa bene che non sono mai stanca, mio caro».

«Che donna formidabile...».

«Che eterna giovinezza!...».

«Che gambe!...».

«Sapete quanti anni ha? Dicono...».

«Così tanti?... Non è possibile...».

«No, ma guardatela! È un portento!...».

«Che gambe! ... Che vitino!».

«Quella donna non deve aver avuto neanche un dispiacere nella vita...».

«Una vera... dominatrice...».

«Ma certo!... È troppo carogna per aver sofferto!...».

«Sapete quanti anni ha?...».
Eccetera, eccetera. La prova notturna continua.

«Stasera, improrogabilmente, si terrà la Prima di gala della nuova rivista *Femmes 100%*. Biglietti disponibili. Ida Sconin canterà e ballerà».

Le strade intorno al teatro sono congestionate sin dalle prime ore della sera. La strada risuona di colpi di clacson. La folla dei loggioni si riversa dalle colline di Montmartre sugli Champs-Élysées. Il cielo sopra i tetti sembra incendiato dai riflettori e dalle insegne luminose. La gente chiacchiera e ride. Si sente dire:

«Ida...».

«Ida...».

«La bella Ida...».

«Almeno dite: la tuttora bella Ida...».

«Il pezzo forte della serata sarà questa Cynthia...».

«Dev'essere pazza quella donna per aver permesso a una sventola di vent'anni di comparirle accanto!...».

«Ha un bel fegato...».

«Perché, pensate che una donna si veda mai invecchiare?».

«Su, ammettete che in fondo siamo venuti ad assistere alla sua disfatta!...».

«Eh, un po' sì...».

Un viavai di automobili. Le signore scendono dalle macchine. Piove. Grosse gocce argentate crepitano contro la vetrata.

La folla resta ostinatamente in piedi, sotto gli ombrelli aperti.

«Guarda un po' la vecchia, là, Gustave...».

«Bello il vestito, azzurro e argento... e le stole di zibellino...».

«Eh, ne girano ancora di soldi a Parigi...».

Gli strilloni si sgolano:

«Leggete "L'Intransigeant", ultima edizione!». Poi si infilano nelle strade vicine, buie e nebbiose.

«Leggete la composizione del nuovo governo!».

«Ida Sconin? Ci vado pazzo per quella!».

La folla paziente e beffarda scruta avidamente i volti conosciuti, ripete i nomi famosi, segue la passerella delle celebrità con un mormorio sommesso e innamorato.

A Ida Sconin piace più di qualsiasi altra quella popolarità capricciosa che regala il popolo di Parigi, il pubblico più sensibile, quello dei posti in piedi, della piccionaia. Ascolta il brusio che suscita al suo passaggio, compagno fedele da tanti anni, e su quello misura il successo e il tempo trascorso... La sera della prima, quando sfila lentamente in auto per lasciare il tempo ai monelli di strada di incollare le labbra al finestrino, di mandarle un bacio, di urlarle dietro, una volta che si è allontanata, qualche breve apprezzamento sguaiato, chiude gli occhi e assapora lo strepito, i lazzi, talvolta abbassa il finestrino per sentire meglio, poi affonda la testa nei cuscini con un raggiante sorriso di trionfo, e pensa:

«Quarant'anni fa...».

«Ida Sconin!... Ida Sconin!... Brava!...».

Quanti ce ne saranno, là in mezzo, assoldati da Simon per quaranta centesimi l'ora? Preferisce non saperlo.

Quelli chc si chiedono:

«Ma perché, ricca com'è, non si decide ad abbandonare le scene?... Insomma, a una certa età...».

Non possono sapere che quel dolce mormorio al suo passaggio offusca gli schiamazzi che a volte risuonano ancora nella memoria, riaffiorando dalle profondità del passato:

«Uncino!... Uncino!...».

E lo scroscio di risa che scuote le teste rovesciate all'indietro, le gole tese, le urla, i fischi:

«Fuori la straniera!... Almeno che impari il francese, eh, la piccola!... Dove sono le curve?... Vedi di mettere su un po' di ciccia!... Uncino!... Uncino!... ».

Quarant'anni prima, al café-chantant di Montmartre dove aveva debuttato...

Eppure era bella, giovane, con una voce ancora inesperta ma profonda e pura; sfortunatamente, il brutto abito nero che indossava aveva ceduto ai gomiti non appena era salita sul palco; ancora non aveva imparato a truccarsi, né ad acconciare i capelli neri, ispidi e folti, che sfuggivano alle forcine e le si rizzavano intorno alla fronte. Non aveva mai fatto uso di cipria e quel giorno si era spalmata le guance di crema Simon e le aveva cosparse di una polvere bianca come biacca. Il viso pallido, gli occhi infossati, l'accento straniero, le poche parole di francese imparate a memoria e ripetute senza capirne il senso, quell'aria di miseria che le aleggiava intorno – tutto era a suo svantaggio.

« Una lupa pelle e ossa » aveva gridato qualcuno tra la folla, sghignazzando. Eppure, quanto aveva atteso quel giorno, quanti sogni insensati prima di salire su quella ribalta in una serata del famigerato « Uncino », divertimento feroce degli spettatori nelle bettole di Montmartre nel 1894...! Quante speranze aveva riposto in un futuro radioso, e quante volte aveva ripetuto a Marc nelle lunghe notti insonni:

« Io non ho paura!... So di avere una bella voce!... Sono magra e brutta, ma ho una bella voce!... ».

La sua voce?... Nessuno l'ha mai trovata bella, né allora né in seguito...

Del resto, l'aveva persa nel giro di qualche anno, fra le esibizioni in salette piene di fumo, la povertà, le notti fredde passate all'addiaccio sulle panchine di Parigi ogni fine mese e la bronchite trascurata che si era trascinata per un inverno intero. La prima volta che aveva cantato *Rythmes Sauvages*, avvertendo il timbro rauco e flebile che le sgorgava dal petto, aveva pensato:

«Ero giovane, bella, piena di talento, e nessuno ha saputo apprezzare le mie doti! Adesso, mi corrono dietro come cagnolini!...».

Con che orgoglio amaro aveva sfoggiato gli smeraldi di Gabriel!...

Gambe e seni, attributi che lei riteneva irrilevanti e spregevoli, ecco su cosa avrebbe dovuto puntare fin dall'inizio! Ma era giovane e sprovveduta.

Ripensa alla serata del suo debutto, alla cortina di fumo tremolante, alle ragazze che masticavano con indolenza arance in un palco, al macellaio dai capelli neri e unti, lisciati ad ali di farfalla sulla fronte bassa, alle sue mani sanguigne cariche di anelli che stringevano il collo di un marinaio con una maglia a righe seduto accanto a lui, al grido che usciva da quelle bocche aperte:

«Uncino!... Uncino!...».

E l'uncino di ferro, impugnato da un fantoccio, avanza ondeggiando sul palcoscenico, la arpiona al colletto e la ricaccia nell'ombra delle quinte... Per la strada, buia e fredda, mille luci tremolano attraverso le sue lacrime. Marc... No, non deve pensarci! A quello non c'è rimedio.

Quarant'anni dopo, la folla si accalca intorno a lei (vecchia, sfiorita) e la acclama:

«Ida Sconin!... Ida Sconin!... Bravaaaa!...».

Oggi, però, sembrano meno docili ed estasiati del solito. La guardano, ma non urlano e non sorridono. Sono preoccupati; contemplano, sui muri del teatro, il cartello con la scritta (certo, in minuscoli caratteri neri, ben diversi da quelli che compongono il suo nome):

CYNTHIA, la ballerina nuda

Ida sente dire:

«Pare che sia una bella ragazza, e pure giovane...».

Lei stringe le labbra, si irrigidisce. Ha fatto male, stavolta, ad affidarsi all'istinto, al coraggio, che l'hanno sempre spinta a lottare, a rischiare? No, no, si sente di nuovo agile e pimpante, con il cuore saldo, l'animo tranquillo. Il cuore?... Ah, se solo smettesse di batterle nel petto con quel martellio sordo e precipitoso... Come il vecchio orologio giallo in un angolo della bottega, mentre Marc lavorava al bancone e lei cullava il bambino che poi è morto... Già, i suoi fianchi lisci e flessuosi hanno racchiuso per nove mesi un bimbo gracile... Sprofonda nel passato come negli abissi marini. Sempre più giù, più in fondo, verso zone d'ombra e di silenzio che credeva ormai cancellate per sempre dalla memoria... La bottega di orologeria nella cittadina dell'est in cui lei e Marc sono nati, i quadranti alle pareti, il movimento lento dei bilancieri, le suonerie, il cigolio smorzato, affannoso, come un sospiro umano, di quell'orologio giallo dal timbro incrinato, appeso nella loro camera nel retrobottega buio, Marc... ancora lui... e il pianto del bambino nel silenzio...

Via, via, è tutto finito ormai. Acqua passata. Adesso lei è Ida Sconin: bella, adulata, famosa. Questa sera si terrà la Prima di gala della nuova rivista *Femmes 100%*.

Il camerino della diva. Le pareti sono rivestite di carta da parati rosa, con grandi specchi e migliaia di luci; le aeree armature di piume e perle si innalzano fino al soffitto. Le vestiariste finiscono di cucire le ultime file di paillette sull'orlo di una cappa intessuta di fili d'oro.

Gli autori, gli scenografi, il sarto con i suoi assistenti, la modista, il parrucchiere, il gioielliere, il costumista, Simon, Dikran, entrano ed escono.

«Adesso basta con queste stupide fantasticherie» pensa Ida Sconin, respirando con avidità l'odore familiare di polvere, profumi e corpi nudi che dai corridoi penetra nel suo camerino. «È tutto finito!...».

È nuda dietro un paravento, mentre tutt'intorno sbattono porte e piovono domande febbrili; lei ride, risponde, parla senza sosta. La truccatrice finisce di incipriarle le gambe e il ventre scoperto.

Arrivano mazzi e ceste di fiori; i petali, aperti per far sembrare più voluminosi i fasci di rose, sono irrorati di profumo.

La vestiarista conta sottovoce:

«Uno, due tre... Già più di cento, signorina...».

«Com'è gentile a essere venuto, ambasciatore!».

Porge la mano da baciare a un vecchio babbuino canuto, che afferra il braccio nudo fra dita tremanti, profumate di violetta, e vi strofina a lungo le labbra aride sormontate da un ciuffetto di peli radi e bianchi.

«Ma via, mia cara... Ho fatto fatica a trovare un palco... Sa che è stato predisposto un collegamento aereo speciale Croydon-Le Bourget per lo spettacolo?».

«Davvero?... In fondo non mi sorprende. Ho molti amici a Londra...».

Il vecchio abbassa la voce:

«Ho chiesto di vedere quella piccola Cynthia di cui si parla tanto. Insignificante!».

«Ha vent'anni, amico mio, è questa la sua forza, l'unica, del resto. Detto tra noi, come ballerina non è un granché...».

«Ovviamente!... Ma tutti ammirano il suo fair-play!...».

«Lei è molto gentile...».

Ida addolcisce la voce, sfiora delicatamente con la punta delle dita la vecchia guancia avvizzita protesa verso di lei; il vecchio annusa il suo profumo, sbirciando i rari spicchi di corpo che restano celati sotto una fascia di pizzo e perle. Lei pensa:

«Vecchio scimmione immondo!...».

«Da bravi, uscite tutti adesso!... Mi farete arrivare in ritardo!».

Le ragazze corrono lungo i corridoi, facendo tremare l'assito. Quando passano davanti al camerino della temuta diva, le giovani voci acute si zittiscono, e gli agili piedi si sforzano di essere più leggeri.

Ida Sconin è seduta davanti allo specchio; il parrucchiere e la truccatrice si affannano intorno a lei. Sul viso le è appena stata spalmata una pasta liscia e compatta come porcellana: da lontano, sotto le luci della ribalta, conferirà alla sua pelle vecchia e stanca l'aspetto fragile e delicato di una giovane gota, intatta e fresca come un fiore. Ai piedi le infilano un paio di coturni dorati su cui le unghie dipinte si poseranno come conchiglie. La parrucca rossa che sorreggerà il diadema coronato di piume bianche e rosso fiammante viene acconciata in un'elaborata architettura a ricci e torciglioni.

Le ragazze passano in ranghi serrati, come una mandria. Attraverso la porta socchiusa Ida vede luccicare i corpi nudi e incipriati, i gonnellini scintillanti, intessuti d'argento e lustrini, che cingono i loro fianchi.

Come nella casa in cui è nata, la casa chiusa sul porto, di cui sua madre era...

Stringe i denti e pensa con rabbia e disperazione: « Come? Un'altra volta? ».

Sì, un'altra volta. Le immagini su cui gli anni hanno steso un velo di oblio nero e spesso come cenere, senza mai cancellarle completamente, quelle immagini rimaste per oltre mezzo secolo a sonnecchiare tranquille, in fondo al suo cuore, al riparo, affiorano lentamente dal passato.

Sua madre. La casa. Le sere in cui veniva rinchiusa in camera sua, e gli sforzi che doveva fare per concentrarsi nello studio, per fingere di non sapere, di non sentire niente. Si metteva le mani sulle orecchie e premeva forte fino a udire solo il ronzio del sangue, in modo da soffocare i rumori che salivano dalla sala comune al piano di sotto. Gli schiamazzi degli uomini, le voci stridule delle donne.

Si sedeva sul davanzale della finestra a guardare il porto, le stradine deserte, e pensava:

«Diventerò grande. Me ne andrò da questa maledetta città. Non mi sentirò più dire dietro: "Ida... La piccola Ida... La figlia della tenutaria del bordello... La ragazzina della Casa-in-fondo-al-molo».

Quelle parole, quelle risatine che le risuonavano alle orecchie da quando era al mondo...

E finiva per addormentarsi con le guance bagnate di lacrime, la fronte appoggiata al vetro freddo, mentre la voce di sua madre chiamava di sotto:

«Forza, signorine, sono arrivati i signori!...».

Allora, dietro la porta chiusa, sentiva, proprio come adesso, il trepestio di un branco di donne, lo scalpiccio dei piedi nudi sui gradini di legno. C'era persino lo stesso odore di profumi dozzinali, polvere e sudore di corpi nudi. Le ragazze scendevano le scale di volata, tenendosi alla ringhiera, sfiorando appena i gradini; le vestagliette gettate in fretta sulle spalle incipriate svolazzavano al vento. Lei, Ida, aveva quindici anni e portava un vestitino scuro con sopra il grembiule nero con la pettorina della divisa scolastica e le trecce arrotolate a crocchia sopra le orecchie. La sua voce era chiara e dolce.

«Sarebbe potuta diventare bella, quella ragazzina» pensa Ida Sconin. «Avevo le doti migliori...».

Pensa tristemente:

«Le doti migliori: coraggio, un orgoglio indomabile; peccato mancasse quella principale, senza la quale le altre non contano: il genio...».

Adesso è in piedi; le drappeggiano addosso le stoffe di seta, le sciarpe. Ida contempla la propria immagine allo specchio, si sistema una piega sgraziata su un fianco, china leggermente la testa per farsi posare sull'acconciatura la monumentale impalcatura di ondeggianti piume di struzzo, il familiare fardello sotto il quale lei non si curverà, anzi, si drizzerà più orgogliosa e più forte che mai; parla, sorride, ma il suo spirito è altrove. Col pensiero rivede il mercato sulla piazza della piccola cittadina, le angurie verdi, spaccate a metà, da cui cola un succo rosa, le cataste di arance, di peperoncini, i grossi cetrioli verdi, le trecce d'aglio, i carretti carichi di pomodori e melanzane, il cielo azzurro, la brezza marina e una ragazzina tremante che ascolta le fruttivendole ridere e parlare fra loro:

«È la figlia, sa, la figlia della...».

Le stesse che più tardi diranno:

«Il giovane Sconin?... Il figlio dell'orologiaio che frequenta quella feccia, la figlia della Casa-in-fondo-al-molo, e se la sposa!...».

«Tra poco è di scena, signorina Sconin. La sfilata dei *Frutti*, Cynthia e poi tocca a lei...».

Trasale, sembra ridestarsi a fatica da un lungo sogno.

È pronta. Esce finendo di agganciarsi i braccialetti, con al seguito un ossequioso corteo: il gioielliere, la truccatrice, il calzolaio, il parrucchiere e due scenografi.

Vuole osservare da vicino il numero di Cynthia.

«In scena per *I bei frutti di Francia*!...».

Scorge Cynthia, in piedi, vigile dietro un'americana, pronta per la sfilata, intenta a far scrocchiare nervosamente le sottili dita nude. Niente anelli ancora... Solo una pelle pallida e fresca, di uno splendore inalterato.

Ida prova un guizzo di giubilo nel contemplare di profilo la mascella squadrata, intenta a masticare una gomma. Ma accanto a lei c'è Simon. Sembra preoccupato e intimamente compiaciuto. Oh, conosce quell'espressione... Gli legge i pensieri negli occhi. Dopo tanti anni trascorsi fianco a fianco, lo conosce bene. Simon ha puntato su quella ragazza e presagisce che il successo della serata sarà suo. Si frega le mani che tremano leggermente di eccitazione, paura e speranza. La larga bocca si torce in tutti i sensi, e ogni tanto gli sfugge uno schiocco secco della lingua, come per spronare un cavallo da corsa. Simon picchietta leggermente sulle belle gambe nude e dice sottovoce:

« *Good gal...* ».

« E io? » pensa Ida. Come una formula magica, mormora a denti stretti:

« I miei soldi, i miei gioielli, i miei smeraldi... I miei titoli americani, i miei terreni, le mie case, tutto guadagnato con ferrea determinazione... Sono Ida Sconin, regina del music-hall... (Regina?... Sì, ma sola e abbandonata come un tempo...) ».

Il cuore le batte forte, a tratti sussulta e sembra urtare contro le costole come se i suoi bei seni nuovi le avessero ristretto il torace. Le pesa tenere la testa eretta, sorridere sorreggendo sulla fronte quella massa di piume, porgere la mano da baciare, pronunciare con indifferenza, muovendo appena le labbra dipinte:

« Non è affatto male la piccola... Dopo averla vista ballare, ho insistito con Simon perché la scritturasse... ».

Cynthia le è passata davanti, è balzata sulla scena. La scia dei profumi dozzinali di cui si è cosparsa arriva alle narici di Ida, che trasale e getta indietro la testa. Ma nessuno la vede impallidire sotto la maschera smaltata. Si alza, si avvicina, guarda.

Né collane lunghe, né piume, né perle, nessun sapiente spogliarello: una ragazza snella, dai muscoli sodi, che sbuca fuori, completamente nuda, tra due quinte. Come balla... I suoi agili piedi sfiorano appena il suolo. Con il cuore gonfio, Ida Sconin ripensa al martellio che, da qualche anno, scandisce i suoi passi sul palcoscenico. Eppure sa di essere magra: la bilancia la rassicura tutte le mattine. I massaggi, le cure quotidiane, non sono inutili, eppure gli anni hanno impregnato il suo corpo di una sostanza invisibile e greve, che sembra attirarla verso la terra, ancorarla al suolo. Divina leggerezza della gioventù...

Quella Cynthia sembra volare. È aerea e fragile. Ida non vede più la mascella squadrata, gli occhi freddi; per un istante riesce a vederla con lo sguardo speciale di una sala buia che contempla da lontano una bella donna nuda, alla luce dei riflettori. I lineamenti del viso sfumano in lontananza. Le guance imbellettate, la bocca rossa, i capelli rossi, corti e lisci, tutto ciò ha poca importanza... La sala, palpitante, la guarda volteggiare e fluttuare come una fiamma; con quelle gambe nude, la lunga schiena scoperta, i piccoli seni perfetti, non suscita desiderio ma quella specie di estasi amorosa che procura a un uomo una bella macchina d'acciaio, perfetta e scintillante.

Alle spalle di Ida, due giovani in maglione (elettricisti? macchinisti?) bisbigliano:

«Ultimo modello, vecchio mio!...».

L'altro tentenna, cerca il modo di esprimere il rimpianto, la concupiscenza, l'ammirazione, e alla fine emette un fischio languido:

«Ah, buon Dio, che sgualdrinella...».

Ida si torce nervosamente le lunghe mani pallide, coperte di cipria, di crema, di cerone; le grosse perle mascherano il leggero gonfiore della gotta.

Che trionfo!... Che applausi scroscianti! Ida non può vedere la sala, ma sente montare un rumore sordo e profondo come quello del mare. Accanto a lei, Simon si asciuga la fronte e, come fa nei momenti di abbandono, si appoggia a Dikran, adagiandosi teneramente sul grasso petto dell'armeno. Gli applausi scemano per poi riprendere con forza: il sipario si è alzato di nuovo e Cynthia, radiosa, trafelata, torna in scena a salutare il pubblico, a elargire sorrisi.

Quando passa accanto a Ida, la grande bocca è spalancata in un sorriso di trionfo, i denti lunghi e smaglianti brillano come quelli di uno squalo.

«Due, tre, quattro chiamate...» conta Simon a voce bassa. Alle sue spalle, la cricca servile che si accalca dietro le quinte, ripete:

« Due, tre, quattro chiamate: è straordinario... »

E quando Cynthia ritorna, avvolta in un accappatoio macchiato di rossetto e vaselina, l'intera corte che attorniava Ida, e di cui lei è abituata a sentire il brusio, i passi e le voci dietro di sé, la abbandona per rifluire intorno alla nuova stella, come l'acqua del mare si ritrae dalla riva e va incontro alla nuova onda spumeggiante.

Ma Simon agita le mani, grida:

« Tocca a lei, signorina Sconin... ».

Pregusta già il duello imminente, che, se esiste una giustizia divina, attirerà il pubblico nel suo teatro come a un incontro di boxe o a un combattimento di galli.

Pensa:

« È giusto così. Noi ci teniamo troppo a lungo le nostre vecchie glorie. Hanno ragione gli americani: il trionfo, i ponti d'oro, e poi al tappeto, avanti un'altra!... Siamo troppo buoni... ».

Ida si è raddrizzata e avanza. Nessuno immagina quanta forza, quanto coraggio le sia costato muovere quel corpo stanco.

Eccola. Appare in cima a una scala di trenta gradini dorati, una rampa scintillante che si srotola ai suoi piedi. È pronta a scendere. Aspetta che l'orchestra attacchi a suonare; quell'attimo di sospensione è previsto, accuratamente preparato, in modo da mostrarla in tutto il suo splendore e lasciare al pubblico il tempo di applaudire e acclamarla come al solito:

« Ida Sconin!... Brava!... ».

Dopo essersi allietata a sufficienza le orecchie con quella musica, rivolge un cenno impercettibile della mano, un tacito segnale al vigile direttore d'orchestra, e i musicisti cominciano a suonare.

Questa sera, però, uno strano silenzio la accoglie.

La claque applaude; qui e là parte qualche fiacco battimano, poi tutto tace. La sala guarda e pensa:

«Sempre la stessa solfa...».

Tutti hanno ancora in mente la bella ventenne che danzava leggiadra sulla scena. Il pubblico, misteriosamente, apre gli occhi. Certo, è stata una bella donna, però... Com'è invecchiata, come sembra vecchia stasera. Qualcuno dice:

«Adesso però esagera...».

E Ida li guarda. Come ogni sera, da molti anni ormai, oltre la ribalta illuminata e la buca nera dell'orchestra, vede quella sala immersa nella semioscurità e attraversata dai fasci incrociati dei riflettori; un luminoso pulviscolo bluastro ricade su un cranio pelato oblungo, lucido, gibboso, a forma di pera e coronato da radi capelli bianchi. Gli sparati inamidati mandano nel buio un riflesso azzurrognolo e abbacinante come quello della neve.

Ida guarda le donne e ne indovina i volti placidi, compiaciuti; le lunghe collane sfavillano nell'incavo delle scollature.

«Ma che aspetta?» pensa Simon, dapprima sorpreso, poi inquieto, angosciato, infine pallido e tremebondo. Cerca di tranquillizzarsi:

«In fondo non è la prima volta!... Un attimo di esitazione, un cedimento passeggero, poi si riprende, è passata...».

E invece...

«Non è la prima volta...» ripete ostinatamente Simon, vacillante, ma fermo al suo posto. «È già capitato che il pubblico le riservasse un'accoglienza fredda, ma lei ha sempre saputo farsi forza e riconquistarlo! Le piacciono le sfide. Lei... Ma come sembra stanca e debole stasera...». Il viso, una maschera di smalto, è immobile, ma, sotto le stoffe trasparenti, Simon scorge distintamente il tremito delle ginocchia appesantite.

Sogghigni, colpetti di tosse, risatine soffocate cominciano ad agitare la superficie nera di quella massa indistinta, come un'increspatura sull'acqua.

Simon osserva Ida con crescente preoccupazione. No, lo strascico dorato è ben adagiato ai piedi della diva. Non rischia di inciampare. Ma com'è pallida e tremante...

«Che aspetta, santo cielo!...» pensa Simon in preda alla disperazione.

Una risata. Una voce dall'alto:

«Be', ti abbiamo guardato abbastanza, cocca!... Su, datti una mossa!... O vuoi passare la mano?...».

«Ecco, ecco quel che ci vuole» pensa Simon. «Al pubblico del loggione piace provocarla, stuzzicarla come si fa con i tori per farli caricare. E lei ha sempre tratto una forza incredibile dagli strepiti, dai lazzi che a volte si levano dalla sala. Gli schiamazzi la elettrizzano...». Simon cerca febbrilmente nella memoria il ricordo di una serata a Chicago, quando l'avevano ricoperta di ingiurie per poi, alla fine, portarla in trionfo. Quindici anni fa... Già, quindici anni... ahimè...

Intanto Ida si è scossa e ha alzato la mano che un'inspiegabile debolezza aveva trattenuto. La musica esplode. La diva incede.

«Ecco. Siamo salvi» pensa Simon, in un bagno di sudore.

Ma, nel momento in cui il famoso piede dalle unghie laccate d'oro si posa sul secondo gradino, da non si sa dove parte un fischio. Lei continua a incedere.

«Bene, va bene così» bisbiglia Simon aggrappandosi a Dikran, immobile al suo fianco. «Non deve tirarsi indietro, altrimenti tutto è perduto. Ma il suo viso mi spaventa... Guarda, Dickie, nemmeno l'ombra di un sorriso, i lineamenti tirati... Ah, santo cielo, come sembra vecchia tutt'a un tratto!... Ha una faccia da Fedra, è pazzesco!... E guardali, guarda le carogne!...».

Tutta la sala ride. Si scorge il biancore dei visi rovesciati all'indietro, le bocche spalancate come buchi d'ombra. Il riso si ingrossa, rimbomba, li scuote come una tempesta.

Ida avanza. Stringe i denti, affondandoli nel labbro che prende a sanguinare leggermente senza che lei se ne accorga; un filo di sangue cola sulla guancia di porcellana e, da lontano, sembra belletto sbavato. Le risa aumentano.

Ida si irrigidisce. Non è niente. Qualche schiamazzo. Ci è abituata, come tutti. Si ripete persino, sottovoce, tra le labbra aride:

«Be', e allora? Un po' di schiamazzi!... Non è mai morto nessuno!...».

Ma non si era mai sentita così stanca, così debole. E mai prima d'ora, mentre incede sotto quello scroscio di strepiti e sberleffi, le era tornato in mente...

Pensa:

«La gradinata sul porto...».

Lascia che quell'immagine si ricomponga in fondo alla sua memoria, e subito il ricordo riaffiora, travolgendola come un'onda. Nessuno lo sa, ma lei non è più la vecchia, coriacea, Ida Sconin, agghindata e imbellettata, bardata di piume e perle, avvezza ad affrontare il tumulto e il pericolo.

Una ragazzina in divisa scolastica, con due lunghe trecce brune che le sferzano i talloni, in cima a una vecchia gradinata di pietra, una mattina di marzo... Come adesso, schiamazzi allegri e crudeli piovevano da tutte le parti. Ai piedi della gradinata, le compagne di scuola, armate di pietre, gridavano, e le loro risate si mescolavano al fragore delle onde e del vento:

«Vieni un po' avanti!... Ferma!... Di qua!... Vieni da questa parte!... Ida, Ida, la figlia della...».

La gradinata bianca si allunga sotto di lei tra le alte case del porto. I panni stesi alle finestre svolazzano al vento, arrossati dal tramonto. Un vaso di fiori è caduto sul selciato, ai suoi piedi; il geranio rosso è pesto e sbrindellato. Le compagne le corrono incontro, ormai stanno per raggiungerla. Trascinano le cartelle nella polvere, le guance sferzate dai capelli scarmigliati; corrono piegate di lato per la furia del vento, ognuna si china a raccogliere un sasso. Il primo giorno di scuola di Ida. La prima volta che sente risuonare alle orecchie le parole: «Puttana... Bordello per marinai...».

E quando anche lei si è messa a gridare: «Lo dico alla mamma...» le hanno urlato, danzandole intorno: «La mamma!... La mamma!... Avete sentito?... La tenutaria della Casa-in-fondo-al-molo!... La...».

Il vento gelido penetra attraverso la gonna. Il ribollire delle onde, il fragore, il mugghiare minaccioso e profondo del mare, i fischi acuti e le grida stridule si confondono in un clamore che la colpisce in piena faccia come un pugno, e che non potrà mai dimenticare.

«Buu-buu-buu!...».

Come adesso.

Il pubblico si diverte. Il loggione rumoreggia e scandisce ritmicamente:

«Cynthia!... Cyn-thia!... No-vi-tà!... No-vi-tà!...».

In platea, le signore, tutte in piedi, dicono:

«Che strano!... Però, in fondo, hanno ragione!... Quella carampana è ridicola... E poi ruba il posto alle giovani!... Buu, buu, Ida!...».

Gli zoccoli pesanti strusciano sui gradini di pietra. Volano sassi. Trafelata, con il sangue che le pulsa nelle tempie, una ragazzina disperata affonda il viso tra le mani e grida:

«Vigliacchi... Che cosa vi ho fatto?...».

Una vecchia sconvolta incrocia sul viso le braccia nude cariche di bracciali e grida:

«Vigliacchi... Che cosa vi ho fatto?...».

Cade, ruzzolando ai piedi della scala dorata.

Simon – che, nel suo animo di piccolo ebreo umiliato ha intuito e compreso parecchie cose, ma che resta prima di tutto un *producer* di vedette –, ancor prima di precipitarsi verso di lei, di appurare se è viva o morta, grida a Dikran:

«Chiudi Cynthia in camerino!... Quei farabutti le staranno tutti addosso!... Bisogna farla firmare per almeno tre anni!... Quanto al cachet, sta' attento: ha i denti aguzzi quella lì».

DOMENICA

Rue Las Cases era tranquilla come nel cuore dell'estate, con le finestre aperte riparate da tende gialle. Tornavano le belle giornate; era la prima domenica di primavera. Tiepida, impaziente, irrequieta, spingeva la gente fuori dalle case, fuori dalle città. Il cielo splendeva di una luce tenue. In square Sainte-Clotilde si sentivano cantare gli uccelli, un dolce ciangottio stupito e indolente, e per le strade calme echeggiava il rauco gracchiare delle auto dirette in campagna. Nel cielo, un solitario bioccolo bianco, morbidamente attorcigliato, fluttuò per un istante prima di dissolversi nell'azzurro. I passanti alzavano la testa con un'espressione incantata e fiduciosa, e respiravano il vento sorridendo.

Agnès socchiuse le imposte: con quel caldo, le rose sarebbero sbocciate troppo in fretta e subito sfiorite. La piccola Nanette entrò di corsa, saltellando da un piede all'altro.

« Posso uscire, mamma? È così bello fuori ».

La messa stava per finire. Per strada passavano già

i primi bambini vestiti di chiaro, con le braccia nude, il messale nelle mani guantate di bianco, tutti intorno a una piccola comunicanda con le guanciotte vermiglie nascoste dal velo. I loro polpacci rosei e dorati, ricoperti di una sottile peluria come frutti, scintillavano al sole. Ma i rintocchi lenti e malinconici delle campane continuavano a risuonare, e sembravano dire: «Andate, brava gente, ci rincresce di non potervi trattenere oltre. Vi abbiamo accolto per tutto il tempo che ci è stato possibile, ma adesso siamo obbligati a restituirvi al mondo e alle vostre preoccupazioni. Andate ora. La messa è finita».

Quando l'eco delle campane cessò, la strada si riempì della fragranza del pane appena sfornato, che usciva a folate dal panificio aperto; si vedevano scintillare le piastrelle del pavimento appena lavato e, nell'ombra, il debole luccichio delle strette vetrine incassate nei muri. Poi ognuno se ne tornò a casa.

Agnès disse:

«Vai a vedere se papà è pronto, Nanette, e avverti Nadine che il pranzo è in tavola».

Guillaume entrò, spandendo tutt'intorno quell'odore di sigaro e acqua di lavanda che le aveva sempre dato un senso di nausea. Era ancora più grasso, più florido e più allegro del solito.

Quando furono a tavola annunciò:

«Ti avverto che dopo pranzo ho intenzione di andare a fare un giro. Quando uno ha passato l'intera settimana confinato a Parigi, è il minimo... Davvero non ti va?».

«Non vorrei lasciare la piccola».

Guillaume tirò bonariamente i capelli a Nanette, che gli stava seduta di fronte: durante la notte aveva avuto un accesso di febbre, ma così leggero da non sciuparle nemmeno il bel colorito fresco.

«Non è poi tanto malata. Ha bell'appetito».

«Oh, non sono affatto preoccupata, grazie al cielo » disse Agnès. « La lascerò uscire fino alle quattro. Dove vai? ».

Guillaume si rabbuiò visibilmente.

« Io... Be', non lo so ancora... Questa mania che hai di voler sempre stabilire tutto in anticipo... Dalle parti di Fontainebleau o di Chartres, a caso, all'avventura... Allora? Vieni con me o no? ».

« Chissà la faccia che farebbe se accettassi » pensò Agnès. Il suo sorrisetto, lievemente contratto agli angoli delle labbra strette, irritava Guillaume. Ma, come al solito, lei rispose:

« Ho da fare in casa ».

E intanto pensava:

« Chi sarà stavolta? ».

Le amanti di Guillaume. E la sua ansiosa gelosia, le notti insonni. Era tutto così lontano adesso. Guillaume era un pezzo d'uomo, con una calvizie incipiente, un corpo massiccio e ben proporzionato, la testa salda sul collo taurino; aveva quarantacinque anni, l'età in cui un uomo è più vigoroso e più solido, ha i piedi ben piantati sulla terra e il suo sangue è ricco e generoso. Quando rideva, sporgeva in fuori la mascella scoprendo i denti bianchi con qualche sprazzo d'oro.

« Quale di loro gli avrà detto: "Quando ridi hai un'espressione ferina, da lupo"? » pensò Agnès. « Chissà come si sarà sentito lusingato. Una volta non faceva così ».

Si ricordò di come andava a piangere tra le sue braccia ogni volta che un'avventura amorosa finiva, del gemito soffocato che gli sfuggiva dalle labbra schiuse come se volesse aspirare le lacrime. Povero Guillaume...

« Io... » fece Nadine.

Esordiva sempre così. Era impossibile rintracciare nei suoi pensieri o nei suoi discorsi una parola, un accenno che non fosse riferito a se stessa, al suo abbigliamento, ai suoi amici, a una smagliatura delle sue calze, alla sua paghetta, ai suoi piaceri. Era... trionfante. La sua pelle aveva il candore di certi fiori vellutati, pallidi e radiosi, come il gelsomino o la camelia, ma in filigrana si vedeva il giovane sangue pulsare, colorirle le guance e inturgidirle le labbra che parevano sul punto di stillare un succo rosa e ardente come vino. Gli occhi verdi brillavano.

«Ha vent'anni» pensò Agnès, sforzandosi per l'ennesima volta di chiudere gli occhi, di non farsi accecare da quella bellezza troppo sfolgorante, troppo avida, da quella risata argentina, dall'egoismo, dal giovane ardore, dalla durezza adamantina. «Ha vent'anni, non è colpa sua... La vita la placherà, la ammansirà, la farà ravvedere, come è successo alle altre».

«Posso prendere la vostra sciarpa rossa, mamma? Non la perderò, state tranquilla. E posso rientrare tardi, eh, mamma?».

«Innanzitutto dove vai?».

«Ma lo sapete benissimo, mamma! A Saint-Cloud, da Chantal Aumont! Passa a prendermi Arlette. Allora, mamma, posso tornare tardi? Diciamo, dopo le otto? Non vi arrabbierete, vero? È per evitare il traffico di Saint-Cloud alle sette di domenica sera».

«Ha perfettamente ragione» disse Guillaume.

Il pranzo era alla fine. Mariette serviva con celerità. Era domenica... Dopo aver lavato i piatti sarebbe uscita anche lei.

Stavano mangiando delle crêpe profumate all'arancia; Agnès aveva aiutato Mariette a preparare la pastella.

«Squisite» disse Guillaume con sentimento.

Dalle finestre spalancate si sentiva già l'acciottolio dei piatti: ora discreto, come nel buio pianterreno dove se ne stavano rintanate due vecchie zitelle, ora più allegro, più energico. Come nella casa di fronte, in cui si vedeva brillare l'ampia tovaglia di damasco lucido apparecchiata per dodici, accuratamente panneggiata e con un centrotavola di rose bianche da prima comunione.

«Io vado a prepararmi mamma. Non prendo il caffè».

Guillaume mandò giù il suo in un sorso solo, senza parlare. Mariette cominciò a sparecchiare.

«Quanta fretta» pensò Agnès, mentre le agili mani ossute ripiegavano con un gesto automatico il tovagliolo di Nanette. «Solo io...».

Soltanto per lei quella meravigliosa domenica non aveva nessuna attrattiva.

«Chi se l'aspettava che sarebbe diventata così pantofolaia, così spenta» pensava Guillaume. La guardò, respirò a fondo gonfiando il petto, compiaciuto e orgoglioso del vigore che le belle giornate sembravano infondergli nelle membra. «Sono in splendida forma. Mi mantengo alla grande» aggiunse tra sé, ripensando a tutti i motivi – la crisi, le difficoltà economiche... Germaine che lo tormentava, che il diavolo se la porti... le tasse... –, insomma, a tutto quello che avrebbe potuto a buon diritto deprimerlo, rattristarlo come tanti altri. Invece no! «Sono sempre stato così, io! Un raggio di sole, la prospettiva di una domenica fuori Parigi, in libertà, una bottiglia di buon vino, una bella donna accanto, e ho di nuovo vent'anni! Sono vivo, io!» si compiacque contemplando la moglie con una sorda ostilità; lo irritavano la sua algida bellezza e la piega beffarda delle labbra sottili e contratte. Disse a voce alta:

«Naturalmente ti telefonerò, nel caso decidessi di rimanere a Chartres stanotte. Ad ogni modo sarò di ritorno entro domattina. Passerò da casa prima di andare in ufficio...».

Con una strana e dolorosa freddezza Agnès pensò:

«Un bel giorno, dopo un lauto pranzo, l'auto con a bordo lui e la donna con cui si trastulla andrà a schiantarsi contro un albero. Arriverà una telefonata da Senlis o da Auxerre. E tu, soffrirai?» domandò con curiosità al proprio riflesso invisibile, muto e vigile nell'ombra. Ma il simulacro, silenzioso e indifferente, non rispose, e la sagoma massiccia di Guillaume si frappose tra lei e lo specchio.

«A presto, mia cara».

«A presto, caro».

E Guillaume se ne andò.

«Apparecchio per il tè in salotto, signora?» chiese Mariette.

«No, lasci stare. Ci penso io. Finisca di sistemare la cucina e poi vada pure».

«Grazie, signora» disse la ragazza avvampando di colpo, come se avesse accostato le guance a una fiamma viva. «Grazie, signora» ripeté con uno sguardo languido. Agnès alzò le spalle in un gesto di scherno.

Accarezzò la testolina nera e liscia di Nanette che si divertiva ad affondare il viso tra le pieghe del suo vestito per poi fare capolino ridendo.

«Noi due ce ne staremo tranquille a casa, tesoro mio».

Intanto, in camera sua Nadine si vestiva in fretta e furia, incipriandosi il collo, le braccia nude e l'incavo della gola dove Rémi, nella penombra dell'auto, aveva posato le sue labbra riarse e ardenti tempestandola di baci roventi come fiamme. Le due e mezzo... Arlette non era ancora arrivata. «Con Arlette la mamma non si insospettirà». L'appuntamento era fissato per le tre. «E pensare che la mamma non si accorge di niente. Eppure è stata giovane anche lei...» pensò, sforzandosi invano di immaginare sua madre da ragazza, fidanzata con suo padre, i primi anni di matrimonio.

«Dev'essere sempre stata così. Ordine, calma, colletti di lino bianco... "Guillaume, non rovinarmi le rose". Io invece...».

Ebbe un fremito, si mordicchiò il labbro e avvicinò il viso allo specchio. Niente le piaceva più del suo corpo, del suo sguardo, dei suoi lineamenti, della linea del giovane collo bianco e puro come una colonna. «Avere vent'anni è meraviglioso» pensò con foga febbrile. «Chissà se tutte le ragazze la pensano come me, sanno godersi questa felicità, questo ardore, questo vigore, questo calore del sangue? Chissà se provano le mie stesse sensazioni, così intense e profonde? Per una donna, avere vent'anni nel 1934 è... formidabile» disse tra sé, ripensando confusamente alle notti passate in campeggio, ai rientri all'alba nell'auto di Rémi (mentre i genitori, beata innocenza, si immaginano al massimo una passeggiata in comitiva sull'Île Saint-Louis per vedere l'alba sulla Senna), e poi lo sci, il nuoto, l'aria aperta, l'acqua fredda sul suo giovane corpo, la mano di Rémi che le affonda le unghie nella nuca, scostandole leggermente all'indietro i capelli corti... «E i genitori che non si accorgono di niente! È vero che ai loro tempi... Mi immagino mia madre, alla mia età, il primo ballo, gli occhi bassi. Rémi... Sono innamorata» disse all'immagine che le sorrideva allo specchio. «Ma devo stare attenta con Rémi. Così bello, così fatuo, viziato dalle donne, dai complimenti. Deve provarci gusto a farle soffrire».

«Ma staremo a vedere chi l'avrà vinta» mormorò stringendo nervosamente i pugni, sentendo il suo amore palpitare in fondo all'animo, come un tumultuoso desiderio di lotta, di sfida ardente e crudele.

Rise. E la sua risata risuonò così cristallina nel silenzio, così sfacciata e fresca, che tacque, incantata, c tese l'orecchio, come per ascoltare l'eco di un raro e perfetto strumento musicale.

«A volte mi sembra di essere soprattutto innamorata di me stessa» pensò allacciandosi la collana verde le cui gemme luccicavano, riflettendo la luce del sole. La sua pelle pura, compatta e levigata aveva la lucentezza, la *glossiness*, dei giovani animali, dei fiori, delle piante di maggio, uno splendore di cui si intuiva la caducità, benché avesse raggiunto l'apice della perfezione. «Non sarò mai più così bella».

Si profumò con deliberata profusione, spandendo il profumo sul viso, sulle spalle: quel giorno le si addiceva ogni sfarzo, ogni stravaganza! «Vorrei avere un vestito rosso fuoco, e gioielli da zingara». Le tornò in mente la voce di sua madre, affettuosa e stanca: «Ci vuole misura in tutto, Nadine!».

«I vecchi» disse sprezzante fra sé e sé.

Per strada, l'auto di Arlette si era fermata davanti casa. Nadine prese la borsa, si infilò di corsa il baschetto e gridò al volo: «Ciao, mamma!», prima di dileguarsi.

«Riposati un po' sul divano, Nanette. Hai dormito così male stanotte. Io mi metterò a lavorare accanto a te» disse Agnès. «Poi uscirai con la signorina».

Per qualche secondo la piccola Nanette si arrotolò tra le mani il grembiule rosa, si rigirò sul divano, strofinò il viso sui cuscini, sbadigliò, e subito si addormentò. Aveva cinque anni. Come Agnès, aveva una pelle da bionda, pallida e fresca, i capelli neri e gli occhi scuri.

Agnès le si sedette accanto senza fare rumore. La casa era immersa nel silenzio, sonnacchiosa. Fuori, aleggiava un aroma di caffè. Un'ombra gialla, calda e piacevole avvolgeva la stanza. Agnès sentì Mariette richiudere piano la porta della cucina e attraversare l'appartamento; ascoltò i suoi passi allontanarsi sulla scala di servizio. Sospirò; la invase una strana, malinconica felicità – una pace deliziosa. Il silenzio, le stanze vuote, la certezza che nessuno l'avrebbe disturbata fino a sera, che non un passo, non una voce estranea sarebbero penetrati in quella casa, in quel rifugio... La strada era tranquilla e deserta. Riparata dalle persiane abbassate, un'invisibile figura femminile suonava il piano. Poi tutto tacque. Alla stessa ora, con la borsetta « in finto cinghiale » della domenica stretta tra le manone nude, Mariette si affrettava verso la stazione Sévres-Croix-Rouge, dove l'aspettava il fidanzato; Guillaume, nei boschi di Compiègne, diceva alla bionda in carne seduta al suo fianco: « Si fa presto a biasimarmi, non sono un cattivo marito, eppure mia moglie... ». Nadine, a bordo della piccola auto verde di Arlette, filava lungo la cancellata del Luxembourg. Gli ippocastani erano in fiore. I bambini scorrazzavano in leggeri golfini senza maniche. Arlette pensava con amarezza che non c'era nessuno ad aspettarla; nessuno la amava. Veniva tollerata per via della sua preziosa utilitaria verde e degli occhi tondi cerchiati dagli occhiali di tartaruga che ispiravano fiducia alle madri. Beata Nadine!

Soffiava un forte vento; inclinandosi bruscamente a sinistra, gli zampilli d'acqua spruzzavano sui passanti una nebbiolina scintillante. Gli alberelli di square Sainte-Clotilde stormivano dolcemente.

« Che pace » pensava Agnès.

Sorrise; né il marito né la figlia maggiore conoscevano quel raro sorrisetto fiducioso che le spuntava a fior di labbra.

Si alzò per cambiare in silenzio l'acqua alle rose; tagliò con cura i gambi; i boccioli si schiudevano lentamente, i petali sembravano aprirsi a malincuore, quasi con timore, con una sorta di sacro pudore.

« Come si sta bene qui » pensò Agnès.

La sua casa... Un rifugio, una conchiglia sigillata e calda, avulsa dai rumori esterni. Quando camminava lungo rue Las Cases, isola di tenebra durante i crepuscoli invernali, e riconosceva sulla porta, scolpita nella pietra, la figura femminile sorridente, il dolce viso familiare con i capelli acconciati in due bande strette, si sentiva misteriosamente rasserenata, placata, immersa in una placida felicità. La sua casa... Il silenzio delizioso, il leggero, furtivo scricchiolio dei mobili, le delicate tarsie che rilucevano debolmente nella penombra, ah, come amava tutto ciò. Si sedette; sprofondò in una poltrona, lei che si teneva sempre dritta, senza mai curvare la schiena o chinare il capo.

« Guillaume dice che preferisco gli oggetti agli esseri umani... Può darsi! ».

Gli oggetti la circondavano di un dolce e muto incanto. La pendola con le decorazioni di tartaruga e bronzo batteva lenta e placida nel silenzio.

Il tintinnio melodioso e familiare di una tazzina d'argento che brillava nella penombra rispondeva come un amico a ogni suo movimento, a ogni suo sospiro.

La felicità? « La inseguiamo, la cerchiamo, ci ammazziamo di fatica, ed è lì, a portata di mano » pensò. « Nasce quando meno ce lo aspettiamo, quando non si spera più, quando non si teme più nulla. Tranne, naturalmente, per la salute dei bambini... ». D'istinto, si chinò a sfiorare con le labbra la fronte di Nanette. « Grazie al cielo è fresca come una rosa. Non aspettarsi più nulla, ecco la pace. Come sono cambiata » pensò, riandando con la mente al passato, al suo amore dissennato per Guillaume, al giardinetto sperduto nei meandri di Passy dove lei lo aspettava nelle sere primaverili. La sua famiglia, la suocera odiosa, la gazzarra delle sorelle nel tetro salottino nero. « Ah, non potrò mai saziarmi abbastanza di silenzio! ». Sorrise e, come se l'Agnès di un tempo fosse seduta accanto a lei ad ascoltarla, incredula, con le trecce nere che le incorniciavano il pallido e giovane viso, disse sottovoce: « Già, ti sorprende, eh? Sono cambiata? ».

Scrollò la testa. Nei suoi ricordi, ogni giorno del passato le appariva piovoso e triste, ogni attesa vana, ogni parola crudele o menzognera.

« Ah, ma come si fa a rimpiangere l'amore? Per fortuna Nadine non mi somiglia. Oggi le ragazze sono così fredde, così aride. Nadine è ancora giovane, ma anche più tardi non potrà mai amare, soffrire come me. In fondo è meglio così, sì, meglio così. Probabile che anche Nanette sarà come la sorella».

Sorrise: era così strano immaginare che quelle guance paffute, rosee e lisce, quei lineamenti indecisi, un giorno si sarebbero trasformati in un volto di donna. Allungò la mano e accarezzò teneramente i sottili capelli neri. «Gli unici momenti in cui la mia anima si riposa» pensò, ricordandosi di un'amica di gioventù che diceva: «La mia anima si riposa...» socchiudendo gli occhi e accendendosi una sigaretta. Ma Agnès non fumava. Quello che le piaceva non era tanto sognare a occhi aperti, ma sedersi così, come adesso, e dedicarsi a una qualche occupazione umile, minuziosa, ad esempio cucire, o lavorare a maglia; costringere la sua mente ad abbassarsi, a umiliarsi, a starsene tranquilla, in silenzio; sistemare i libri, magari, o lavare accuratamente e asciugare uno per uno i cristalli di Boemia, le lunghe flûte bordate d'oro, all'antica, che in casa sua si tiravano fuori per bere lo champagne... «La felicità... Sì, a vent'anni la felicità mi sembrava qualcos'altro, più terribile, più vasto, ma i desideri, meravigliosamente, si ridimensionano, diventano più accessibili a mano a mano che si avvicina la fine di tutti i desideri» pensò posando sulle ginocchia una cesta che conteneva un lavoro già iniziato, la seta, il ditale e le forbici dorate. «Che altro occorre a una donna che non ama l'amore?».

«Lasciami qui, Arlette, per favore» disse Nadine.

Erano le tre. «Farò due passi» pensò. «Non voglio arrivare per prima».

Arlette obbedì. Nadine saltò giù.

«Grazie, cara».

L'auto ripartì. Nadine risalì rue de l'Odéon, sforzandosi di tenere a freno l'ardore allegro e impaziente che la invadeva. «Mi piace la strada» pensò guardandosi intorno con benevolenza e gratitudine.

«A casa mi sento soffocare. Loro non possono capire che sono giovane, che ho vent'anni e non posso fare a meno di cantare, ballare, parlare a voce alta, ridere. Sono felice». Sentiva il vento accarezzarle piacevolmente le gambe attraverso la stoffa sottile del vestito. Leggera, aerea, libera, eterea, in quell'istante aveva l'impressione che niente la trattenesse a terra. «In certi momenti si potrebbe spiccare tranquillamente il volo» pensò traboccante di aspettativa. Com'era bello e gradevole il mondo! L'impeto scintillante del sole di mezzogiorno si attenuava, trasformandosi in una luce pallida e mite; agli angoli della strada c'erano donne che vendevano mazzolini di giunchiglie e offrivano i loro canestri ai passanti. Famiglie placidamente sedute ai tavolini dei caffè sorseggiavano granatine intorno a una piccola comunicanda con le guance in fiamme e gli occhi brillanti. Soldati in libera uscita e donne vestite di nero dalle grandi mani rosse e prive di anelli passeggiavano pigramente, ingombrando i marciapiedi. «Carina» disse un ragazzo incrociando Nadine, mangiandosela con gli occhi, le labbra protese come per darle un bacio. Lei rise.

A tratti l'amore, l'immagine stessa di Rémi svanivano. Rimaneva solo un'esaltazione, un'ebbrezza, una felicità intense, quasi intollerabili, nelle cui remote profondità sembrava tuttavia nascondersi una strana e soave angoscia.

«L'amore? Rémi mi ama?» si domandò all'improvviso sulla soglia del piccolo bistrot dove si erano dati appuntamento. «E io? Siamo innanzitutto amici, e allora? L'amicizia, la fiducia, sono cose da vecchi! Nemmeno l'affetto fa per noi! L'amore è ben altro» pensò, rammentandosi dell'aculeo doloroso che a volte sembravano celare nel fondo i baci e le parole più tenere. Entrò.

Il caffè era vuoto. Il sole splendeva. Sul muro, un orologio scandiva il tempo. Un odore di vino e una frescura di cantina permeavano la saletta interna dove si era seduta.

Rémi non c'era. Nadine sentì il cuore stringerlesi in petto lentamente. « D'accordo, sono le tre e un quarto. Ma non mi avrebbe aspettato? ».

Ordinò una bibita a caso.

Ogni volta che si apriva la porta, ogni volta che una figura maschile compariva sulla soglia, il suo indocile cuore prendeva a battere, allegro e tumultuoso, inondandola di felicità; ma, ogni volta, entrava uno sconosciuto che le rivolgeva un'occhiata distratta prima di andare a sedersi nell'ombra. Nadine si torceva nervosamente le mani sotto il tavolo.

« Ma dov'è? Perché non arriva? ».

Poi chinava il capo e si rimetteva in attesa.

L'orologio batteva instancabilmente ogni quarto d'ora. Con gli occhi fissi sulla lancetta, lei aspettava, senza muoversi, come se il silenzio e la completa immobilità potessero rallentare lo scorrere del tempo. Le tre e mezzo. Le tre e quarantacinque. Non significava ancora niente. Non fa nessuna differenza qualche minuto prima o qualche minuto dopo la mezza; stesso discorso per le tre e quaranta, ma se uno dice: « Le quattro meno venti, le quattro meno un quarto » tutto è perduto, rovinato, irrimediabilmente finito. Lui non verrà, l'ha presa in giro! Con chi è in questo momento? A chi sta dicendo: « Nadine Padouan? L'ho abbindolata per bene! ». Nadine sentiva qualche lacrimuccia, amara e pungente, bruciarle gli occhi. No, no, questo no! Le quattro. Le tremavano le labbra. Aprì la borsa, soffiò sul piumino da cipria; la polvere che sollevò la avvolse in una nuvola profumata e soffocante; nello specchietto scorgeva i suoi lineamenti tremolanti e deformati come sul fondo dell'acqua. « No, non piangerò » pensò stringendo rabbiosamente i denti. Con le dita tremanti prese il rossetto, se lo passò sulle labbra e incipriò l'incavo satinato, bluastro e liscio sotto gli occhi, là dove, più tardi, si sarebbe formata la prima ruga. «Perché si è comportato così?» Un bacio, una sera, era dunque tutto quel che voleva? Per un istante si sentì invadere da una disperata umiltà. Nell'anima le affluirono tutti i ricordi amari che può contenere anche un'infanzia felice e appagata: il ceffone immeritato datole da suo padre, a dodici anni. Quel professore ingiusto. Quelle ragazzine inglesi che riemergevano dalle profondità del suo passato, dalle profondità del tempo, e le dicevano ridendo: «*We wont't play with you. We don't play with kids*».

«Fa male. Non immaginavo che potesse fare così male».

Ormai non guardava più l'ora. Se ne stava seduta, immobile. Dove altro andare? Lì almeno si sentiva al sicuro, al suo posto. Quante donne avevano atteso, come lei, trattenendo le lacrime, come lei, accarezzato con un gesto automatico quel vecchio divanetto in similpelle, tiepida e morbida sotto la sua mano come il manto di un animale? Di colpo, però, ebbe un altro scatto di orgoglio. Che importanza aveva? «Soffro. Sono infelice». Oh, che belle parole nuove: amore, infelicità, desiderio. Le formulava piano tra le labbra.

«Desidero che mi ami. Sono giovane. Sono bella. Mi amerà, e se non lui, altri mi ameranno» mormorò stringendo nervosamente le mani dalle unghie brillanti e affilate come artigli.

Le cinque... A un tratto la saletta buia avvampò, simile alla conca ardente di un braciere. I raggi del sole, cambiando inclinazione, incendiarono la chartreuse dorata che impiastricciava il suo bicchiere e illuminarono la piccola cabina del telefono di fronte a lei.

«Gli telefono?» pensò febbrilmente. «Magari è malato?».

«Ma via» disse scrollando le spalle stizzita.

Aveva parlato a voce alta; trasalì. «Ma che mi prende?». Se lo immaginò in una pozza di sangue, morto, in mezzo alla strada: corre come un pazzo in automobile...

«E se gli telefonassi? No!» mormorò avvertendo per la prima volta la debolezza, la viltà del suo cuore.

E, allo stesso tempo, dentro di lei, una voce sembrava sussurrare enigmatica: «Guarda. Ascolta. Tienilo a mente. Non dimenticherai mai questo giorno. Invecchierai. Ma in punto di morte rivedrai quella porta aperta sbattere al sole. Sentirai suonare i quarti d'ora di quell'orologio, il frastuono e le grida per la strada».

Si alzò ed entrò nella piccola cabina che odorava di polvere e gesso; le pareti erano coperte di scarabocchi. Rimase a lungo a fissare il ritratto di una donna disegnato in un angolo. Alla fine chiamò Jasmin 10-32.

«Pronto?» rispose una voce sconosciuta di donna.

«È l'appartamento del signor Rémi Alquier?» chiese, e il suono delle sue parole la stupì: le tremava la voce.

«Sì, chi lo desidera?».

Nadine tacque; udì distintamente un risolino languido, un richiamo: «Rémi, ti vuole una ragazzina... Eh? Il signor Alquier non è in casa, signorina».

Nadine riattaccò lentamente la cornetta e uscì. Erano le sei e lo sfolgorio del sole di maggio si era velato; un crepuscolo triste e tenue invadeva l'aria. Dal Luxembourg proveniva un odore di piante e fiori appena annaffiati. Nadine imboccò a caso una strada, poi un'altra. Camminava fischiettando sommessamente; nelle case si accendevano le prime luci e per le strade non ancora buie i primi lampioni; la loro fiamma deformata sfavillava attraverso le sue lacrime.

In rue Las Cases, Agnès aveva messo a letto Nanette. La bambina si stava addormentando, ma la sua vocina esitante, dolce, fiduciosa continuava a parlare nel dormiveglia, a se stessa, ai suoi giocattoli, all'ombra. Ma non appena sentiva i passi di Agnès si zittiva prudentemente.

«Di già» pensò Agnès.

Entrò nel salotto buio, lo attraversò senza accendere le luci e andò ad appoggiarsi al davanzale della finestra. Il cielo imbruniva. Sospirò. La giornata primaverile racchiudeva una specie di segreta amarezza che sembrava sprigionarsi al calar della sera. Come le pesche rosa e profumate che lasciano in bocca un sapore amaro. Dov'era Guillaume? «Non rientrerà di certo, stanotte. Meglio così» disse tra sé, pregustando il letto fresco e vuoto. Toccò il vetro freddo della finestra. Quante volte aveva aspettato così Guillaume? Sera dopo sera, ascoltando il ticchettio dell'orologio nel silenzio, il cigolio dell'ascensore che saliva, saliva lentamente, superando il suo piano per poi ridiscendere. Sera dopo sera, dapprima con disperazione, poi con rassegnazione, e infine con una sorda e mortale indifferenza.

E adesso? Scrollò mestamente le spalle.

La strada era deserta e su ogni cosa pareva aleggiare un vapore bluastro, come se dal cielo velato avesse cominciato a cadere una pioggerellina di cenere. Nell'oscurità si accese la stella giallo oro di un lampione, e le torri di Sainte-Clotilde parvero ritrarsi, sfumare in lontananza. Passò un'utilitaria addobbata di fiori, di ritorno dalla campagna; nella luce crepuscolare si scorgevano i mazzolini di giunchiglie appesi ai fari. Davanti ai palazzi, le portinaie se ne stavano sedute in silenzio sulle loro sedie impagliate, con le braccia sulle ginocchia. Le imposte alle finestre venivano richiuse e attraverso gli interstizi filtrava appena una fioca luce rosata.

«Un tempo,» si rammentò Agnès «quando avevo l'età di Nadine, aspettavo Guillaume per ore e ore, invano». Chiuse gli occhi, sforzandosi di rivederlo com'era allora, o per lo meno come se lo ricordava.

Era davvero così bello? Così affascinante? Oddio, certo, più magro di adesso, con il viso più tormentato, più asciutto, delle belle labbra. I suoi baci... Le sfuggì una risatina triste e amara.

« Come lo amavo... Idiota... Povera idiota... Lui non mi diceva parole d'amore. Gli bastava baciarmi, baciarmi fino a farmi sciogliere dalla tenerezza e dal tormento. In diciotto mesi non mi ha mai detto: "Ti amo"... o: "Voglio sposarti"... Per lui io dovevo essere sempre là, devota. "A mia disposizione" diceva. E io, povera stupida, ci provavo anche gusto. Avevo l'età in cui persino la sconfitta è inebriante. E poi pensavo: "Mi amerà. Diventerò sua moglie. A forza di devozione, di amore, finirà per amarmi" ».

Dal fondo del passato rievocò con estrema precisione una sera di primavera. Ma non altrettanto limpida e mite. Era una di quelle primavere parigine, fredde e piovose, in cui sin dal mattino una pioggia battente e gelata scroscia tra le fronde degli alberi. Gli ippocastani in fiore, la lunga giornata, l'aria tiepida parevano una beffa crudele. Lei lo aspettava seduta sulla panchina di un giardinetto deserto; il bosso fradicio di pioggia spandeva un odore amaro; le gocce cadevano nell'acqua della vasca, misurando lente e malinconiche il trascorrere inesorabile dei minuti, mentre lacrime fredde le rigavano le guance. Lui non arrivava. Una donna le si era seduta accanto, guardandola in silenzio, curva sotto la pioggia, le labbra strette in una smorfia amara, come se pensasse: « Eccone un'altra ».

Chinò leggermente la testa, piegando il collo, e la appoggiò meccanicamente sul braccio, come un tempo. Si sentì invadere da una profonda tristezza.

« Che succede? Eppure sono felice, così calma, così tranquilla. Perché abbandonarsi a certi ricordi? Santo cielo, serve solo a risvegliare vecchi rancori e una rabbia sterile! ».

A un tratto, però, le tornò in mente l'immagine

del taxi che la trasportava lungo i viali bui e fradici del Bois de Boulogne, e le parve di risentire il sapore e l'odore di quell'aria pura, fredda, che entrava dai finestrini abbassati, mentre la mano di Guillaume le stringeva piano, con cattiveria, il seno nudo, come un frutto spremuto. Bisticci, riconciliazioni, lacrime amare, bugie, un languore travolgente, e quell'improvvisa, struggente felicità, quando lui le toccava la mano e le diceva ridendo: «Sei arrabbiata? Mi piace farti soffrire un po'».

«È acqua passata, non succederà mai più» disse improvvisamente a voce alta, con incomprensibile disperazione. Di colpo sentì le lacrime sgorgare dagli occhi e solcarle il viso. «Come vorrei soffrire ancora».

«Soffrire, disperarmi, aspettare qualcuno! Non ho più nessuno al mondo da aspettare! Sono vecchia. Odio questa casa» pensò a un tratto con impeto. «E questa pace, questa calma! E le ragazze? Oh, essere madre è la più tenace e la più vana delle illusioni. Sì, voglio bene alle mie figlie, ho solo loro al mondo, eppure non basta. Vorrei ritrovare gli anni perduti, le sofferenze di un tempo. Adesso l'amore sarebbe così ripugnante, così squallido. Vorrei avere vent'anni! Beata Nadine! Ma lei starà giocando a golf a Saint-Cloud! Se ne infischia dell'amore! Com'è fortunata!».

Trasalì. Non aveva sentito la porta aprirsi, né i passi di Nadine sul tappeto. Asciugandosi furtivamente gli occhi si affrettò a dire:

«Non accendere».

Senza aprire bocca, Nadine andò a sedersi accanto alla madre. Si era fatto buio ed entrambe stornarono lo sguardo. Nessuna delle due si accorse di niente.

Dopo un lungo silenzio, Agnès chiese:

«Ti sei divertita, cara?».

«Sì, mamma» rispose Nadine.

«Che ora si è fatta?».

«Quasi le sette, credo».

«Sei tornata prima del previsto» disse distrattamente Agnès.

Nadine non disse nulla e fece tintinnare i sottili braccialetti d'oro intorno alle braccia nude.

«Com'è taciturna» pensò Agnès con un certo stupore. Disse a voce alta:

«Che c'è, cara? Sei stanca?».

«Un po'».

«Stasera andrai a letto presto. Su, vai a lavarti le mani. Tra cinque minuti ci mettiamo a tavola. Non fare rumore in corridoio, Nanette sta dormendo».

In quell'istante squillò il telefono. Nadine alzò la testa di scatto. Comparve Mariette.

«Cercano la signorina Nadine».

Con il cuore in tumulto, Nadine attraversò piano il salone, avvertendo su di sé lo sguardo della madre. Richiuse senza far rumore la porta del piccolo studio dove si trovava il telefono.

«Nadine?... Sono io, Rémi... Oh, come siamo arrabbiate... Via, perdonami... Non essere cattiva... Ma se ti ho chiesto scusa! Su, su» disse come per ammansire un animale recalcitrante. «Un po' di comprensione, ti prego, ragazza mia... Che vuoi farci? Una vecchia fiamma, un'elemosina... Ah, Nadine, non pretenderai mica che mi bastino i contentini che mi dai... eh?... Eh?» ripeté, e lei riconobbe l'eco di quel risolino sommesso e voluttuoso fra le labbra strette. «Devi perdonarmi. Adoro baciarti quando sei arrabbiata e i tuoi occhioni verdi lampeggiano. Mi sembra di vederli. Sfolgorano, vero? Domani? Che ne dici di domani, alla stessa ora? Eh?... Niente bidoni, promesso... Eh?... Non sei libera?... Stai scherzando! Allora, domani? Stesso posto, stessa ora. Ho detto che lo giuro... Domani?» ripeté.

Nadine disse:

«Domani».

Lui rise:

« *There's a good girl. Good little girlie. Bye bye* ».

Nadine entrò di corsa in salotto. Sua madre non si era mossa.

«Che fate ancora lì, mamma?» esclamò, e la sua voce, la sua risata squillante suscitarono in Agnès un amaro turbamento, simile all'invidia. «È buio!».

Accese tutte le luci. Le brillavano gli occhi, ancora bagnati di lacrime; aveva le guance in fiamme. Si avvicinò allo specchio canticchiando, si ravviò i capelli e guardò sorridente il suo viso raggiante di felicità, le labbra socchiuse e tremanti.

«Eccoti improvvisamente allegra» disse Agnès.

Si sforzò di ridere, ma dalle sue labbra uscì solo una risatina triste e acida. Pensava: «Ma come ho fatto a non accorgermene! È innamorata! Ah, ha troppa libertà e io sono troppo indulgente, ecco cosa mi turba». Ma in cuor suo riconosceva, salutava come una vecchia amica quell'amarezza, quella sofferenza. «Diamine, sono invidiosa!».

«Chi era al telefono? Sai benissimo che a tuo padre non piacciono le telefonate da parte di sconosciuti, né questi appuntamenti misteriosi».

«Non capisco, mamma» disse Nadine con gli occhi che sprizzavano innocenza fissi sulla madre, senza che fosse possibile scorgere i pensieri segreti che si celavano nel fondo: sua madre, l'eterna nemica, quella vecchia rimbambita che non capisce niente, non si accorge di niente, chiusa nel suo guscio e che fa di tutto per tarpare le ali alla gioventù! «Vi giuro che proprio non capisco. La partita a tennis di sabato è stata rimandata a domani. Tutto qui».

«Tutto qui, certo!» disse Agnès, ma lei per prima rimase colpita dal tono secco e duro delle sue parole.

Guardò Nadine.

«Vaneggio. Colpa di quei vecchi ricordi. È ancora una bambina».

Per un attimo le tornò in mente l'immagine di una ragazza dalle lunghe trecce nere seduta in un giardinetto avvolto nella nebbia e nella pioggia; contemplò tristemente quell'immagine e la scacciò per sempre dalla memoria.

Posò dolcemente la mano sul braccio di Nadine.

« Su, vieni » disse.

Nadine soffocò un risolino ironico.

« Alla sua età non sarò mica così... ingenua! E così tranquilla! Com'è fortunata la mamma » pensò con indulgente disprezzo. « Bella cosa, l'innocenza e la pace del cuore ».

L'INIZIO E LA FINE

Non appena indossava la toga rossa di procuratore generale, quell'ometto gracile ritrovava il fiato, la salute e la baldanza.

Tra le file del pubblico, la madre del giovane Barret, il cui processo per omicidio sarebbe cominciato l'indomani, guardava e ascoltava costernata il procuratore. Alcuni anni prima, insieme al marito, l'ex ministro Barret, lo aveva ricevuto a casa sua, e si ricordava un uomo di bassa statura, dall'aria dimessa e patita, cortese, scialbo, malvestito. Adesso, alla luce delle grandi vetrate del Palazzo di Giustizia, sembrava più alto e temibile. La sua voce era calma e tagliente, la dizione talmente perfetta che ogni parola, anche la più sommessa, riecheggiava fino in fondo all'aula. Era ancora giovane, con un volto così pallido e smunto che la luce gli disegnava sottopelle la sagoma dei denti dell'arcata superiore. Le guance erano segnate da due solchi profondi. Aveva capelli d'argento, labbra piatte e sottili, e baffetti radi e grigi come licheni.

Il procuratore proseguiva nella requisitoria; il tono di voce aumentava impercettibilmente, ogni frase si concludeva su una nota grave e quel timbro racchiudeva una fredda e secca ironia che la signora Barret non poté sopportare oltre. Abbassò il velo nero che le nascondeva il viso e uscì. Fuori, però, la riconobbero subito dal modo di camminare e dai capelli che spuntavano da sotto il cappello. Aveva smesso di tingerli, ma conservavano ancora un colore rossastro di foglie morte. Alcuni operai borbottarono qualche parola ingiuriosa al suo passaggio. Lei non vi prestò ascolto. Camminava agitando le mani e parlottando tra sé come una squilibrata. Ma ispirava pietà.

Il processo Barret infiammava la provincia. Più di un anno prima, il giovane Barret aveva ucciso la moglie. Il caso era stato dapprima messo a tacere e fatto passare per un incidente, ma poi la verità era venuta a galla. A quel punto gli abitanti si erano schierati in due astiose fazioni: i simpatizzanti dell'ex ministro Barret appoggiavano la tesi del delitto passionale – il colpevole aveva ucciso in un attimo di smarrimento, un raptus di gelosia –, mentre gli avversari di Barret adducevano come movente le perdite al gioco dell'imputato e l'assicurazione sulla vita della moglie, da lui stesso stipulata.

In quella stagione faceva buio presto e la signora Barret raggiunse il lungofiume senza essere seguita. Per qualche minuto costeggiò l'argine. La fanghiglia ghiacciata, l'oscurità, il gelo, l'aria umida e fredda dell'inverno la facevano rabbrividire.

Il procuratore abitava poco lontano; vedeva la sua casa. Restò a contemplarla a lungo prima di avvicinarsi al muro e scrutare le pietre con cupo fervore. All'improvviso suonò il campanello. Alla domestica che venne ad aprire disse:

«Vorrei vedere il procuratore Deprez».

E nominò a caso la moglie del medico curante del procuratore:

« Sono un'amica della signora Jeanniot. Vengo da parte della signora Jeanniot ».

La domestica la fece accomodare e disse che il signore non avrebbe tardato.

La famiglia Deprez abitava al secondo piano di una vecchia dimora signorile divisa in appartamenti. La stanza in cui entrò la signora Barret era piuttosto spoglia: un tappeto striminzito ricopriva il pavimento, e le pareti erano rivestite di libri. Il fuoco borbottava nel caminetto; a tratti, la nebbia faceva fluttuare le fiamme e per la stanza si spandeva un lieve odore di fumo acre e dolciastro.

Passò un'ora prima dell'arrivo del procuratore. Lì per lì non riconobbe la visitatrice che al suo ingresso si era alzata in piedi. Le avvicinò una poltrona e si sedette a sua volta, tendendo verso di lei il collo smagrito che ballava nel colletto inamidato. La donna aveva mormorato qualche parola con voce appena udibile. Il viso del procuratore assunse automaticamente l'espressione che riservava alle visite indesiderate: freddezza, riserbo, un impercettibile fastidio e un sorrisetto tirato, come se a ogni parola del suo interlocutore pensasse: « Sì... sì... tutto quel che lei dice è plausibile. Niente mi stupisce e niente mi diverte. Ma non si preoccupi, la ascolto con interesse, con indulgenza ».

Infine il viso della visitatrice spuntò fuori dall'ombra.

« Ci siamo già incontrati in altre circostanze » mormorò.

Era piccola di statura, grassa, quasi senza collo. Aveva il viso stravolto dall'angoscia, il naso affilato, lo sguardo smarrito. Ogni parola era inframmezzata da un sospiro roco e sibilante come un rantolo:

« Sono la madre di René Barret, l'imputato... ».

Il procuratore abbozzò un gesto della mano.

« So benissimo chi è lei, signora ».

Lei esclamò con amarezza:

«Da un anno a questa parte sono in pochi ad ammetterlo...».

«Non posso farla restare un istante di più, signora».

La guardava senza irritazione, con fredda curiosità; da tempo l'abitudine aveva smussato in lui il senso del dramma, e ormai nessuna iniziativa della signora Barret poteva più stupire: da quando era stato commesso il delitto, la madre si prodigava nei tentativi più assurdi pur di salvare il figlio. Il procuratore capiva fino a un certo punto quella psicologia prettamente femminile che le impediva di riconoscere lo strumento del destino, l'organo della società, in un uomo che aveva cenato a casa sua, al quale aveva stretto la mano e di cui aveva pensato: «Come si veste male!». A un movimento del procuratore, temendo di essere messa alla porta, si aggrappò impaurita ai mobili. Ma lui intendeva congedarla senza clamore, senza scenate.

«Chiederà la pena di morte, vero?... La morte di mio figlio?... La prego, non mi mandi via! Abbia pietà di me! Mi ascolti!...».

«Il suo comportamento è assurdo».

«Ma è mio figlio!... Devo tentarle tutte per salvarlo! Domani inizia il processo... E lei manderà a morte mio figlio!...».

«Io rappresento la giustizia, signora...».

«Ma lei è un uomo... Un essere mortale... Abbia pietà!».

«Non spetta al mio ruolo avere pietà, signora!».

«Ma io non le chiedo altro che la verità. René ha ucciso sua moglie perché lei lo tradiva!... Non mi dirà... non mi verrà a dire che l'ha uccisa per denaro. Non è vero, capisce? Non è vero...».

«Mi pronuncerò secondo la mia convinzione e la mia coscienza».

La signora Barrett si torceva le mani disperata. Non si capacitava di come quell'uomo, quel piccolo magistrato di provincia, che si era seduto alla sua tavola, aveva scherzato con Adrien Barret, gli aveva stretto la mano, avesse ora il potere di mandare a morte suo figlio. Guardò speranzosa quel volto di carne, gli abiti lisi, l'aria debole e smagrita per via della malattia, ma dopo averlo visto in tribunale non riusciva a scacciare dalla mente la sua faccia affilata e terribile e la toga rossa che spiccava come una macchia di sangue sulle pareti rivestite di legno scuro.

«Il delitto passionale merita un castigo ma non la morte, giusto? Non la morte... Ma se lei lo accusa di avere ucciso la moglie per denaro... Lo farà, vero? Chiederà la pena di morte?... Rifiuterà di concedere le attenuanti?... Sarà la morte, la ghigliottina... In nome di Dio, abbia pietà di me!».

«Signora, lei travisa il mio ruolo. Io accuserò un assassino. Ma so che vi siete affidati a validi difensori...».

Lei lo interruppe:

«Sa bene che questo processo non riguarda tanto quel disgraziato di mio figlio, ma mio marito e il suo partito politico!... Trattando René con ingiusta severità si vogliono fornire delle garanzie all'opinione pubblica. Solo perché René è figlio di Adrien Barret si infierisce su di lui, ostinandosi a cercare vili moventi al suo delitto!».

«Sono considerazioni estranee alla giustizia, signora».

«Dietro questo processo si nasconde la volontà degli avversari di mio marito!».

«Misuri le parole, signora. Lei non valuta la portata delle sue affermazioni!».

«Mio figlio non è un volgare assassino!... È un ragazzo geloso, dal sangue caldo; ha ucciso quella sciagurata della moglie in un raptus di gelosia, in un attimo di smarrimento. Ma ogni giorno le giurie francesi assolvono uomini che hanno difeso il proprio onore... Se René fosse un contadino, un operaio, verrebbe assolto... Non ha ucciso sua moglie per denaro. Io lo so. A me, a sua madre, non avrebbe mai mentito...».

«Esporrà le sue convinzioni ai giurati. Lei fraintende il mio ruolo. L'accusa presenta una tesi che la difesa cerca di smontare. La decisione finale spetta alla giuria».

La donna scrollò la testa; parlava piangendo, ma le lacrime si asciugavano subito sul viso devastato, tragico; i suoi lineamenti avevano assunto l'aspetto duro, cieco che un dolore troppo grande infligge a una creatura umana.

«No, no! La giuria non crederà né agli avvocati né ai testimoni né ai medici, ma a lei, a lei solo!... Loro vedranno attraverso i suoi occhi! E giudicheranno dalle sue parole. Se lei chiederà la morte, quelli decreteranno la morte. Ai loro occhi, agli occhi dei contadini, dei piccoli borghesi di questa provincia, lei incarna la magistratura irreprensibile, infallibile, mentre noi rappresentiamo i privilegi, i favori, le connivenze della politica. Se lei si mostra inclemente, la giuria sarà inclemente. Qualcuno mi ha detto, parlando di lei: "Gli hanno fatto capire che gli conviene mostrarsi inclemente... Che la sua ascesa, la sua carriera dipendono dalla sua severità..."».

Il procuratore la interruppe:

«Non faccia affermazioni di cui potrebbe pentirsi».

La signora Barret mormorò intimorita:

«Mi scusi... mi scusi...».

«Adesso vada».

Lei obbedì. Raccolse il velo. Le mani le tremavano ancora:

«Mi scusi!... Ho agito in preda alla disperazione. Se sapesse... Non dormo da settimane. Non riesco a chiudere occhio. Non c'è stata notte in cui non sia stata svegliata di soprassalto dall'immagine della corte, dell'apparato della giustizia, senza vedere la tribuna dei giudici, lei e la sua toga rossa, e il posto dove mio figlio... Oh, è terribile!... Se sono venuta da lei, rischiando di indisporla maggiormente contro di noi, è perché qualsiasi azione, qualsiasi folle tentativo mi sembravano preferibili a una paziente attesa... Lei non può capire... Per capire bisogna aver conosciuto la disperazione! E adesso che l'ho irritata, ho definitivamente compromesso mio figlio».

Il procuratore Deprez scosse la testa:

«No. La sua visita è stato un atto sconsiderato, ma lei è una madre e compatisco il suo dolore. Comunque vadano le cose, potrà dire di aver fatto tutto ciò che era umanamente possibile per salvare suo figlio».

«Ma non sono riuscita a convincerla, vero?» mormorò lei umilmente. «Non sono riuscita a impietosirla!».

Lo vide precederla a passi lenti per andare ad aprirle la porta. Disse a bassa voce:

«Non ha timore di giudicare gli uomini? Eppure è un uomo anche lei, un comune mortale... Presto morirà. Ed è anche credente... Lo sa che sta per morire. Lei comparirà insieme a mio figlio davanti a Dio, davanti alla giustizia divina... Lei, tra tutti gli uomini, giudicare gli uomini... Lei che è sulla soglia della morte...».

Di punto in bianco la sua voce, che fino a quel momento aveva avuto un'intonazione acuta, isterica, era diventata bassa, e quasi calma. Si rendeva perfettamente conto che si trattava dell'ultima preghiera, dell'ultima risorsa. E finalmente vide fremere, turbarsi quel viso gelido, proteso verso di lei. Il procuratore si era ricordato che la signora Barret era amica dei Jeanniot, il medico che lo aveva in cura e la moglie. Non proferì parola, ma la sua mano sfiorò istintivamente il fianco destro, nel punto in cui, giorno e notte, persisteva un dolore sordo, lancinante. Era stato operato qualche tempo prima e i dottori gli avevano assicurato che il tumore di cui soffriva e che gli era stato asportato era di natura benigna, e che sarebbe guarito.

Pensò: « Bene. Adesso lo so ».

E ripeté con voce appena alterata:

« Sono considerazioni estranee alla giustizia, signora ».

« Non chiedo altro, signore... Le chiedo solo di non lasciarsi influenzare dai nostri nemici. La supplico di giudicare René secondo la sua coscienza di magistrato ».

Il procuratore strinse le labbra, che gli disegnarono sul volto un solco pallido, chinò il capo e mormorò:

« Vada, signora... Nessuno saprà della sua visita ».

La donna si premette sulla bocca il fazzoletto appallottolato e uscì.

Rimasto solo, il procuratore Deprez tirò fuori da uno schedario alcuni fascicoli e li posò sulla scrivania. Il suo volto era impassibile; l'abitudine alla vita pubblica gli aveva fatto acquisire un perfetto controllo delle espressioni, dei muscoli del viso; si dominava senza sforzo. Ciononostante, dopo pochi minuti, alzò la testa e guardò la stanza, i mobili, i libri; nei suoi occhi c'era un'espressione ansiosa, lucida e triste. Adesso capiva perché gli altri avevano preso le distanze, perché da oltre un anno non aveva quasi più nemici, perché le rivalità intorno a lui si erano placate; capiva anche perché gli avevano fatto balenare la prospettiva di una promozione pressoché miracolosa, addirittura scandalosa... Sapevano tutti che non avrebbe occupato a lungo la carica promessa, quella che si sarebbe conquistato grazie alla requisitoria contro il figlio di Adrien Barret. Del destino di René Barret, infatti, nessuno si curava. L'importante era trarre il maggior vantaggio possibile dallo scandalo. Camille Deprez non si sarebbe prestato a piegare il rigore delle leggi per compiacere le alte sfere, ma coltivava in sommo grado l'arte comune agli ambiziosi di conciliare le proprie convinzioni con i propri interessi. Nell'ambiente giudiziario aveva sempre goduto di un prestigio legato alla sua austerità, alla sua integrità, più che alle sue funzioni. La sua intransigenza incuteva timore. E tuttavia non era odiato, ma rispettato nella misura in cui era temuto. Anche se soltanto per il suo rigore. Si riteneva moralmente autorizzato ad accordare il suo senso del dovere alle sue passioni.

Scrollò lentamente il capo. Bisognava davvero essere prossimi alla morte per considerare in quel modo il lato professionale dell'esistenza. Pensò: «Non ho mai pensato alla morte, e a ragion veduta. Non si può agire e al tempo stesso pensare alla morte. Solo da giovani il pensiero della morte è esaltante. Non alla mia età! Per agire, occorre credere che si vivrà in eterno». Nondimeno abbandonò le carte sulla scrivania e si alzò. Un angolo del tappeto era sollevato: lo sistemò automaticamente con il piede. Si appoggiò al caminetto e il contatto con il marmo gli gelò prima le dita, poi tutto il corpo. Si chinò a prendere della legna dalla cesta e la gettò nel fuoco. Ma continuava a tremare in modo impercettibile. Guardò l'ora: era tardi. Chiamò la domestica e avvertì che sarebbe rientrato tardi per cena. Prese cappello, soprabito, ombrello e uscì. Attraversò la piazza deserta con la statua di Gambetta custodita da catene di ferro e palle di cannone arrugginite. Triste città, cupa e arcigna... Per tanto tempo era rimasto seppellito lì... Da adolescente aveva ripetuto con fervore la frase scritta dal giovane Napoleone: «Meglio essere il primo degli operai di una fabbrica che l'artista disprezzato di un'accademia...». Ma chi avrebbe potuto sopportare di rimanere fino alla morte «il primo del proprio villaggio» senza tremare di fronte a una simile sorte? Premette adagio la mano sul fianco malato: «Ah, è come se qualcuno ci affondasse dentro la lama di un rasoio...».

Il dottor Jeanniot abitava lontano dal lungofiume, in una casa nuova in centro. Era un uomo timido, mite, con un volto pallido, dall'espressione titubante e trasognata, che tentava di rendere più duro e virile con una barba nera che gli invadeva le guance; era ancora giovane. Aveva una bocca piccola e stretta, con gli angoli rivolti all'insù, come quella di certi pesci morti inalando l'aria che li uccide. Ricevette subito il procuratore Deprez.

«È lei, amico mio? Si sente poco bene?».

«Ho dolori fortissimi».

«Diamine, diamine! Sarebbe increscioso... Alla vigilia del processo Barret...».

«Già, alla vigilia del processo Barret...».

«Le prescrivo un calmante?».

Andò dritto alla scrivania e intinse la penna nell'inchiostro. Il procuratore aggrottò la fronte:

«Non mi visita?».

«Visitarla? Ma, amico mio... La situazione non può essere cambiata...».

«No?».

«Se lo desidera, la visiterò! Pensavo solo... Non volevo costringerla a spogliarsi...».

«Non trova strano che i dolori persistano?».

«Ma no...».

Il dottore continuava a sorridere con un po' di imbarazzo e i suoi occhi avevano assunto la fissità trasparente di coloro che mentono non per piacere ma per necessità professionale.

Senza alzare gli occhi, il procuratore disse:

«Senta, sono venuto da lei perché all'improvviso mi sono reso conto...».

Una impercettibile pausa, poi:

«... ho intravisto la verità circa il mio stato di salute».

Il dottore smise di sorridere e chiuse ermeticamente la piccola bocca.

«Si spogli...».

Mentre si toglieva lentamente i vestiti che, per abitudine, piegò e appoggiò sullo schienale di una sedia, il procuratore mormorò:

«Sono ancora dimagrito».

«Dice?» domandò il dottore inarcando le sopracciglia con un'enfasi teatrale.

Fece scorrere le dita sulla zona malata e disse con dolcezza:

«Non noto niente di particolare, amico mio...».

«No, mi ascolti. Non sono venuto in cerca di rassicurazioni. Voglio sapere se il tumore che mi è stato asportato era davvero di natura benigna come mi è stato garantito».

«Le assicuro che si sbaglia. Non c'è motivo di temere per le sue condizioni...».

Il procuratore si rivestì e Jeanniot si voltò dall'altra parte.

«Senta, Jeanniot, lei parla da amico, da amico devoto, da medico il cui dovere è nascondere fino all'ultimo ai propri pazienti la gravità del male che li stroncherà, ma io voglio la verità. Ho bisogno di sapere la verità. E non solo per me ma forse... forse... per altri... Lei non può capire».

Jeanniot tamburellò sul tavolo con aria assorta e cupa:

«Infatti non capisco».

«Per ragioni che riguardano me solo, ragioni professionali, devo assolutamente sapere la verità sulla mia salute. Lei si crede in diritto di mentirmi, di nascondermi la verità?».

Jeanniot sospirò.

«Avanti, chieda pure» disse infine.

Il procuratore tacque un istante come per riprendere coraggio.

«Voglio sapere se l'operazione che ho subìto è consistita nell'asportazione di un tumore maligno. Era un cancro?».

«Sì».

«L'operazione è stata tentata troppo tardi e non è riuscita?».

«L'operazione è stata fatta in tempo. Ma purtroppo il sarcoma era in una brutta posizione».

«E quindi?».

«Quindi il tumore non è stato asportato. I chirurghi hanno ritenuto che fosse impossibile rimuoverlo e hanno dovuto ricucire la ferita».

Il procuratore mormorò:

«Ah».

«Ma le sue condizioni...».

«No, Jeanniot, non mi venga a raccontare che quindici anni fa ha avuto in cura un paziente più grave di me e che è ancora vivo!».

Il medico si sforzò di sorridere:

«Non dirò niente del genere. Però deve credermi se le dico che è impossibile prevedere l'evoluzione del male».

«Dunque potrei morire da un momento all'altro?».

«No, no, assolutamente no... Fintanto che la situazione non si aggrava...».

«Non ha riscontrato un peggioramento dall'ultima volta che mi ha visitato?».

«No».

«La verità, Jeanniot».

«Glielo giuro».

«Non sono all'ultimo stadio?».

«No, le do la mia parola».

«Quanto tempo mi resta ancora per condurre l'esistenza di un essere vivente?... Per permettermi i sogni, gli errori di un vivo?...».

«Uno o due anni...».

«O due mesi?...».

«No, questo no... Un anno, due, forse di più».

Il procuratore gli tese la mano in silenzio e se ne andò. Una volta fuori, avvertì un momento di debolezza ed entrò in un piccolo caffè deserto. Erano le otto, e a quell'ora l'intera città stava cenando. Aveva freddo. Ordinò un grog, se lo portò alle labbra, inalò l'odore del rum, poi si dimenticò del bicchiere e lo spinse via senza aver bevuto. Rimuginò: «Ecco, adesso non ho più bisogno di niente... Che liberazione... Non devo più preoccuparmi della carriera, della vecchiaia, del successo... È ora di rinunciare a me stesso... Solo che, quando uno smette di pensare a se stesso, perde improvvisamente l'unica guida che abbia avuto al mondo... Il mio futuro?... Non ho più un futuro... La mia vita si riduce a pochi mesi che faranno presto a passare... Ho solo quarantotto anni» pensò con stupore. «Eppure non posso lamentarmi. Ho vissuto, ho amato... Non ho mai ambìto alla ricchezza. Mi sono accontentato di una condizione di semipovertà. A vent'anni sognavo di avere per tutta la vita "quattro pareti imbiancate a calce e un letto di ferro". Era banale, ma più raro è accontentarsene ancora a quasi cinquant'anni. È vero, desideravo anche esercitare un potere sugli uomini... Il più delle volte la vita ci restituisce la caricatura dei nostri sogni» pensò ancora. «Muoio nei panni di un modesto magistrato di provincia, non molto noto... non molto felice... Eppure, per tanti uomini, sono stato l'incarnazione del destino».

Ripensò alla sua carriera, sforzandosi di ridestare la freschezza delle prime impressioni, quando ancora l'abitudine non aveva attenuato certe reazioni di sgomento o di stupore. Adesso per lui l'imputato si riduceva a un caso patetico o curioso, alla posta in gioco di una disputa tra l'accusa e la difesa. Al pari di un medico che del paziente che ha in cura vede solo la febbre tifoidea o la paralisi totale, o di un chirurgo che ragiona solo in termini della notorietà che potrà valergli tale o talaltra operazione difficile, tentata in extremis, senza curarsi di prolungare di qualche mese l'agonia del moribondo... Il caso Barret... Quel disgraziato... Agli occhi del procuratore era solo un pretesto per pronunciare una requisitoria crudele, frasi martellate, a doppio senso, che al di là dell'imputato avrebbero colpito la vera vittima, Adrien Barret... «Bisogna avere il coraggio di guardare in faccia la propria vita» pensò. «E in fretta, anche... Domani potrei essere troppo stanco, troppo malato, per pensare ad altro che non alla mia fiacchezza e al mio male!...».

Si alzò, lasciò una moneta sul tavolo, attraversò la piazza, il viale alberato dove una giostra solitaria girava sotto un gruppo di querce. Più in là, rue Victor Hugo era animata. Pullulava di giornalisti, di parigini venuti per il processo che trascorrevano la serata ai tavolini dei caffè. A ogni passo alzava il cappello. Lo seguivano con lo sguardo. Li sentì dire:

«Il procuratore... è il procuratore...».

Comprò un giornale che ritraeva in prima pagina Barret padre. Si sentì invadere da una tristezza amara. Quell'uomo era vissuto come lui avrebbe voluto, come gli sarebbe piaciuto vivere...

Tornò a casa. Rifiutò di cenare. Si chiuse in camera sua. Stava malissimo; il punto che Jeanniot aveva palpato doveva essersi infiammato. Ogni movimento gli strappava un sospiro. Dalle profondità degli armadi si sentivano i topi zampettare così forte da far tremare i vecchi muri. Pensò di nuovo: «Ho desiderato tante cose. E ne ho avute così poche...».

Era nato povero; aveva conosciuto la miseria più spaventosa, quella della piccola borghesia indigente di provincia che però ha «una sua dignità». Era cagionevole di salute. Non aveva mai avuto fortuna. A quanti ambiziosi è mancata la fortuna, all'inizio, quando il destino tentenna... Eppure sapeva di essere stato un uomo di valore, di avere avuto un animo forte, una mente perspicace e una fervente determinazione. Spronato dalla povertà e dalla passione, aveva avuto nobili ambizioni, grandi sogni, ma sulla sua strada non aveva incontrato l'opportunità che porta al successo.

Sin da bambino aveva imparato a conoscere gli uomini; riflessivo e maturo, aveva sacrificato la vita, la salute, la possibilità dell'amore in nome di un sogno di appagamento e di gloria mai realizzato. Aveva accumulato conoscenze, acuito invano la sua volontà, il suo appetito. L'occasione giusta non era mai arrivata. Gli anni erano passati... Ricordava con orrore certi anni della sua giovinezza. L'ambizioso che non riesce a divorare il mondo finisce per divorare se stesso... L'avaro prova piacere ad accumulare oro fino all'ultimo giorno, ed è qualcosa che può fare chiunque. Anche il giocatore trova da soddisfare la sua passione, mentre l'ambizioso come può placare la sua smania? Eppure... I sogni di gioventù si realizzano sempre, foss'anche a metà...

«Sono stato l'incarnazione del destino,» pensò «nel modo più rigoroso, più implacabile e quasi altrettanto temibile di quanto sia l'immagine di Dio per centinaia di uomini... poco di buono, malfattori, miserabili rifiuti umani, ma ciò che chiamiamo ambizione è sempre brama di potere?... La mia ambizione si può riassumere così: "Provare incessantemente a me stesso la mia superiorità". L'approvazione altrui è necessaria, e nella sua forma più tangibile: onori, titoli... Li si disprezza, eppure, nonostante tutto, è questo a dare a un uomo un'impressione di pace... Ecco perché ho voluto progredire nella carriera, non fermarmi mai, ottenere tutto il successo, tutta l'affermazione in cui potevo sperare... Per colmare la sproporzione tra ciò che desideravo e ciò che ho conseguito. Non si otterranno mai abbastanza onori, abbastanza trionfi per compensare il ricordo di ciò che si è stati. E pazienza per coloro che ne soffriranno. Io muoio, sì, muoio, ma devo più all'uomo che sono stato che all'uomo che sono diventato... Forse si resta semplicemente fedeli a se stessi?... L'avaro continuerà ad ammassare denaro fino in punto di morte a beneficio di eredi che detesta! E io non posso esimermi dal portare a termine il mio compito, non credo che "sarò chiamato a rendere l'anima stanotte stessa"... O, meglio, sì, ahimè, lo so, ne sono sicuro, ma... ».

Si alzò. Camminò con passo pesante, minaccioso. Era tardi. Aveva freddo. Stava male. Si spogliò gemendo sommessamente e una volta svestito si gettò sulle spalle una vestaglia calda, tornò alla scrivania e si immerse nello studio del caso Barret.

L'indomani, nonostante la pioggia che continuava a cadere, gelata, formando una cupa foschia al di sopra delle case, davanti alle porte del Palazzo di Giustizia stazionava una folla di curiosi.

Al contrario di quel che avviene di solito per i processi in Corte d'assise, erano attratti più dall'accusa che dalla difesa. Raramente si vedeva un procuratore generale pronunciare di persona la requisitoria in un processo del genere. L'attenzione del pubblico ammesso all'udienza si divideva tra il procuratore e Adrien Barret.

L'aula della Corte d'assise era una sala enorme, malamente rischiarata da grandi vetrate che lasciavano filtrare una luce smorta; si vedeva solo il soffitto dipinto e le facce dei giudici, ciascuno chino sul proprio fascicolo alla luce di una lampada. I testimoni, i giurati e l'imputato nella gabbia sembravano ombre livide, pressoché indistinte, avvolte nella nebbia.

Erano le quattro passate quando vennero accesi i grandi e antichi lampadari, ornati di fiori di ottone. Allora fu possibile scorgere il viso afflitto di René Barret. Aveva grandi orecchie a sventola, pallide. Durante i lunghi mesi di carcere preventivo era dimagrito al punto che dalle maniche della giacca si vedevano sbucare dei polsi candidi e sottili, da ragazza. Si era lasciato crescere una barba bionda che gli mangiava le guance.

Il padre era seduto in prima fila, tra i testimoni. Era un uomo anziano, alto, che se ne stava esageratamente, faticosamente dritto, sforzandosi di non abbassare gli occhi né di distogliere lo sguardo; a tratti si passava sulla bocca la punta delle dita guantate, forse per celare un fremito involontario delle labbra, ma subito riprendeva un'espressione impassibile. Guardava ora il presidente, ora il figlio, ora il procuratore. Immobile al suo posto, il procuratore sembrava stanco, indifferente a tutto, malato; la mano affusolata posata sul fascicolo si chiudeva lentamente, contraendosi in un artiglio. Durante l'interrogatorio dell'imputato il procuratore non prestò ascoltò. Lui era «l'accusa». E impiegava tutte le sue forze, tutta la sua volontà, per non ascoltare. Ascoltare non rientrava nelle sue mansioni. Di tanto in tanto i giurati lo scrutavano timorosi, cercando di leggere sul suo viso come interpretare i dinieghi dell'imputato. Certi, che lo conoscevano di vista, gli lanciavano di sfuggita quegli sguardi spaventati e compassionevoli che i malati incurabili ispirano alle persone in buona salute. Solo gli occhi sembravano aver conservato una certa vitalità. Il presidente era un uomo anziano e stanco che non aspirava ad altro che alla pensione. Non credeva fino in fondo né all'accusa né alla difesa, ed era soddisfatto del proprio agnosticismo. Faceva il suo mestiere. Interrogava l'imputato senza curarsi troppo delle sue risposte, lasciandogli comunque il tempo di esprimersi. Conduceva l'interrogatorio senza passione né curiosità, ma con una specie di scrupolosità professionale; sul suo viso delicato e apatico non era possibile cogliere né emozione né stupore. Durante gli interventi della difesa socchiudeva gli occhi e aspettava paziente che il flusso di eloquenza si esaurisse. Accarezzava con fare assorto il tavolo con la punta del tagliacarte che teneva in mano. Tossicchiava e nel silenzio si sentiva la sua voce calma, un po' roca:

«La prego... Più tardi, avvocato...».

La difesa era brillante, ma i numerosi avvocati venuti da Parigi si sentivano a disagio tra quei provincialotti che si burlavano delle loro toghe nere dalle ampie maniche.

Quando Adrien Barret fu chiamato a deporre, dal fondo dell'aula partì un fischio e il presidente minacciò di fare uscire il pubblico, ma poi lasciò perdere.

Un mormorio accolse l'ingresso in aula della signora Barret.

I periti si sforzarono di dimostrare l'irresponsabilità dell'imputato. Il procuratore interrompeva le loro lunghe deposizioni con brevi repliche, secche e fredde. La sua voce aveva una qualità particolare; a tratti sembrava spenta, quasi timida, ma non appena parlava più forte un acuto timbro nasale conferiva al finale di ogni frase un tono ironico e feroce che non sempre aveva a che fare con il senso delle parole pronunciate.

Uno degli ultimi a essere chiamati a deporre fu una ragazza che aveva servito in casa di Barret figlio. La difesa faceva grande affidamento su quella testimonianza, poiché lei sola poteva provare la gelosia di Barret. Sfortunatamente per lui, quel ragazzo riservato, cupo, forse malato, la cui unica passione nota era quella del gioco, non aveva confidato a nessuno i suoi rancori coniugali.

La domestica dichiarò:

«Il signore mi ha detto: "Mia moglie esagera! Ora faccio un macello!"».

I giurati annuirono e gli avvocati agitarono ritmicamente le ampie maniche.

Il presidente fece la domanda di prammatica:

«Ci sono altre domande da porre alla teste?».

Il procuratore si alzò in piedi e, con voce pacata, quasi indifferente, chiese:

«Signorina, dopo il delitto non ha forse continuato a servire in casa della signora Barret, la madre dell'imputato?».

«Sì».

«E parlava del delitto con la signora Barret?».
«No».
«Sicura?».
«Mai».
«Tuttavia, nel corso dell'istruttoria, non ha forse ammesso di essere sorella di latte dell'imputato?».
«Sì».
«Immagino dunque che nutrisse per lui un affetto più che naturale. E afferma di non aver mai parlato con la sua padrona, la madre dell'imputato, della disgrazia che lo aveva colpito?... Lei non conosce, suppongo, la raccomandazione che fece uno statista ai suoi funzionari: "Niente zelo. Evitate lo zelo"».
«Qualche volta» disse la donna «abbiamo parlato di... del delitto...».
«Non frequenta forse un caffè in città dove incontra un idraulico, un certo Jules-Arsène Ronflard?».
Scandì ogni sillaba del nome, di modo che tra il pubblico e dai banchi della stampa si levarono sonore risate.
«E con ciò?» disse la donna con voce stridula.
«Il mese scorso non gli ha forse regalato un orologio d'oro e non gli ha promesso altri regali? Eppure dalla signora Barret lei guadagna trecentocinquanta franchi al mese. E non ha niente da parte. Tanta prodigalità non deriva forse da un'altra fonte di reddito, magari indirettamente fornita dal dramma?».
«Non capisco».
«Davvero non capisce? La sua testimonianza non sarà dovuta alla generosità e all'inventiva della signora Barret? No?... Me lo auguro per lei».
«Per me?».
«Sì. Perché in caso contrario potrebbe pentirsene...».
Spaventata, la donna tacque. Il procuratore lasciò che sulle sue labbra aleggiasse un pallido sorriso.
«La teste può ritirarsi. I giurati ne sanno abbastanza!».

Ripresero i lunghi dibattimenti. Adesso il procuratore interveniva di continuo, discuteva, si dichiarava convinto che René Barret avesse ucciso la moglie per denaro, che il movente del delitto fosse il più sordido interesse. Non vedeva né il viso spaventoso del giovane Barret né i giurati né la difesa. Pensava: « Non sentire il dolore. Avere la forza di pronunciare la requisitoria ». Probabilmente, in seguito, l'imputato avrebbe ottenuto la grazia. Lui non si sarebbe opposto. La sua sorte gli era del tutto indifferente. Tuttavia gli balenò il pensiero che se Barret fosse stato giustiziato, forse lui lo avrebbe preceduto nella tomba. Ma non era quello il momento di pensare a certe cose.

L'aria nell'aula diventava soffocante, impregnata di condensa e di un acre odore umano. Finalmente giunse il momento della requisitoria.

La voce del procuratore risuonò fredda e tagliente al punto che l'imputato chinò la testa e, per un istante, si vide brillare il lampo candido del lungo collo magro destinato alla ghigliottina.

« Un uomo ha ucciso per impossessarsi della somma di cinquecentomila franchi. Una sola è la pena che può essergli inflitta: il castigo supremo, la morte ».

Il procuratore era circondato da un silenzio assoluto. Ogni parola riecheggiava profonda e sorda. A tratti la sua voce si affievoliva, facendosi sommessa, e allora si sentiva battere un orologio appeso al muro. Ogni istante che passava trascinava due uomini verso la fine.

Condannato a morte, René Barret riuscì però a ottenere la grazia. Due anni dopo il procuratore si spegneva a Parigi, dov'era stato nominato consigliere alla Corte di cassazione. Morì in pace, come chi ha ottenuto da questo mondo quello che voleva.

LEGAMI DI SANGUE

1

Anna Demestre si alzò sulla punta dei piedi per baciare i figli: era una donna anziana, piccola e corpulenta. Si sforzò di dare al proprio volto un'espressione gioiosa e spensierata, ma gli occhi stanchi, sotto le palpebre tonde e pallide, si accesero a malapena; solo gli angoli della bocca accennarono un sorriso, e subito il viso sfiorito e deturpato dal grasso si contrasse involontariamente in una smorfia imbronciata.

«Cominciavo a preoccuparmi» disse con umiltà, con timidezza, ai figli. (Ma alle nuore, che entrarono subito dopo, si rivolse con un tono aspro e lamentoso). «Ero in pensiero. Sono le otto...».

La seguirono nel salotto, che era freddo e angusto, e dove le strette poltrone, disposte in cerchio, erano in attesa davanti al caminetto spento. Albert e Augustin si ritrassero impercettibilmente davanti a quelle braccia inerti tese a trattenerli.

I due fratelli erano diversi, eppure misteriosamente simili. Albert era un cinquantenne grassoccio, con il cranio e la pelle rosei e gli occhi tristi. Augustin era più basso, snello, con i capelli spruzzati d'argento sulle tempie; il bel viso cominciava ad appesantirsi, e l'aria guardinga e distante a tratti faceva pensare a un gatto sonnacchioso.

La madre domandò all'uno, poi all'altro:

«Tutto bene? Stai bene, mio caro?».

Entrambi risposero in quel tono falsamente vivace, allegro e squillante che i Demestre usavano esclusivamente per rivolgersi alla madre:

«Ma certo, mamma!» rispose Albert. «Benissimo! E tu? Che tempaccio, eh?».

Anche Augustin si sforzò di cancellare dal volto quel suo sorrisetto freddo e distratto e si fregò le mani con giovialità, brio e ottimismo:

«Se sto bene? Eccome! Mai stato meglio!».

Poi tacquero, guardandola affettuosamente senza vederla, senza notare il colorito più giallognolo del solito. Erano dei bravi figli. Da tempo ormai le comunicavano solo le buone notizie, che però erano rare, per cui il più delle volte non avevano niente da dirle.

«Ecco Alain» disse la signora Demestre riconoscendo il passo del figlio più giovane dietro la porta chiusa.

Alain entrò. Benché Alain e Augustin si assomigliassero, Alain era più alto e più magro; aveva un viso ossuto e aguzzo e un'espressione ironica, taciturna, in cui si scorgeva però una specie di ardore che in Augustin si era spento da un pezzo.

I fratelli si strinsero la mano, mormorando a fior di labbra:

«Come va?».

Per un attimo rimasero in cerchio di fronte al camino, senza parlare né guardarsi. Poi avvicinarono le poltrone e si sedettero con un leggero sospiro. Le mogli erano ancora in anticamera a ravviarsi i capelli. Quando entrarono, tutti e tre gli uomini si alzarono nello stesso istante per andare loro incontro.

Nel rivolgersi alle rispettive mogli riprendevano immediatamente le consuete voci basse, smorzate, facili all'irritazione, e dalle loro facce cadeva come una maschera l'espressione gioviale e serena. Una sorta di complicità isolava subito ciascuna coppia. Persino Alain, che non era certo un buon marito, quando diceva alla moglie: «Non potevi precisare a quella tonta di Angèle che si trattava di una lettera urgente?», lasciava trapelare tutta una parte della sua vita che la madre ignorava – preoccupazioni, speranze di cui lei non era a conoscenza, e che mai avrebbe saputo.

Seduta fra loro, la madre rivolgeva lo sguardo ora all'uno ora all'altro. Aveva occhi penetranti, sebbene sbiaditi dall'età, lucenti e torbidi come l'acqua di uno stagno, e niente irritava le nuore più di quelle pupille verdastre che indugiavano sui loro volti, su ogni minimo gesto, mentre il viso si manteneva scostante, immobile, e le palpebre pesanti e pallide, dalle grinze sottili come quelle degli uccelli notturni, palpitavano appena.

In quelle riunioni domenicali a casa di Anna Demestre, le nuore si raccoglievano sempre sullo stesso divano. Due di loro, Claire e Alix, le mogli dei fratelli minori, erano sorelle. Alix aveva accanto a sé le figlie, Martine e Bernadette, due perfette bamboline di porcellana: bionde, con la pelle candida e i capelli lisci. Le esili nuche rasate spuntavano dai colletti identici, ricamati da Alix.

I colletti delle bambine attirarono l'attenzione di Anna Demestre. Fece segno alle piccole di avvicinarsi e toccò con un sospiro la stoffa arricciata di batista.

«Li avete ricamati voi questi colletti, Alix? Sono stupendi» disse con un certo sforzo, ma si capiva dalla fissità dello sguardo che stava avidamente cercando qualche difetto. «Sono troppo stretti, povere piccole» disse con una malcelata nota di trionfo passando un dito nello scollo. «Così soffocate...».

Ora era soddisfatta; cercò gli occhiali per ammirare la finezza del ricamo.

«È una meraviglia, Alix. Avete delle mani di fata».

Claire e Alix si scambiarono un'occhiata divertita. Era sempre così: ogni volta che la suocera pranzava a casa di una di loro e le veniva servito un piatto preparato con cura e che avrebbe dovuto gradire, anche se lo lodava trovandolo squisito, assumeva subito un'espressione diffidente e afflitta; solo dopo aver dichiarato: «C'è troppa panna, cara», o «L'impasto è ottimo ma un po' pesante...» si rasserenava e ritrovava l'appetito.

Le veniva più naturale mostrarsi benevola con Sabine, la moglie di Albert, una bionda sfiorita e grassoccia. Ma con Sabine, la più placida delle creature, era facile andare d'accordo. E poi era ricca. Albert aveva ereditato un cospicuo patrimonio dalla famiglia della moglie, nipote del chirurgo Renaud du Thil; Claire e Alix, invece, si erano sposate senza dote.

Le tre nuore si strinsero sul vecchio divano; avevano gli occhi rossi dallo sforzo per non sbadigliare. Guardavano con ostilità i mobili e le pareti del piccolo salotto gelido. Le stanze della facciata davano su rue Victorien-Sardou, la strada più calma, più grigia e più brutta del quartiere; le finestre del retro sul parco dell'istituto Sainte-Perrine, che a quell'ora e in quella stagione era un baratro di vento, pioggia e buio.

I tre fratelli punteggiavano il silenzio di brevi frasi asettiche, pronunciate a fior di labbra. Era sempre la stessa storia. Si ritrovavano ogni domenica a casa della madre, ma per il resto ciascuno aveva la sua vita, le sue preoccupazioni, le sue amicizie, completamente diverse dalla vita, dalle preoccupazioni e dalle amicizie degli altri fratelli. Alberto era quello ricco; Augustin passava per essere uno che vedeva il mondo solo attraverso gli occhi e i pensieri della moglie; Alain era perennemente sprofondato in cupe fantasticherie: i tre fratelli si guardavano a volte come se fossero sorpresi di trovarsi insieme e di darsi del tu. Talvolta (e quella sera in modo particolare, pensò Anna Demestre) sembrava che si sopportassero a stento. Come dei nemici? Questo no, ma come estranei che non avevano in comune nient'altro se non il cognome e una certa somiglianza. Quando parlavano di uno di loro dicevano: «quel gran babbeo di Albert», «quell'animale di Alain»; persino con la madre mantenevano lo stesso tono per riferirsi all'uno o all'altro, non per malanimo, ma per l'inveterata abitudine di lamentarsi tra fratelli!

«Mamma, mi ha fatto questo... Prende le mie cose, mamma...».

«Mariette è in ritardo» disse Claire.

Mariette era la sorella di Albert, Augustin e Alain. Era una donna ancora piacente, ma segnata dall'età, una di quelle bionde delicate che dopo i quarant'anni sembrano sciuparsi in una notte come fiori di carta. Aveva avuto una vita disordinata e infelice. Se un tempo per i suoi fratelli era stata «la nostra Mariette, la nostra piccola Mariette», adesso era piuttosto «la cara Mariette, la povera Mariette». Aveva commesso la sciocchezza di sposare un uomo molto più anziano di lei, da cui in seguito, ancora più stupidamente, aveva divorziato. Era stata bellissima. Dove passava lei sbocciava l'amore. Aveva avuto una di quelle vite troppo brillanti, iniziate troppo presto, che sembrano destinate alla felicità e un bel giorno, chissà perché, si concludono in modo disastroso. Adesso invecchiava sola, senza figli, a carico dei fratelli che se la rimpallavano a vicenda come un pacco ingombrante.

Arrivò mentre gli altri si stavano mettendo a tavola. La madre la guardò con insolita lucidità: «Povera Mariette, era così bella una volta...».

I figli maschi non li vedeva invecchiare, ingrassare, perdere i capelli, l'avvenenza, la giovinezza; invece, una specie di compassione femminile le faceva notare in Mariette solo i segni del tempo.

Cominciarono a mangiare.

L'antico lampadario di porcellana bianca era stato adattato alla corrente elettrica e adesso era circondato da una corona di lampadine che diffondevano la loro luce cruda sulla tovaglia. Le sedie di velluto, i folti tappeti, il doppio mollettone sotto le stoviglie, il passo silenzioso della domestica che posava i piatti sulla credenza senza il minimo rumore, senza nemmeno un tintinnio, tutto questo sembrò inizialmente compiacere i Demestre. Quella calma li rasserenava. Si scambiarono qualche battuta, e assaggiando la minestra esclamarono calorosamente:

«Che bontà questo brodo, mamma!».

Ma la cena era lunga, pesante. Quel silenzio, lo sforzo di sorridere in continuazione, di evitare accuratamente qualsiasi argomento che potesse angustiare o rattristare la madre finirono per spossarli. Nondimeno lei avvertiva un che di inespresso tra loro, una tensione nell'aria... Cercava di rassicurarsi: i suoi figli non litigavano mai; non c'era niente in comune tra loro, ognuno faceva la sua vita. Eppure... Li guardò. Com'era silenzioso Alain... «La faccia da tregenda di Alain» dicevano i fratelli con irritazione. Quello che in chiunque altro li avrebbe fatti sorridere o sarebbe passato inosservato – un tic, un sospiro, una parola inopportuna – allorché riguardava uno dei fratelli suscitava in loro un'irritazione insensata, cieca, quasi animale. Così il sorriso assente di Augustin, l'ombrosità di Alain, la goffaggine di Albert erano motivi di risentimenti, rancori e sorde collere.

«I ragazzi non sono venuti?» chiese Mariette ad Albert.

«No. Hanno ricevuto un invito. Per loro qualunque amichetto idiota vale più del padre» disse Albert, che aveva il cuore gonfio al pensiero di Jean-Noël e Josée così scostanti, così indifferenti, e che si ricordavano di lui solo quando c'era da scucirgli dei soldi. «Così freddi, così aridi» pensò facendo il confronto con se stesso.

Augustin pensò: «Se Albert viene qui è solo per poter dire ai figli: "Per me la famiglia viene prima di tutto. Figuratevi che potrei trovarmi svaghi ben diversi dalle cene domenicali dalla nonna, ma lo considero un dovere sacrosanto"».

Albert cercava un'assicurazione sul futuro. La sua deferenza filiale lo spingeva ad assicurarsi, nell'età matura, di invecchiare circondato da consanguinei, da un frastuono di giovani voci che gli impedisse di sentire l'approssimarsi della morte.

«E Mariette, perché viene, lei? Ma certo, per spillare cinquanta franchi alla mamma, presumo. Alain...».

Pensò a quel progetto insensato, al sogno di Alain, a cui lui e Albert, per una volta uniti, si opponevano strenuamente. Alain aveva annunciato ai fratelli che gli era stata offerta una quota di partecipazione in una piantagione di caucciù nell'arcipelago malese. Sperava di farsi prestare da loro il denaro per il viaggio e per le prime spese e di lasciargli a carico Alix e le figlie, dato che poteva contare solo sul suo modesto stipendio.

«Troppo comodo» pensò Augustin stizzito. Non era solo una questione di soldi. Insomma, quella partenza era un modo indiretto per abbandonare Alix. E Alix era la sorella di sua moglie. «È sempre stato così con quell'animale di Alain: farsi togliere le castagne dal fuoco dai fratelli è sempre stata la sua prerogativa».

Intanto Albert chiedeva ad Alain:

«Che ne pensi dei titoli inglesi al momento?».

Albert era l'uomo più scalognato della terra. Da quando era entrato in possesso dell'eredità della moglie, era rimasto coinvolto in tutti i rovesci finanziari che avevano scosso il mondo. Alain diceva che se nel

1931 gli inglesi si erano decisi a svalutare la sterlina era solo perché Albert aveva convertito, per eccesso di prudenza, una parte del suo capitale in valuta inglese.

Alain non rispose. Albert ripeté la domanda e Alain parve destarsi da un sogno.

«Cosa si dice di...? Non ne ho idea».

«Avrai pure un'opinione, no?».

«No».

«Insomma, chi può saperlo meglio di te?».

«Perché? Mica faccio parte del consiglio di amministrazione della Banca d'Inghilterra».

«No, ma un impiegato di banca che si interessa al proprio lavoro...».

«Per l'appunto, sono un impiegato di banca che non si interessa al proprio lavoro».

«Ma sentirai pure quel che si dice intorno a te? Ho certi fondi da investire... Alain! Santo cielo, esci dalla tua torre d'avorio, bello mio, e degnati di darmi un consiglio assennato: devo vendere o no i miei titoli inglesi?».

«No».

«Ah! E perché?».

«È una sensazione».

«E dovrei fidarmi delle tue sensazioni?».

«Allora vendi...».

«Ah, sì?» esclamò Albert, drizzando le orecchie. «E perché?».

«Ma insomma, che cosa vuoi che ti dica? Nessuno sa niente. Smettila di cercare di essere più furbo degli altri. È questo che ti ha rovinato».

«Dici? Ma se vendessi?».

«Oh, senti!» borbottò Alain. «Vendili, comprali, incorniciali i tuoi titoli, basta che non me ne parli più».

«Simpatico il tuo Alain» disse acido Albert rivolgendosi alla madre con il faccione imbronciato.

«Cosa dite? Non sento. Di che cosa state parlando? Non capisco» disse l'anziana donna con apprensione.

Aveva ancora un udito fine ma quando l'argomento di conversazione non era di suo gradimento diventava improvvisamente sorda. Ogni parola aspra tra i fratelli era un colpo al cuore. Compativa ora l'uno ora l'altro. Povero Albert! Non meritava tanta ostilità da parte dei fratelli. In lui vedevano soprattutto la goffaggine dell'uomo ricco, il suo egoismo. Non era cattivo. Lei sola conosceva la sua commovente buona volontà, l'eccesso di prudenza che lo portava ai peggiori disastri; la sua ricchezza innalzava una barriera tra lui e i fratelli. D'altronde, Augustin e Alain non erano ricchi, ma nemmeno tra loro correva buon sangue, e pensare che una volta erano stati così uniti, così amici. Ah, quei figli, indissolubilmente legati nel suo cuore, nel passato, non si volevano bene! Quei figli che lei amava senza fare distinzioni e dei quali condivideva appassionatamente crucci e rancori. Passava la vita a cercare – malamente – di unirli come una volta, di cancellare tra loro ogni malinteso, ogni rivalità. «Malamente, e invano...» pensò con amara tristezza.

Le nuore trovavano irritante quell'ostinata volontà di riconciliazione, quel bisogno di vederli sempre tutti insieme, di implorare: «Ti prego, Alain, non rispondere così ad Albert! È tuo fratello maggiore...»; oppure: «Albert, invita Augustin e Claire: ti sono così affezionati...». Albert invitava Augustin, che si annoiava a morte dal fratello; nessuno dei due osava rifiutare – «per non dare un dispiacere alla mamma» – e, ancora una volta, la cosa finiva con frecciatine, dissapori, parole beffarde e offensive. Lei lo sapeva benissimo, ma che altro poteva fare? Aveva a disposizione solo i classici ritornelli materni: «State zitti... Datevi un bacio... Andate a giocare insieme...».

«Ah, è tutta colpa delle mogli!» pensò con un timido, sordo risentimento. Lanciò una rapida occhiata a Claire e Alix, sedute di fronte a lei. Erano entrambe molto belle, con folti capelli neri che non avevano mai acconsentito a tagliare, la carnagione chiara, senza un filo di trucco. Persino questo la amareggiava: sentiva che la scelta di non truccarsi da parte di Claire e Alix era dovuta, più che a un gusto personale, a una forma di protesta contro le guance imbellettate di Mariette. A volte trovava un che di arrogante nel pallore dei loro visi, e quelle bocche le apparivano slavate ed esangui. Di solito, la forza dell'abitudine e il sincero tentativo di mostrarsi benevola, di amarle realmente come figlie soffocavano in lei quella naturale insofferenza; ma quella sera era stanca, indisposta, triste, e sentiva riaffiorare inesorabilmente dentro di sé un sentimento oscuro, colmo di fiele e di rancore. Era tutta colpa loro... Se i suoi figli arrivavano in ritardo, se stavano male, se erano infelici... Lei sapeva, sentiva che erano loro le responsabili, quelle estranee...

Con voce flebile disse:

« Mangiate... Non mangiate niente! ».

Lei stessa non aveva quasi toccato cibo.

« Vi sentite poco bene, mamma? » chiese Claire.

Le nuore provavano un piacere particolare, un po' crudele, a mostrarsi premurose, piene di riguardo verso di lei. Appena sposate, avevano talmente tremato all'idea di non piacerle (non che fosse dispotica o cattiva, povera donna, ma per prosternarsi ancora di più davanti all'uomo che amavano) che gliene avevano serbato un vago rancore. Adesso sapevano, credevano di sapere, che i mariti appartenevano soltanto a loro; erano riuscite con arte sapiente a logorare il legame che univa i figli alla madre, consumandolo, sfilacciandolo al punto che non esisteva quasi più. Adesso potevano permettersi di essere magnanime e dire: « Pensa alla tua povera mamma, caro »; oppure « Alain, hai scritto a tua madre? ». Ma negli sguardi di affettuosa condiscendenza che le rivolgevano restava traccia di una sorda avversione e un sapore di rivalsa.

La piccola Bernadette accarezzò le dita del padre che le sfioravano distrattamente la manica. Rivolgendosi alla sorella, Alix disse sottovoce:

«Povera piccina... La sua adorazione per Alain è patetica... e non corrisposta» aggiunse guardando Alain che ritraeva la mano.

«Patetica...» ripeté Alix aggrottando la fronte in un'espressione insieme pudica e ironica.

Per una convenzione tacita e inespressa, certe parole erano bandite fra i Demestre. Pronunciarle era altrettanto inammissibile che piangere o lagnarsi in pubblico. Cosicché le loro conversazioni sembravano sempre intessute di banalità accuratamente ripulite da ogni parola sincera o profonda. Claire diceva che l'eccessiva pudicizia verbale del marito e dei cognati aveva restituito tutta la loro pregnanza a certe parole svigorite o edulcorate dall'uso prolungato; per loro, come per il popolino, quando si diceva che qualcuno era «stanco» significava che era prossimo alla fine, e il termine «attonito» riacquistava il senso originario di «stordito dal tuono». Lo disse sottovoce ad Augustin che sorrise e mormorò:

«Avete proprio ragione, mia cara!».

La loro era una di quelle coppie che tutti concordano nel giudicare perfette e nelle quali la cortesia, l'affetto reciproco e una specie di impercettibile disprezzo da parte di uno dei coniugi formano una facciata liscia, impenetrabile allo sguardo.

Claire sorrise. Si capivano al volo, loro due. Da tempo, del resto, lei si era messa a parlare come i Demestre. Alix, invece, sembrava divertirsi a provocarli. Claire ascoltava con stupore la voce di Alix. Da piccola Alix aveva una voce soave e timida. Da dove le venivano quei toni aspri, quasi astiosi? Quando si guardavano in faccia, lei e Alain sembravano affrontarsi, sfidarsi con una rabbia segreta. Persino quando lei gli chiedeva di passarle il sale c'era nella sua voce una nota di vibrante rivendicazione.

Si alzarono da tavola e la madre sussurrò ad Augustin:

«Che c'è, figlioli?».

«Ma niente, mamma, cosa vuoi che ci sia?».

I tre fratelli rimasero soli mentre le donne servivano il caffè in salotto.

Alain chiese subito:

«Allora, ci avete riflettuto?».

«Sì».

«E non...». Si bloccò, trasse un sospiro profondo e proseguì sforzandosi di dominare la voce alterata: «Vi è davvero impossibile aiutarmi? Sapete che si tratta di un'ottima situazione, di un affare che può diventare molto interessante?». Non osava gridare loro in faccia: «Guardatemi, statemi a sentire! Se non mi date una mano sono perduto. Non posso più sopportare Alix e questa vita. Voglio, devo partire! Se sapeste! Chi può capirmi, chi può aiutarmi se non voi, fratelli miei?».

Tormentava nervosamente tra le dita una sigaretta spenta mentre, con voce ancora più fredda e secca del solito, parlava della produzione annua di lattice, cercando disperatamente di convincerli della bontà di un affare che conosceva solo per sentito dire.

«Sei un vero fenomeno» disse Augustin che non si arrabbiava mai, accontentandosi di socchiudere gli occhi con un'espressione compiacente, beffarda e guardinga. «Non immagini nemmeno quanto sia suggestiva la scelta della tua futura attività: porta impresso il marchio della famiglia Demestre, specialmente del nostro caro fratello maggiore, il qui presente Albert. Il mondo, infatti, è disseminato di piantagioni di tabacco e di tè, di fabbriche, di raffinerie, di miniere di diamanti, di carbone e di pozzi di petrolio. E tu, con il tuo infallibile istinto per il fallimento e quello spiccato fiuto per la rovina che guida

Albert nelle sue avventure finanziarie, sei andato a sceglierti il caucciù. Ossia, quanto di più catastrofico esista al momento, il settore più adatto a farti perdere soldi... mi correggo, a farceli perdere».

«Voglio partire» disse Alain a denti stretti.

«Qui hai un impiego modesto ma sicuro» disse Albert.

«Voglio andarmene. Tu non sai...».

«Lo so» fece Augustin.

Alain gli rivolse un'occhiataccia.

«Io e mia moglie non andiamo d'accordo» dichiarò con riluttanza.

«Sul serio?» commentò ironico Augustin. «Non l'avrei mai detto...».

«È colpa tua» disse Albert con veemenza. «Il modo che hai di parlarle, i tuoi incomprensibili musi lunghi, la tua freddezza verso le bambine...».

«Questi sono fatti miei».

«Appunto» disse pacatamente Augustin. «La nostra vita riguarda solo noi stessi, appartiene solo a noi... E, diamine, è già abbastanza complicata per farsi carico anche di quella degli altri, dei nostri fratelli... soprattutto della tua, Alain. Sia detto senza rimprovero, nessuno è stato più aiutato, più sostenuto di te. Con il carattere che ti ritrovi, caro mio, sposarti è stata un'inqualificabile idiozia, quasi un crimine».

«E il giorno che voglio affrancarmi...» borbottò amaramente Alain.

«Troppo tardi» disse Augustin con insolito fervore. «Sarebbe troppo comodo».

«Sai cosa mi ha trattenuto? Sai che Alix non ha un soldo, non ha una famiglia, nessuno al mondo tranne tua moglie? Lo sai che non potevo abbandonarla così?».

«Lo so» mormorò Augustin.

Parve esitare un istante, poi chiuse stancamente gli occhi. Claire non gli avrebbe mai perdonato di aver contribuito all'infelicità di Alix! I rimproveri di Claire, l'indignazione di Claire erano al di sopra delle sue forze... Per non parlare della solidarietà coniugale, della lealtà coniugale, a cui teneva e che considerava un suo dovere, un dovere più profondo e perentorio della solidarietà fraterna.

Per tagliare corto si alzò dicendo:

«Non ti capisco».

Rimase colpito dall'espressione disperata, smarrita, negli occhi del fratello. «La sua faccia da tregenda» pensò con irritazione e un oscuro rimorso. Posò una mano sulla spalla di Alain.

«Le cose si aggiusteranno, vecchio mio, tutto si aggiusta».

Raggiunsero le mogli che sembravano aspettarli. In disparte, sedute a un tavolino, Martine e Bernadette giocavano a domino. Claire mormorò:

«Il caffè è freddo...».

Bevvero il caffè in silenzio. Si sentiva il ticchettio dell'orologio a pendolo. A turno, cercavano disperatamente di farsi venire in mente qualche aneddoto che potesse interessare alla madre... Sabine parlò delle sue domestiche. Per un po' le donne si animarono, poi la conversazione tornò a languire. Negli intervalli di silenzio, sempre più lunghi e frequenti, si udiva il dolce sussurro, il formicolio leggero della pioggia sul selciato e, a tratti, il fischio di una chiatta sulla Senna.

Erano sopraffatti dalla tremenda spossatezza che assale i membri di una famiglia quando si ritrovano insieme per più di un'ora. Si sforzavano di resistere a un'atroce voglia di sbadigliare, di dormire, che sarebbe svanita non appena fossero usciti di lì. Persino Alain non agognava che al proprio letto, dimentico del fatto che ci avrebbe trovato la moglie. Ma anche la sua presenza, i suoi rimproveri, le sue lacrime, tutto era meglio di quel cupo silenzio.

Con quanta impazienza osservavano il lento avanzare delle lancette sul quadrante. Allo scoccare delle dieci si sentirono subito più leggeri, più benevoli l'uno con l'altro. Albert chiese un'altra tazza di caffè e la bevve in piedi.

« Buonanotte, mamma, non vogliamo farti andare a letto tardi... Buonanotte... Buonanotte ».

Lei non li tratteneva. Era stanca anche lei. Certo, vedere i figli la rendeva felice. Quelle cene della domenica erano per lei una grande gioia, ma si sentiva stanca. Quella sera in modo particolare. Aveva preso freddo il giorno prima; a tratti era scossa da brividi lancinanti. E subito dopo si sentiva soffocare per il calore dei termosifoni. Era abituata a vivere per gran parte dell'anno in campagna, in grandi stanze fredde, e anche in città, quando era sola, lasciava tutte le finestre aperte nonostante la pioggia di novembre; dal parco di Sainte-Perrine arrivava a zaffate un odore di foglie umide, di terra e di nebbia. I suoi figli però si lamentavano per il freddo, cosicché, a partire da mezzogiorno, dai termosifoni accesi si diffondeva un caldo secco e l'odore acre di vernice che i primi fuochi autunnali ravvivano nei palazzi parigini.

Albert disse:

« Non posso portare nessuno con me. Ho la berlina ma devo andare a prendere i bambini. E stiamo già stretti là dentro! ».

« Ma sì, mio caro, non importa. Buonanotte, mio caro » disse allegramente Augustin.

Baciò di nuovo la madre.

« Non dimenticarti di me, figliolo. Passa a trovarmi qualche volta durante il giorno. Le giornate sono lunghe ».

« Ma certo, mamma » bofonchiò senza ascoltarla, con impaziente tenerezza. « Uno di questi giorni passeremo, o io o Claire. E comunque ci vediamo domenica, no? A domenica ».

Sulla soglia si separarono. Non appena rimasti soli, Claire prese Augustin sottobraccio.

«Allora?».

Lui alzò le spalle.

«Allora ovviamente non partirà. Dove vuoi che vada senza soldi? Non lascerà Alix e le bambine in mezzo a una strada. E adesso sa che da noi non può aspettarsi niente».

Quel sogno insensato di Alain li faceva sentire ancora più uniti, più complici del solito; parlavano sottovoce, in fretta, in tono affettuoso e curiosamente simile.

«Alix cosa dice?».

«Cosa vuoi che dica? Lui vuole la separazione senza lacrime e senza discussioni. Questa partenza assurda è solo un pretesto. A te lui cosa dice?».

«Dice che non vuole più vivere in Europa, che non sopporta più la vita d'ufficio, che odia e per la quale non è tagliato. Può darsi, ma... Insomma, che si dia al campeggio, alla pesca con la lenza, ma questo, questo... Abbandonare la famiglia, accollarla a noi! Questo no! No e poi no! A ciascuno la sua vita! Alain è responsabile di Alix e delle bambine. È incredibile che cerchi di disfarsene accollandole a noi» ripeté con rabbia.

Tacquero. Anche il passo era lo stesso. I loro visi riflettevano la medesima indignazione. Ciascuno dei due pensava:

«Se fosse solo una questione di soldi... Ma qui si tratta di sacrificare il nostro tempo, la nostra pace, la nostra felicità». Consolare Alix, rinfrancare la vecchia signora Demestre... Certo, nutrivano per loro un tenero affetto, come si ama la carne della propria carne, il sangue del proprio sangue. Che fossero felici, a patto di non doverli sopportare!

Stretti sotto lo stesso ombrello si dirigevano verso la stazione della metropolitana, e mai si erano sentiti così vicini l'uno all'altro. Avevano raggiunto quel perfetto accordo che si ha in una coppia quando ciascuno può parlare senza ascoltare l'altro e, per un oscuro presagio, ha la certezza che le sue parole corrispondono non solo a quelle del coniuge, ma anche ai pensieri più reconditi, dissimulati e inespressi nel profondo del suo animo. La camminata di buon passo, nella notte, e la pioggerellina sottile li rasserenavano. Augustin disse stancamente:

« Non voglio più parlare di Alain ».

Si fermarono a respirare il vento che soffiava dalla Senna.

Claire mormorò:

« Povera Alix... ».

Poi tornarono a loro due, ai loro progetti, ai loro crucci, al mobile di casa che bisognava far ricoprire, alle mille, piccole preoccupazioni della vita quotidiana che rinsaldano le coppie più dell'amore.

La madre, intanto, aveva richiuso la porta dietro Alain e Alix, gli ultimi ad andare via. Rimasta sola, fece un rapido giro delle stanze per aprire tutte le finestre. Che silenzio! Di solito non ci faceva caso, ma quella sera, dopo che i passi dei figli si erano allontanati e tutte quelle giovani voci si erano zittite, ne fu sopraffatta. Spaventoso silenzio della vecchiaia, in cui tutto sembra ammutolire di colpo, il rumore della vita esteriore e il gioioso tumulto dell'anima che risuona chiassoso in gioventù...

Andò lentamente da un mobile all'altro, covando una specie di rabbia dolente, benefica poiché mascherava la sua tremenda noia.

« Gli uomini sono fortunati... » pensò. Anche da vecchi hanno occupazioni più interessanti, più appassionanti: la politica, la pace, la guerra, gli affari internazionali... e ricordi più vividi e intensi. Alle donne resta solo il lavoro a maglia o un solitario. Ah, l'allegro baccano domestico di un tempo... Le voci dei bambini, lo sbattere delle porte, l'eco delle risate, dei bisticci... Quella sera si sentivano solo i passi della cameriera nell'office, l'impercettibile fruscio delle suole di feltro sui listelli del parquet, un sospiro, il lieve acciottolio di una stoviglia posata delicatamente sulla credenza e che tintinna a lungo nel silenzio. Pensò indispettita alle nuore. Avevano detto questo, fatto quello... «Alix non parla mai. Chissà come deve intossicargli la vita, ad Alain. Claire è una brava ragazza, va d'amore e d'accordo con Augustin. Ma chi non andrebbe d'accordo con Augustin? Il più intelligente, il migliore dei miei figli. Eppure, anche Claire... Non mi dicono niente. Pensano che non capirei? Forse è così, forse non capirei...».

Fece un profondo sospiro; si sentiva la testa pesante e a tratti era scossa da lievi fremiti. Di sicuro aveva preso freddo. Suonò per chiamare la cameriera e la rimproverò con voce lamentosa che la borsa dell'acqua nel letto non era mai abbastanza calda e le lenzuola mai tirate su a sufficienza. Ma restava davanti alla finestra aperta, a godersi il vento che le scompigliava le ciocche grigie e a respirare l'aria impregnata di un odore di acqua e foglie. Poi andò a letto.

Quasi subito sentì la febbre invaderle il corpo. Il malessere, la febbrile spossatezza che teneva a bada da un giorno, adesso la assalivano. Al primo brivido profondo, come strappato al midollo osseo, seguì un'ondata ardente che subì con remissività e una sorta di sollievo; le scaldava il sangue e, per inspiegabili motivi, le alleggeriva la mente, restituendole un po' della vivacità perduta, del suo senso dell'umorismo. Pensò ai suoi figli, ad Albert. Non appena avesse saputo che la madre stava poco bene, il suo primo pensiero sarebbe stato: «Ci mancava solo questa». Povero caro! Attribuiva le malattie dei familiari e tutte le sciagure della vita a un particolare accanimento della sorte nei suoi confronti. Le scappò un sorriso. Immaginò la reazione di Augustin, quella di Alain, di Mariette. «E sì che speravano di starsene in pace fino a domenica prossima». Il suo spirito, che gli anni avevano intorpidito, ridiventava di colpo brioso, beffardo, quasi allegro. Perché non era sempre stata una vecchia scorbutica... I suoi figli l'avevano dimenticato... Pensò a loro, non come faceva di solito, con ammirazione, rispetto, incomprensione, sorda sofferenza, ma con l'affetto indulgente e ironico che prova talvolta una madre per i figli piccoli, non ancora esseri umani fatti e finiti, buffi come cuccioli privi di ragione. Indifesi, teneri... Benedetto sia il male, benedetta sia la febbre che scioglie dolcemente i lacci del corpo e infonde una saggezza più profonda, una lucidità più acuta, un calore che ravviva il sangue.

Nel frattempo, però, era attraversata da piccole ondate gelide che subiva passivamente, battendo i denti; il suo vecchio corpo si arrendeva subito al male, assecondava il ritmo della febbre. A poco a poco la testa si fece più pesante e un dolore sordo si annidò dietro le tempie. Respirava con affanno. L'aria sembrava ristagnare nel torace, tra le costole strette, e doveva strapparla a fatica dal petto, gemendo dal dolore. Fece per spostare il cuscino, in modo da appoggiare la guancia sulla tela fresca del lenzuolo, ma quel cuscino surriscaldato era troppo pesante. Di colpo si sentì soccombere alla fatica e alla debolezza. Chiuse gli occhi e, pian piano, la febbre, perfida, salì, la invase come un lento, continuo flusso di ghiaccio e di fuoco. In lei non rimaneva più niente, né pensieri, né rimpianti, né desideri. Le immagini dei figli svanirono. Restava solo un corpo scontroso che si batteva fiaccamente contro il male. Com'è lunga la notte!

Al mattino la febbre era calata. Fece avvisare i figli e ciascuno, a turno, sottrasse un'ora alle proprie occupazioni o al proprio tempo libero per passare a casa della madre, sedersi al suo capezzale e ripetere costernato: «Eppure ieri stavi benissimo!».

In mattinata era venuto il medico. Aveva detto che bisognava aspettare, che era ancora troppo presto per pronunciarsi.

Le tre nuore si erano sistemate, l'una alla testa del

letto, le altre due nel salottino. Ben presto mandarono via gli uomini che erano solo d'impaccio, e la madre rimase affidata alle cure di quelle mani fresche e placide che le rimboccavano le coperte, le aggiustavano premurose le lenzuola. Mariette faceva la spola dall'una all'altra, con l'espressione tesa, spaventata. Si avvicinava al letto, guardava la madre, e le cognate la rassicuravano con una lieve scrollata di spalle.

«Un brutto raffreddore... Non è niente».

«È un male di stagione» disse Sabine.

«Stanotte verrà un'infermiera, mamma».

«Per fare cosa?».

Nessuno le rispose. Non si presta ascolto ai malati. Le nuore prepararono la stanza per la notte; abbassarono le tende, schermarono la lampada, accesero il fuoco e sistemarono sulla mensola di marmo del caminetto i flaconi delle medicine, con le etichette bene in vista.

Poi ognuno tornò a casa sua. Ma fu per tutti una nottataccia, agitata, insonne. Prima di andarsene avevano telefonato al dottore, che aveva promesso di tornare l'indomani.

«È un'influenza, vero?» aveva domandato Albert.

«Sì... ma ha preso i polmoni. Auscultando sento un rantolo. Insomma, vedremo domani».

Domani... Ciascuno di loro, nel letto coniugale, teneva gli occhi chiusi, ascoltava battere le ore e stendeva piano le gambe gelate sotto le lenzuola. La notte era fredda... Augustin ogni tanto trasaliva, mormorando:

«Non è... il telefono?».

«Ma no... Dormi... Come sei nervoso!».

All'alba, guardò la moglie nella luce fioca che filtrava dalle imposte. Dormiva placidamente, con i bei capelli scuri sciolti sul cuscino.

«Nonostante tutto, siamo soli» pensò. «Claire è caritatevole. Non soffre, lei. E perché dovrebbe? Si è presa cura della mamma. E ha anche fatto notare:

“Tua madre non è facile da accudire”. E adesso dorme tranquilla».

Si spaventò quasi nel sentirla all'improvviso così distante, così estranea. Colpa forse dei sogni che aveva avuto, per metà fantasticherie e per metà incubi, a intermittenza, che l'avevano completamente riportato a un passato, ancora così recente, in cui lei non c'era. Che fa quell'imbecille di Albert? E Alain?

Pensò a quei due con irritazione e scherno, eppure sentiva il bisogno di vederli.

Passò il secondo giorno, lentissimo. Figli e nuore entravano a turno nella stanza dove riposava l'anziana donna. Non si muoveva. Dicevano: «Dorme...», e se ne andavano in punta di piedi. Tuttavia avevano l'impressione che stesse meglio. Nel corso della giornata si svegliò, mangiò qualcosa; gli uomini tirarono il fiato; ma le mogli non si lasciavano affatto ingannare, né illudere dalla speranza.

Le mogli... Ah, com'erano efficienti, razionali, attive! Parlavano sottovoce, dicevano: «Povera mamma». Telefonavano al dottore. Pungolavano e ravvivavano quell'ombra di tristezza che proviamo davanti alla morte di una persona a cui vogliamo bene ma che non ci è indispensabile. Alle quattro, quando la febbre risalì, furono le prime a decretare:

«Occorre un consulto».

Aspettarono a lungo l'arrivo dei due medici, con un'impazienza solenne che gelava le mani. Era tardi. Nessuno aveva cenato. In cuor loro, i figli sentivano una profonda incredulità: «La mamma, morire? Ma via!». Avevano bisogno di tempo per accettare fino in fondo l'idea di quella morte. Le mogli, invece, come avevano fatto presto a rassegnarsi! Con quale facilità si preparavano al lutto, come si davano man forte nel fugare ogni speranza, nel sospirare: «Non ha mai voluto curarsi»; «Alla sua età, è grave trascurare un raffreddore»; «Quando morì mia madre...».

Erano preoccupate, angosciate, addolorate, eppure così calme... Cosa c'è al mondo di più naturale, di più prevedibile della morte di una vecchia malata?

Finalmente arrivò il medico. Auscultò la paziente, sentì l'infermiera e proclamò:

«È una bronchite... Non troppo grave».

Fece segno ad Albert di seguirlo.

«Dunque: una bella seccatura» gli disse. «Temo complicazioni a livello del cuore. Sua madre avverte un'oppressione e un dolore nella regione cardiaca. Una bella seccatura!».

«È grave?» domandò Albert chinando il faccione angosciato verso il dottore.

«Se riusciamo a evitare complicazioni cardiache, non dovrebbe essere grave, spero, ma... Non resta che aspettare... Vedremo domattina. Spero che domattina vada meglio».

Albert ascoltava e pian piano, lentamente, maturava in lui una certezza: «Morirà... Mia madre sta per morire».

2

La serata passò, lunga, lenta... Le tre donne sferruzzavano in salotto, accanto al caminetto; attraverso la porta aperta vedevano la malata che sonnecchiava; le guance erano chiazzate di rosso e il naso era cereo e affilato. Le donne la guardavano scuotendo la testa: «Poveraccia. Non era cattiva. Un po'... burbera, un po' malevola... ma, alla sua età...».

Ogni tanto si alzavano, si avvicinavano alla fessura della porta e scambiavano qualche sommessa parola con l'infermiera:

«Sempre uguale».

«Il dottore teme per il cuore, vero?».

«Sì. Se è quello non c'è niente da fare».

«Quanti anni ha? Io non vorrei vivere così a lungo».

A poco a poco cominciarono a parlare d'altro. Sospirarono:

«Avete visto Adrienne? Sai, il vestito blu? Non so più se è il caso di ordinarlo, adesso».

Una pausa e poi:

«Il nero è sempre più pratico».

Erano sole. I mariti erano seduti in sala da pranzo, li vedevano fumare in silenzio attorno al tavolo. Con loro c'era anche Mariette.

Con un cenno, Claire li invitò a raggiungerle; Augustin si alzò e chiuse piano la porta.

Di tanto in tanto la malata gemeva, dicendo di sentirsi soffocare. Chiese che aprissero un po' le finestre ma le risposero: «Più tardi, più tardi... Domani, se c'è il sole». Non sapevano che i malati misurano il tempo in modo diverso dai loro parenti. Prima di domani dovevano passare ancora lunghe ore... Bisognava penare, avanzare, prendere fiato, aspettare la notte e scalarla come una montagna.

Respinse le mani che si tendevano verso di lei, quelle braccia fresche che la gelavano; rabbrividì. «Visto? Ha freddo». E le tirarono su quelle coperte che la soffocavano; chiusero le imposte, tirarono le tende. Adesso la camera era sigillata, e il caldo opprimente. Il rantolo che le saliva dal petto era l'unica cosa che sentiva. Chiuse gli occhi. Le ore scorrevano lente. Ora l'uno ora l'altro dei figli entrava adagio e si tratteneva un po' accanto al letto. Senza bisogno di guardare riconosceva la camminata lenta di Augustin, il passo leggero di Alain, i sospiri di Albert. A volte Albert sospirava con tristezza, come se un grosso fardello gli pesasse sulle spalle.

Ciascuno di loro, a turno, veniva a chinarsi cautamente su di lei per poi tornarsene dai fratelli, attraversando il salotto senza rispondere alle domande delle mogli.

Stare insieme, quella notte, li confortava. Così potevano rimanere in silenzio. Albert era l'unico a parlare, ma nessuno lo ascoltava. «Come una volta» pensava Alain. Albert era sempre stato trattato dai fratelli con sdegnosa condiscendenza, ma quella sera non sembrava esserne né ferito né sorpreso. Un tempo, quando non era ancora ricco, vecchio, importante, per i suoi fratelli era solo «quel ciccione di Albert», «il buon Albert», mentre loro e Mariette avevano la bellezza e tutte le altre doti.

Di tanto in tanto Augustin si alzava, andava alla finestra, guardava cadere la pioggia, scostava le tende, ritrovando i gesti di una volta, l'allegra impazienza, l'ardore che gli anni avevano spento. Mariette fumava, con il viso in ombra. Sui suoi lineamenti riaffiorava così un po' di quella grazia sfuggente che i fratelli avevano tanto amato.

Nel salottino attiguo le mogli non sentivano le loro parole. A volte tendevano l'orecchio, ma niente... Tacevano, in attesa. Claire chiamò a voce bassa:

«Su, venite qui... Starete meglio».

Nessuna risposta.

Alix mormorò con voce alterata:

«Ma, insomma, di che parlano?».

Sua sorella guardò di sottecchi, con aria compassionevole, quel viso teso, angosciato, devastato dall'amore, un amore geloso e insofferente... Ascoltò, e stringendosi nelle spalle disse:

«Non lo so. Di una certa zia Andrée, di una cugina Henriette, di gente morta da vent'anni. Come se non avessero niente di meglio da fare».

Si alzò, ripiegò il lavoro a maglia ed entrò nella stanza della suocera nel momento in cui l'infermiera la sollevava sui cuscini per farla bere. Chiese:

«Avete bisogno di qualcosa, mamma cara?».

L'anziana donna non rispose. No, non aveva bisogno di niente. Eppure si sentiva peggio, respirava con maggiore affanno. Ma udiva i passi dei figli, le loro voci pacate e sommesse. Sapeva che c'erano. Sapeva, adesso ne era sicura, che non sarebbe morta sola, una notte, come tante volte aveva temuto, vegliata dalla pingue Joséphine, in attesa che i figli venissero chiamati, svegliati, per giungere troppo tardi al suo capezzale. Quante volte aveva immaginato di morire sola, nell'appartamento vuoto, in estate, tra i mobili ricoperti di fodere! I suoi figli non avevano mai capito il motivo della tristezza che la assaliva con l'arrivo della stagione estiva. I figli non capiscono mai niente... Adesso, però, sapeva che c'erano, che non se ne sarebbero andati se non quando fosse stato decretato lo scampato pericolo o, al contrario, quando la morte fosse giunta tra loro, al suo capezzale.

L'infermiera si lamentò con Claire.

« Non va bene che stia così sprofondata. I polmoni sono ostruiti e non vuole saperne di stare appoggiata sui cuscini. Io cerco di farla stare dritta, ma lei continua a scivolare giù. Se lei, signora, potesse aiutarmi... ».

Claire afferrò l'anziana donna per le spalle e la risollevò adagio, non senza sforzo, ma non appena la lasciarono andare, quel grosso corpo scivolò di nuovo verso il fondo del letto e la testa ricadde pesantemente nell'incavo del cuscino.

Claire entrò nella sala da pranzo. Parlavano tutti a bassa voce, chini sotto la lampada; guardò con una strana ostilità i capelli biondi di Mariette, rischiarati dalla luce, sciolti sulle spalle, chiari e impalpabili come anelli di fumo. Era... indecente, quella bella chioma bionda che incorniciava il viso sfiorito.

« Dovreste aiutarmi a sollevare vostra madre » disse. « Respira male e non le fa bene al cuore starsene sdraiata, ma si rifiuta di tirarsi su. Non capisco. Non lotta. Ma deve lottare ».

Augustin si alzò e andò a sistemare la malata sui cuscini; ma anche a lui quel corpo sfuggiva, si accasciava, gemeva. Restò a guardarla in silenzio e fece segno a Claire di lasciar stare.

« Ma ti dico che non le fa bene... ».

Augustin uscì dalla stanza senza rispondere.

Claire ripeté: « Non ci si può lasciare andare così ».

« Ah! » disse piano Alain. « Sono proprio uguali le sorelle Hasselin ».

Augustin sorrise ripensando a quando Claire e Alix erano per loro « le piccole Hasselin », « le sorelle Hasselin »: distanti, estranee accolte con diffidenza, riserbo, freddezza.

Alain mormorò:

« Uguali... Affrontano la situazione di petto. Si danno da fare. Parlano. Credono di poter cambiare il corso del destino... Sono molto energiche ».

Augustin alzò lentamente le spalle.

« Già... Energiche, passionali, leali ».

Le due donne opponevano resistenza alla malattia, alla morte stessa, mentre l'istinto dei Demestre disponeva di aspettare, subire, lasciare che il destino, qualunque esso fosse, si compisse. Forse, pensò Augustin, era questo a spingerli quella notte l'uno verso l'altro, verso i propri congiunti, sangue dello stesso sangue... Provavano il medesimo fastidio di fronte a quell'agitazione che ai loro occhi appariva vana.

A poco a poco, quell'ansia sorda, intollerabile, che si erano sforzati di vincere con parole inutili, cure inefficaci, un fervore incapace di portare rimedio, di dare sollievo, aveva ceduto al silenzio e all'attesa.

Sì, erano convinti che bisognasse aspettare, rintanarsi in silenzio, farsi piccoli piccoli, non pensare, non dire niente, chiudere gli occhi. Le mogli invece... In loro non c'era distacco, né sprezzo, né una saggezza superiore.

« È tutto inutile » mormorò Alain, e una smorfia dolente gli passò sul viso. Il fratello intuì che pensava ad Alix, che dopo tanti anni non aveva ancora perso la speranza di essere amata. Chissà, se lei non si fosse intestardita a voler far nascere in lui un amore simile al suo, forse adesso fra loro ci sarebbe stata tolleranza, affetto, e invece...

A questo pensava Alain. E i fratelli gli leggevano nel cuore. Avevano smesso di essere l'uno per l'altro quelle ombre confuse, esangui e inconsistenti che sono per noi coloro le cui azioni non ci riguardano, giacché non ci fanno né caldo né freddo. Quella notte l'ansia, la paura li rendevano più sensibili del solito a ogni minimo gesto, a ogni ombra: per questo, forse capivano meglio i pensieri degli altri... Eppure nulla era cambiato nei loro rapporti, pensò confusamente Augustin. Non si era verificato tra loro quel brusco cambiamento di percezione che fa nascere l'amore. Augustin continuava a ritenere Albert uno sciocco e Alain taciturno ed egoista, così come gli altri due continuavano indubbiamente a giudicarlo con la severità e l'insofferenza tipica dei fratelli. Ciononostante si capivano.

A un tratto uno di loro domandò:

«A quanti anni è morto il nonno?».

Dal salotto arrivò la voce di Claire:

«Vi dico che la luce affatica la mamma».

Nessuno le rispose. A quanti anni era morto il nonno?

Per Claire era soltanto un nome che non destava nessuna eco nel suo cuore. Per i fratelli Demestre, era l'uomo da cui forse avevano ereditato il male che un giorno li avrebbe portati alla tomba.

Intanto, anche Claire e Alix parlavano sottovoce. Alix si lamentava di Alain, delle figlie, della vita.

«A volte Bernadette gli tiene testa: è la sua preferita. Martine lo adora come facevo io un tempo, praticamente si inginocchia davanti a lui. Ma lui non ama le figlie. Non ama la sua casa né me. So che non c'è di mezzo un'altra donna, ma così è anche peggio. Quando un uomo ha smesso di amarti, puoi cercare di intenerirlo, di riconquistarlo, ma lui... Ah! Come odio la natura sfuggente, inafferrabile dei Demestre! Sono tutti uguali. Li abbiamo amati proprio per questo. Da ragazza, prima di innamorarmi di Alain, credo di essere stata innamorata di tutta la tribù dei Demestre, al gran completo. Mi piaceva l'"aria di famiglia" che c'è tra loro, i tic, i difetti, le voci soavi, le belle mani... Amavo Alain ancor prima di conoscerlo, quando era solo un nome pronunciato da te o da tuo marito e io ero solo una ragazzina. I Demestre! Ti ricordi, Claire?».

Claire si ricordava. Dio, il prestigio che avevano avuto ai loro occhi quei Demestre... Rammentava l'estate in cui, per la prima volta, la casa di vacanza attigua alla loro era stata presa in affitto dai Demestre, a quel tempo ricchi e felici. Loro, le piccole Hasselin, figlie di un oscuro agente di assicurazioni, trascorrevano le vacanze in una di quelle orrende dimore di campagna, alte e strette, come si costruivano le case di vacanza prima della guerra, sul modello degli chalet svizzeri, con il tetto a punta, balconi di legno traforato e, sopra la porta d'ingresso, il nome scritto con conchiglie e ciottoli. E, lì accanto, quella bella casa, così semplice e nobile, il cui parco si confondeva con l'umida pineta. La sera in cui i Demestre avevano dato un ballo per il fidanzamento di Mariette le piccole Hasselin erano rimaste affacciate alla finestra della loro camera fino al mattino, cercando di scorgere le ombre dei ballerini dietro i vetri illuminati. Era una notte di settembre, già fredda. Erano gelate fino alle ossa. A volte una coppia usciva sul balcone e loro riuscivano a vedere gli abiti chiari e leggeri, le braccia nude... All'epoca Claire aveva quindici anni, e Alix solo dieci. E adesso, ecco che la leggenda Demestre, l'universo Demestre, si ricreava lentamente, pazientemente, in disparte, a due passi da loro.

«Di cosa parlano?».

Parlavano della casa, di come erano arredate le loro camerette da bambini, dei vestiti della madre... Alain ascoltava. Si sentiva dire:

«Tu non te lo puoi ricordare, eri troppo piccolo, era prima che tu nascessi».

E Alain, quell'Alain che nutriva una sprezzante indifferenza per il mondo intero, ascoltava a bocca aperta, tornato ad essere per vie misteriose «il piccolo di casa». Sui suoi lineamenti riaffiorava di colpo il viso tondo, sbalordito, del bambino ammesso per benevolenza alla conversazione degli adulti. «Tu non te lo ricordi, Alain». Eppure a lui sembrava di ricordare, ma taceva, non voleva contraddire i fratelli maggiori. Ritrovava intatto, in fondo al cuore, quel sentimento di ammirazione, di deferenza, di timore che gli ispiravano.

Augustin e Mariette parlavano sottovoce, schiacciando nocciole fra le palme con un gesto identico. Mariette sospirava; il suo viso ritrovava la luminosità della giovinezza, quella grazia incantevole, delicata, che i fratelli non avevano mai dimenticato. Forse non le perdonavano di aver concesso agli anni e alla vita di guastare sui suoi lineamenti l'immagine della loro giovinezza... Adesso, nella penombra, scorgevano solo gli occhi, ancora così belli; udivano la sua voce sommessa e un po' aspra. Le perdonavano di essere invecchiata. Le volevano di nuovo bene.

«Oh, ti ricordi? Ti ricordi?».

Di cosa? Di nulla. Suoni, ombre, un passato semplicissimo, che però gli altri non conoscevano, non capivano. Le mogli non potevano capire, ecco tutto... Non erano della famiglia.

Albert stava ad ascoltare e diceva umilmente, allegramente:

«Sì, proprio così, Augustin, proprio così».

Parlavano di persone che né Alix né Claire né Sabine conoscevano. Le mogli udivano un mormorio confuso e, all'improvviso, un nome che non avevano mai sentito. Georges? Henriette? Amici? Parenti? Questo le avvicinava maggiormente l'una all'altra. In fondo al cuore, sapevano di essere indifferenti alla malattia, alla possibile morte della suocera. Desideravano ardentemente condividere il dolore degli altri, ma loro glielo impedivano, garbatamente, con la caparbietà tipica dei Demestre, simile al movimento impercettibile con cui un cane si sfila da un collare fastidioso. In quel momento, con l'avidità crudele e smaniosa dell'amore, desideravano avere accanto, tutti per sé, gli uomini che amavano. Per consolarli, coccolarli e, soprattutto, fargli sentire che al mondo non c'era altro che le mogli, i figli, la loro famiglia; che questo doveva essere tutto, significare tutto per loro e bastargli per sempre.

Anche Sabine si avvicinò alla soglia.

«C'è troppa luce, davvero. La mamma si affatica. Venite qui, venite in salotto».

Tutti e quattro fecero segno di no con la testa, ansiosi di liquidarla.

Mariette spense la lampada, lasciando accesa solo una lampadina, accanto al caminetto. Così la scena ricordava in tutto e per tutto le nottate in camera sua, quando la madre dormiva e loro restavano insieme fino al mattino, all'età in cui, per la prima volta, si guarda il cielo rischiarato dalla luna con un desiderio così struggente e intenso! Non era stata l'infanzia a infliggere loro una ferita inguaribile, ma l'adolescenza, la prima giovinezza, i primi amori, ancora frivoli... senza le responsabilità, i doveri, tutti gli odiosi fardelli dei quarant'anni.

«Com'eri bella!» disse candidamente Alain.

Mariette sospirò con tristezza.

«Hai sprecato la tua vita, povera cara» disse Augustin con un'insolita amarezza, una strana rabbia, come se parlasse a se stesso più che alla sorella.

Ciascuno di loro pensava:

«Abbiamo sprecato la nostra vita... Del resto, la si spreca sempre, anche solo a viverla». Ma non dissero nulla. Se per un amico, per una moglie, c'è bisogno di parole, così faticose, tra fratelli e sorelle è sufficiente un silenzio, un sospiro, un'ombra sul viso. Ognuno pensò: «Poveraccio!», e subito dopo pensò a se stesso; ma, per una prodigiosa comunione fraterna pensare a se stessi non allontanava dagli altri.

« Ti ricordi... ».

Si sorrisero fiduciosi. « Con le mogli, » pensò Augustin « la fiducia non è possibile. Persino i ricordi, li ascoltano avidamente, raccogliendo ogni briciola del passato dell'uomo che amano per accettarlo o rifiutarlo categoricamente a seconda che abbia a che fare o meno con loro: "È stato prima di conoscermi? O è successo dopo?" ».

Il resto non esiste. La vita di un uomo deve cominciare il giorno, l'istante in cui sua moglie si è appropriata di lui.

3

La notte trascorreva con esasperante lentezza. La madre sembrava dormire. Non aveva più la forza di sollevare la testa. Aveva sete, ma all'idea di dover chiamare qualcuno, schiudere le labbra, sforzarsi di inghiottire l'acqua, le mancò il coraggio. Era molto tardi. Aprì gli occhi e si meravigliò vedendo luccicare le sbarre di ottone del letto alla luce della lampada. Al dolore era subentrata una profonda indifferenza. Non si preoccupava del suo male; non pensava più ai figli. Riposava. Aveva dimenticato i visi delle nuore, l'infelicità di Alain. Contemplava l'uno dopo l'altro gli oggetti che la circondavano, come se stesse cercando di afferrare un ricordo sfuggente. Il polso era debole. L'infermiera fece bollire delle brocche d'acqua e preparò le boccette di olio di canfora.

Mariette andò ad aiutare le cognate. Quando tornò dai fratelli disse con voce tremante:

« È molto debole ».

Costernati, i figli entrarono nella camera della madre e si disposero intorno al letto. L'infermiera li mandò via:

«Siamo in troppi qui dentro».

Il viso di Mariette era solcato di lacrime. Augustin sospirò.

«Povera cara! Per te sarà più dura».

«Io sono sola!» mormorò Mariette.

«Sì» disse piano Alain. «Ma noi tutti, in fondo...».

«Come mi capisce, questo scalzacane! Mi ha sempre capito meglio di me stesso!» pensò Augustin con una sorta di compiaciuta irritazione.

«Io non sono infelice con Sabine» disse timidamente Albert. «Ma i figli... Ah, i figli...».

Smise di nascondere il rancore, l'amore, la rabbia:

«I figli... Si fa tutto per loro, gli si dà tutto, e in cambio si spera che un giorno, quando saremo in punto di morte, loro saranno al nostro capezzale come noi, adesso... tristi, sì, addolorati, ma...».

Tacquero. Guardarono con profonda pietà il volto della madre, che si intravedeva appena nella penombra. Fra lamenti e sospiri, aveva rifiutato l'iniezione. Adesso era tranquilla, mani premurose avevano allontanato la lampada.

«Sì, non è molto...» disse Augustin. «Ma è già qualcosa... no? È già qualcosa».

«Immagino che non ci vedremo più molto spesso» disse a un tratto Albert. «Peccato. Vorrei dirvi... dopo tutto siamo fratelli... ci vogliamo bene... Vediamoci ogni tanto, eh?».

«Ma sì, vecchio mio, certamente» disse Augustin quasi commosso. «Sai, è una sfortuna che non ci sia motivo di odio tra noi. Niente rinsalda i legami familiari più di quei feroci rancori tra fratelli che si contendono un terreno o un vigneto. Tra noi non c'è nemmeno questo. Solo una certa insofferenza, molto fraterna. I sospiri di Albert, il tuo malumore, Alain».

«Il modo ironico e indolente che hai di muovere le labbra, che mi fa venire voglia di prenderti a schiaffi» disse Alain.

Entrambi sorrisero.

« Eppure siamo stati così uniti, così affiatati... » disse Mariette. « Poi è arrivato l'amore e tutto è finito ».

« Non tanto l'amore, quanto il matrimonio » disse Augustin. « Nel matrimonio, non nell'amore, che è solo un'unione momentanea, eccezionale e senza reale importanza, nel matrimonio ci sono sempre due gruppi umani che si affrontano. Nelle vene scorre sangue diverso, nemico, e ci si combatte finché l'uno non ha la meglio sull'altro; e noi, mio caro Alain, noi ci siamo fatti mettere al tappeto con una tale facilità... ».

« Tu ridi » disse piano Alain. « Tu ovviamente non sai... Ma quando l'amore non c'è? ».

« Tua moglie ti ama » disse Albert.

« Io invece non la amo » disse Alain con una strana disperazione. « Non è colpa mia. L'amore non suscita l'amore. Al massimo, ed è la cosa più terribile, suscita un'illusione, un surrogato dell'amore ».

« Già » ammise Augustin, quasi a malincuore.

« Svegliarsi e vedere accanto a sé una donna addormentata e sulle prime domandarsi: "Cosa ci fa qui?". Per anni ho provato questo, anni ».

« Provare uno sconforto senza pari al pensiero di dover rincasare la sera » disse Augustin.

« Respirare davvero solo lontano da lei ».

« Già ».

« Sentirsi crudele, falso, malvagio, ipocrita e non poterci fare niente, niente. A nessuno al mondo potrei parlare in questo modo. Me ne vergognerei. Ma voi dovete capirmi. Avete mai saputo perché ho sposato Alix? No? Ero innamorato di un'altra... non ha importanza chi fosse. È morta. Tu, Augustin, avevi sposato Claire. Alix viveva con voi e io la vedevo in continuazione. Sapevo che era innamorata di me e questo mi ispirava un sentimento di gratitudine. Una donna che vuole farsi amare è una forza spaventosa. Quel viso sempre rivolto verso di te, lo sguardo carico di aspettativa, quel desiderio così ostinato, così ardente... Ti dà una sensazione di sconfinato potere. Mi sono illuso che potesse sostituire l'amore».

«Ed è così» disse Albert.

«Qualche volta» mormorò Augustin.

«Sì, ma allora entrambi devono essere ragionevoli, pacificati, disillusi, rassegnati come te e tua moglie» replicò brusco Alain ad Augustin, che trasalì e non disse niente. «Ma se uno dei due ama ancora, soffre ancora, e all'altro non resta che guardarlo amare, soffrire, ah, è un incubo! Sono anni che penso solo ad andarmene, che sogno di lasciarla! Anni, capite? Solo che non posso abbandonarle in mezzo a una strada, loro hanno solo me... Se almeno la rendessi felice, ma lei sarebbe cento, mille volte più felice con me lontano. Oh, se poteste aiutarmi, se ne aveste il coraggio. Siamo stati giovani insieme... e la nostra sorte è stata simile. Volete vendicarvi su di me?».

«Alain,» disse Augustin alzando la testa «hai mentito, poco fa... Quella donna non è morta. È da lei che vuoi andare?».

«Sì. È sposata. Il marito la porta con sé. Io voglio, devo vivere accanto a lei. Soltanto con lei ho conosciuto la felicità. Ho sposato Alix per ripicca, per disperazione; poi ho ritrovato lei... Siamo amanti da più di otto anni. Se sarò costretto a rimanere qui, non lo perdonerò mai ad Alix. La nostra vita diventerà un inferno. Voi siete miei fratelli, dovete volermi bene al di là di ogni dovere, di ogni remora morale. Sì, lo so che la mia richiesta può sembrare crudele, dissennata: abbandonare una donna alla quale non ho niente da rimproverare, abbandonare le mie figlie! Ma che posso farci se le sento estranee? Ho tentato disperatamente di amarle, senza riuscirci. L'altra... l'altra la amo! Ha avuto un figlio da me. La mia vita è accanto a lei. Pensateci... Vi chiedo solo... un po' di soldi, Albert, e a te, Augustin, di subire i rimproveri di Claire e subire i pianti di Alix. Ma, se resto, che cosa succederà? Saremo infelici tutti e tre, mia moglie, la mia amante e io. Se il mio sacrificio rendesse felice Alix, forse mi piegherei, lo accetterei, ma cosa accadrà se resto? Altre scenate, battibecchi squallidi, vergognosi, un supplizio per lei, per me e, di riflesso, anche per le bambine».

«I figli» disse Albert.

«I figli? Senti chi parla! Quale felicità, quale riconoscenza, quale affetto ti hanno dato i tuoi figli? Sono felici con te? Credi che abbiano bisogno di te? Tu dici: bisogna pensare al bene dei figli. Ma cosa fai di buono, di realmente utile per Jean-Noël e Josée? Certo, tu lo vorresti, con tutto il cuore. Ma cosa puoi fare per loro? Dare buoni consigli? Tanto non li ascoltano. La tua esperienza? Non sanno che farsene. La tua amicizia? La rifiutano. Le mie figlie non hanno bisogno di me. Hanno la madre. Le vogliono bene. Le assomigliano. Da otto anni non c'è stata notte che non sia andato a dormire senza pregare Dio in cuor mio che fosse l'ultima. Ho aspettato che le bambine crescessero. Ho sperato in un miracolo. Sono arrivato persino ad augurarmi che la morte di Alix mi rendesse la libertà. Se ho tenuto duro in questi otto anni è solo perché l'altra... quella donna... era in Francia. Non a Parigi, ma in Francia. Ogni tanto veniva a trovarmi e io me la svignavo uno o due giorni per stare con lei e vedere il bambino. Appartiene a un altro, ma io gli voglio bene... Passavo la notte in treno, stringevo tra le braccia mio figlio e il giorno dopo tornavo a casa».

«Lei non ha intenzione di lasciare il marito?» chiese Mariette a bassa voce.

«No. Per via dei soldi. E poi lui la ama. E vuole bene al bambino. Non se ne esce».

«Chi è?» domandò Mariette.

Alain non rispose. I suoi fratelli si sforzarono per un attimo di indovinare l'identità di quella donna ma non dissero niente, preferendo immaginarla ciascuno a modo suo.

Augustin si alzò, si avvicinò a passi lenti alla porta chiusa. Guardò a lungo attraverso il vetro le donne nel salotto attiguo. Le parole di Alain avevano gettato una luce nuova anche sulla sua esistenza. Pensava al fratello con quel misto di lucido disprezzo, di irritazione e di strano attaccamento, quasi animale, che costituisce il legame fraterno. Per chi, se non per i propri cari, per le persone dello stesso sangue, si poteva provare, in certi rari momenti, una cosa simile: «Che almeno lui sia felice... Preferirei esserlo io, ma se non io, almeno lui...».

Tornò verso Alain e mormorò:

«Stai per fare una vera sciocchezza, sai... ma al diavolo! Che almeno tu abbia la vita che desideri!».

Albert scosse il faccione ansioso.

«Non è che poi te ne pentirai? Non te la prenderai con noi?».

«No» disse Alain con voce sorda.

«Allora, cos'è che vuoi?».

Alain alzò la testa, un sospiro impercettibile gli sfuggì dalle labbra. Domandò:

«Sul serio?».

«Farò quello che mi chiederai» disse Albert.

«Parlerò io stesso con Alix» disse Augustin.

Tornarono a sedersi, stringendosi l'uno all'altro nell'ombra. Ciascuno pensava, commosso: «In fondo è tutto quello che abbiamo... questo calore umano».

Era tardi. La notte avanzava. Mariette rabbrividì pensando alla pioggia fuori e al letto che l'aspettava, dove avrebbe dormito sola, tra lenzuola fredde.

In silenzio, insonnoliti, aspettarono il mattino.

Poi Alain andò a buttarsi sul divano. Il suo lungo corpo assunse di colpo un aspetto fragile e infantile.

«Chiamatemi se c'è bisogno di me» bisbigliò.

Quasi subito si addormentò profondamente. All'inizio sospirò, si agitò, gemette, ma ben presto il sonno lo placò, cancellandogli dalle labbra la piccola smorfia ironica e triste. Ogni tanto, ora l'uno ora l'altro si svegliava, si alzava, si avvicinava in punta di piedi al letto della madre e si chinava a guardare quel viso immobile come in sogno ci si china su un'acqua scura dove si dibatte un uomo ancora vivo, senza riuscire a tendergli la mano o a venirgli in aiuto.

All'alba la malata parve finalmente rianimarsi.

Augustin disse sottovoce:

«Non so... Mi sembra che stia meglio».

Sulle prime lei non lo riconobbe. Lo respinse, disse: «I bambini... Dove sono i bambini? Chi bada a loro?». Vide avvicinarsi l'infermiera.

«Si sente meglio? Ha recuperato un po' le forze?».

Le labbra dell'anziana donna si mossero ma non ne uscì il minimo suono. Eppure aveva sentito. Dopo un momento capì, si ricordò. Meglio? Avvertiva il riaffluire della vita nella sete, nell'odore di febbre, nel caldo, nel peso delle coperte, nella luce che le dava fastidio agli occhi. Girò a fatica il viso.

L'infermiera le toccò la mano e sorrise.

«Va meglio».

Albert le raggiunse. Aspettarono il dottore. I lineamenti della madre perdevano a poco a poco quell'espressione quieta; a tratti li percorreva un fremito; biascicò qualche parola incomprensibile in tono aggressivo e lamentoso; le guance erano sempre terree, ma respirava meglio, ed era scomparso quel sibilo spaventoso che aveva colmato la stanza per tutta la notte.

Augustin posò sulla fronte della madre le sue mani fresche, il cui contatto era piacevole e rasserenante; le scostò dagli occhi le ciocche scarmigliate e disse in tono sommesso:

«Allora, mamma cara... stai meglio?».

Lei sorrise con le labbra ma gli occhi rimanevano

offuscati e ansiosi, pieni d'ombra. Mormorò impercettibilmente:

«Sì...».

Augustin si voltò verso Albert, immobile.

«Be', vecchio mio...».

Lasciò la frase in sospeso. I fratelli si guardarono ed ebbero un identico gesto: bevvero adagio l'aria come una sorsata di acqua fresca, poi voltarono rapidamente la testa. Era finita. La notte era finita. La mamma stava meglio. Una pace divina riempì per un istante i loro cuori.

E subito dopo avvertirono la stanchezza e il freddo. Augustin si stiracchiò, sbadigliò nervosamente. Contemplarono con ostilità il triste disordine di quella stanza da malata nella luce grigia.

L'infermiera si riappisolava. A turno, premettero le labbra sulla fronte della malata e uscirono.

Augustin si rese conto di non aver chiuso occhio e di essere affamato.

Albert disse con un sospiro profondo:

«Ah, è passata, grazie a Dio, è passata! Che notte!».

«Torni a casa?».

«Sì, sono stanco morto. Un bel bagno e poi a letto».

«Sei fortunato, canaglia!» disse Augustin sorridendo con uno sforzo impercettibile.

Alain sembrava riposato. Aveva dormito, lui, anche se su quel divano duro, senza lenzuola; il viso era pallido ma disteso e sereno.

«È più giovane di me» pensò Augustin. «Ed è innamorato, l'imbecille!».

«La mamma deve riposare adesso. Torneremo nel pomeriggio».

Scesero insieme le scale. Augustin era così stanco che si reggeva a malapena in piedi. Rivolse un cenno di saluto ad Alain e Albert che si allontanavano e salì su un taxi. Pioveva; un vento pungente entrava dai finestrini abbassati. Si fermò a bere un caffè nero al Café de La Régence, poi si fece condurre in ufficio. Telefonò a casa. Claire era rientrata e dormiva ancora. A poco a poco si sentì invadere da una profonda tristezza. Pensò alla madre e mormorò con fervore: «Grazie a Dio!». Ma aveva il cuore pesante. «Chi saprebbe misurare, spudoratamente e in tutta onestà, le infinitesime frazioni di spossatezza, irritazione e noia di cui sono composti anche gli amori più puri e teneri?» pensò. In quel momento di stanchezza fisica, di intimo malcontento, che cosa significava per lui la guarigione della madre se non una piaga del cuore, resa ancora più vulnerabile e dolorosa? «Insomma, che c'è da rallegrarsi? Bel regalo, la vita! E cosa la aspetta? Tutta la faccenda di Alain da sopportare... Oh, immagino che lei sia felice, come lo sono i vecchi, felice di saperci in buona salute e di crederci felici. Perché lei è convinta che siamo felici».

Un pensiero lo colpì. «Non può rimanere così... Alla sua età non ci si riprende da una grave malattia senza conseguenze. Si sarà indebolita. Non può continuare a vivere sola con Joséphine. La cosa migliore sarebbe che Mariette si trasferisse da lei. La cosa migliore, la più saggia, la più economica e, per entrambe, la più gradevole, immagino. Sì, sarebbe perfetto» si disse con un senso di sollievo. Ne prese mentalmente nota: «Parlarne con loro stasera». Sì, bisognava sistemare le cose per bene, fare in modo che sia tutto a posto, che siano tutti contenti, e poi dimenticare quanto più a lungo possibile qualsiasi cosa riguardasse la famiglia.

A mezzogiorno tornò a casa. Claire era seduta in camera da letto, intenta a pettinarsi. Porse al marito una guancia che lui sfiorò con le labbra.

«Sta meglio, sta davvero meglio?» disse sommessamente. «Si fa quasi fatica a crederlo... Sono così contenta, tesoro!».

«A che ora siete andate via stamattina?» le chiese lui.

«Saranno state le quattro... Attraverso la porta ho visto Alain che dormiva sul divano e anche tu sembravi assopito. Ho preferito non entrare. Quando torni da tua madre?».

«Subito dopo pranzo».

Mangiarono in fretta e quasi in silenzio. Augustin pensava: «Godiamoci questa pace, non durerà». Chissà i drammi, le discussioni che avrebbe suscitato la partenza di Alain! Le cose che bisognerà dire, quelle che bisognerà tacere... Curioso come si finisca, vigliaccamente, per voler mantenere a tutti i costi una precaria pace coniugale! Cosa non si è disposti a sacrificare pur di non sentire i rimproveri delle mogli, di risparmiarsi le loro lacrime! «Non ho mai preteso granché dalla vita» pensò con singolare e affettuosa autocommiserazione. «Cioè, ho preteso come tutti, ma non avendo ottenuto niente, o quasi, mi so accontentare. Quell'imbecille di Albert ha la ricchezza, Alain l'amore, e io? Che cosa ho io?».

All'improvviso disse:

«Se Alain se ne andasse, cosa farebbe Alix?».

Si guardarono con quella perfetta, tacita intesa che, fra coniugi, può essere l'unico ricordo, l'unica traccia lasciata dall'amore.

«Non lo farà» mormorò lei. «Tu non glielo permetterai, giusto?».

Lui si strinse nelle spalle.

«Come potrei impedirglielo? E se si rivolgesse ad Albert?».

«Albert? Conosci tuo fratello... Prometterà qualsiasi cosa in un momento di commozione e l'indomani i suoi titoli inglesi o australiani perderanno tre punti e ricadrà tutto sulle tue spalle! Ricordati del divorzio di Mariette, del processo... tutte le seccature che hai avuto... I tuoi fratelli hanno sempre lasciato che fossi tu a sacrificarti».

«Ha ragione» pensò Augustin.

Non rispose e uscì. Tornò dalla madre e se ne andò dopo un'ora. Era passato il dottore; il pericolo sembrava scongiurato. La convalescenza sarebbe stata lunga.

Dopo la chiusura della banca arrivò Alain. Come i fratelli, cominciò a parlare in tono vivace e gioviale, poi tacque. L'anziana donna si lamentava:

«Non mi piace quel dottore. Mi ha auscultato il cuore due secondi e se n'è andato via. Avevo mille domande da fargli. Mi si è gonfiata una gamba. Chi ha chiamato quel medico?».

«Non lo so, Augustin forse...».

«Ah! Sua moglie piuttosto? Senz'altro sua moglie!».

Alain rispose a casaccio. Guardava la madre e pensava alla donna che avrebbe ritrovato, a quella che stava per lasciare, al bambino... Quella mattina stessa si era impegnato formalmente a partire e a versare la propria quota per l'acquisto della piantagione, poiché quello che non aveva osato dire ai fratelli era che la piantagione apparteneva al marito della sua amante. Dio, che viltà! Ma che poteva farci? La cosa andava avanti da otto anni. Il marito gli voleva bene, non si accorgeva di niente, si fidava di lui. Adorava il bambino ed era felice così. Il rimorso, la sofferenza e persino la gelosia spettavano all'amante.

«Non vai a casa?».

«No, mamma».

«Non ceni?».

«No, mamma».

«Ma che cosa c'è, figliolo?».

«Niente. Non ho fame, tutto qui... E poi aspetto Augustin e Albert. Arriveranno alle otto».

«Ma Joséphine ti farà da mangiare!».

«No, no, mamma!».

«Ma cosa dici? Non capisco, proprio non capisco.

Non si scherza con la salute. Sei sempre stato delicato tu».

La lasciava parlare, ascoltandola appena; non riusciva a concentrare il pensiero su di lei. «Com'è crudele il fondo della nostra anima!» pensò disperato. Si chinò a baciarla sulla guancia. La madre ripeteva tutta agitata:

«Ti prego, fammi contenta. Mangia. Vai a mangiare».

Che altro poteva dire? Le parole materne, un tempo unica espressione di saggezza e d'amore, ora inefficaci e svigorite – «Mangia, dormi, non piangere...» –, le affioravano spontaneamente alle labbra.

Alain taceva. Prese una sigaretta tra le dita, la portò alle labbra, poi si ricordò che non bisognava fumare nella stanza di un malato e lasciò ricadere la mano. Aspettava. Guardava avanzare la lancetta dell'orologio a pendolo. Aspettava i fratelli. Avevano promesso di aiutarlo. Sembrava che avessero capito. «Ma era la notte scorsa» pensò mestamente. Una notte strana, fuori dal tempo, che lo spaventoso approssimarsi della morte aveva reso diversa dal solito, più solenne. Quella sera, invece, era una sera come tante, come mille altre sere in cui si erano riuniti lì, insieme alle mogli, accanto alla vecchia madre alla quale volevano bene, che stava meglio e sarebbe guarita. «Ho fiducia in loro» pensò con angoscia. «Una fiducia forse troppo frettolosa, troppo facile?».

L'acquisto della piantagione era stato concluso quella mattina stessa dal marito della sua amante, il quale, fidandosi della sua parola, aveva impegnato per lui centomila franchi: una fortuna... Se i suoi fratelli avessero rifiutato di aiutarlo, quell'uomo si sarebbe rovinato per causa sua. E lei? La donna che amava... I suoi fratelli non sapevano che sarebbe partita quella notte stessa. «Parto, parto, parto» ripeteva mentalmente come un mantra. «Mantengano o meno la promessa, io parto con lei... E non tornerò mai più, non rivedrò più mia moglie... Non ce la faccio... Non ce la faccio più... Seguirò Élisabeth fino a Marsiglia. Vedrò il bambino ancora una volta. Passerò con lei l'ultima ora prima della partenza della nave... E poi aspetterò che sia partita, aspetterò fino a sera. Aspetterò che il suo tepore, il suo profumo si dissolvano nella stanza. Aspetterò fino a sera un miracolo. Poi... ».

Chiuse gli occhi. Il resto era facile: un colpo di rivoltella o, meglio ancora, qualche pastiglia sciolta in un bicchier d'acqua. Assaporare un sonno tranquillo e senza sogni prima della morte. Era da tanto tempo che non dormiva serenamente. L'immagine di quelle due donne, Alix e l'altra, lo tormentava in continuazione, da sveglio e nel sonno. Dormire di un sonno placido e profondo, per l'eternità...

Trasalì. Il posacenere cadde. Si guardò intorno, tremante. Sua madre! Abbandonarla così... Ma insomma! Un legame in più da spezzare. Erano talmente tanti, e tutti strettamente avvinti al suo cuore!

Udì le voci dei fratelli dietro la porta. Si alzò.

Entrarono. Prima Albert, seguito da Augustin e Claire. Baciarono la madre, poi Claire disse:

« Non bisogna affaticare la mamma ».

Restò sola in salotto con un libro. Come il giorno prima, gli uomini e Mariette si sistemarono in sala da pranzo, dietro la porta a vetri accuratamente chiusa.

« Sabine non è venuta? » chiese Mariette.

« No, è stanca. Dorme ».

Augustin sospirò:

« Che facciamo? Bisogna prendere una decisione. Mamma non vuole più l'infermiera ».

« Ma è una follia! » disse Mariette guardando inquieta i fratelli. Aveva capito che era lei quella presa di mira.

« Conoscete la mamma. Sono riuscito a strappare tre giorni di tempo. Del resto, quell'infermiera non vale niente» mormorò Augustin con irritazione. «Chi l'ha trovata?».

«Io» disse Albert.

«Ci sono altre infermiere a Parigi» disse Alain.

Era in piedi, davanti alla finestra; tra le pieghe delle tende guardava la pioggia cadere.

«La questione è un'altra: ripeto, conoscete la mamma. Non appena starà meglio manderà via qualsiasi infermiera. Ma non può restare da sola, con la domestica che dorme al sesto piano. La mamma è anziana, debole. Già da tempo avrebbe dovuto avere accanto a sé uno dei figli. E se le venisse un malanno improvviso? Più repentino? Che so, un infarto? O un semplice raffreddore trascurato, in estate, quando siamo tutti via. Non può restare da sola».

«Lo penso anch'io» disse Alain.

Guardò con tenerezza il viso della madre, a malapena visibile nell'ombra; solo i capelli candidi erano rischiarati dalla luce della lampada.

«Sei d'accordo anche tu?» mormorò Augustin. Pensava: «Tu te ne infischi. Stai per andartene...». Si strinse piano nelle spalle. «Qualsiasi persona di buon senso lo penserebbe, ma come facciamo? Magari tu, Mariette?».

«No» disse Mariette a voce bassa. Guardò i fratelli uno per uno. «Non posso. Voglio bene alla mamma con tutto il cuore, ma non posso vivere con lei. Ve lo garantisco. Non saprei accudirla né... E poi, insomma, ho la mia vita, come voi avete la vostra. Tutto quel che ho sono due stanze dove starmene per conto mio».

«Da sola?» disse Albert.

Lei non rispose. Poi disse sommessamente:

«Tu, Albert, tu potresti tranquillamente provvedere alla mamma, no? Sei ricco. E a casa tua c'è spazio in abbondanza».

«Io?» disse Albert in tono amaro.

Certo, avrebbe accolto volentieri la vecchia madre, ma perché lui, sempre lui? In fin dei conti Augustin non era mica sul lastrico, guadagnava bene. Sua moglie si vestiva meglio di Sabine. Avrebbe potuto almeno offrirsi di farsi carico della madre. Ma non c'era pericolo! No, doveva pensarci lui, sempre lui... E niente di quello che faceva andava mai bene... Avevano avuto da ridire persino sull'infermiera che aveva scelto. I suoi fratelli erano davvero... demoralizzanti.

Mariette piangeva.

«Su, su,» disse Augustin innervosito «non piangere. Al mondo non c'è niente di più insopportabile delle lacrime di una donna. È una tale viltà!».

Mariette disse sottovoce:

«Magari, dopo che Alain se ne sarà andato, Alix e le bambine potrebbero trasferirsi qui?».

«No» disse Alain.

«Perché?».

«Tra Alix e la mamma non corre buon sangue».

«Come si fa a non voler bene alla mamma?» disse Mariette.

«Sarebbero infelici, ve l'assicuro. Non è una soluzione. Penso al bene dell'una come dell'altra».

«Quanti scrupoli!» mugugnò Albert.

«Sentite,» disse pacatamente Alain «adesso dovreste pensare a me. Devo sapere se quello che avete detto ieri, quello che avete promesso ieri...».

Augustin sospirò.

«Un attimo di pazienza, ragazzo mio. Prima dobbiamo risolvere la faccenda della mamma. È almeno altrettanto importante, no?».

«È tardi, molto tardi» disse Alain con voce bassa e strana. «Voglio partire stanotte».

Tutti lo guardarono stupiti.

«Sei pazzo, Alain?».

Non rispose. Premeva il viso contro il vetro.

«Ma è impossibile!» disse piano Augustin. «Sei...

Ci prendi in giro? Partire così, per sempre, e... e tua moglie? E la mamma?».

«Già. Mia moglie. Mia madre. So già cosa mi volete dire. Ma l'altra, che mi aspetta, che si dispera... Devo partire oggi, stanotte stessa» ripeté con voce soffocata. «Avete promesso di aiutarmi».

«Ascolta,» disse Augustin stancamente «chiariamo la faccenda, e che ciascuno di noi dica cosa è disposto a fare per te. Io potrei passare a tua moglie mille franchi al mese. E ti assicuro, caro mio, che per me è uno sforzo enorme. Non sto a ricordarti che abbiamo già la mamma e Mariette quasi interamente a nostro carico. Non posso imporre delle privazioni a mia moglie. Che al resto ci pensi Albert».

«Me l'aspettavo» disse Albert. «Perché io, sempre e solo io? Non è giusto alla fin fine! Non fate altro che ripetermi che sono ricco e voi... Ma quei soldi non sono miei! Appartengono ai miei figli. Possiedo un capitale che serve a provvedere ai miei figli. Ho una figlia! Devo darle una dote, garantirle un futuro. Vi voglio bene, voglio bene ad Alain e voglio bene alla mamma, ma prima di tutto vengono i miei figli. È mio dovere. Alain è libero di ignorare il suo! Io mi sono sempre dovuto sacrificare per voi due. Mi prendevate in giro, dicevate che ero grasso, goffo, stupido, ottuso, ma non avete perso occasione per servirvi di me! Quando è morto nostro padre, non ho forse rinunciato alla mia parte di eredità in favore di Mariette?».

«Anch'io» disse Augustin. «Mi pare che i legami di sangue abbiano quotazioni piuttosto alte tra i Demestre».

«Non si tratta solo di mia moglie» disse Alain. «Ho chiesto un prestito a... un amico per acquistare la mia quota della piantagione e devo restituire centomila franchi... Ho bisogno che mi anticipiate quella somma in cambio di tutte le garanzie che vorrete».

Albert sbottò:

«Centomila franchi! Vuoi scherzare? E per giunta stasera, subito! Sei... sei ridicolo, ecco cosa sei».

«Mi avevate promesso...».

«Io avevo promesso, e sono pronto a mantenere la parola, di versare una certa somma al mese a tua moglie e alle tue figlie, a patto che ciò avvenga in termini di assoluta parità con Augustin: è una questione di dignità, di principio! Per il resto, al momento non posso fare nulla. Dimentichi che non ci sono solo io, c'è anche mia moglie! I soldi sono suoi. Devo prima parlarne con lei, ottenere il suo benestare e vedere come procurarti quella somma senza che lei ci perda. Mia moglie possiede dei titoli che non possiamo svendere nemmeno per te, per farti piacere. Se non mi credi, vai da Sabine e...».

«Non vado a mendicare un prestito a Sabine! È a te che mi rivolgo, a mio fratello, non a un estraneo!».

«Non alzare la voce. Sei impazzito?» disse Albert con rabbia.

Augustin li fece tacere con un gesto della mano.

«Non dimenticare, Alain, che dobbiamo provvedere a Mariette e a nostra madre. Tutto quello che ti daremo per tua moglie sarà fatalmente decurtato dalla loro parte, già piuttosto modesta. Alain? Mi ascolti? Neanche di questo t'importa? Sei pronto a depredare tutti, ad abbandonare tutti, a sacrificare tutti per un capriccio?».

«È in gioco la mia vita» disse Alain con voce sorda.

«Non drammatizziamo. Ragioni ancora come un ragazzino. Ma non hai più vent'anni. A un bel momento arriva l'età in cui bisogna accettare che la propria vita è stata un fallimento, che le azioni compiute sono irreparabili. Sei infelice con Alix? E io? Credi che io sia felice? Eppure non dico nulla. Non mi lamento. Sopporto la vita che mi sono costruito. E anche tu... Prendi esempio da me».

«Ti giuro,» disse Albert «e Dio mi è testimone, ti darei tutto quello che possiedo per salvarti dalla morte, dalla miseria o dal disonore, ma tu ci chiedi di rovinarci per contribuire all'infelicità tua, di tua moglie, delle tue sventurate figlie, di tua madre...».

«Siamo disposti ad aiutarti,» disse Augustin a voce bassa «ma nei limiti della ragione e della decenza. Dimentichi infatti un altro aspetto della questione: mia moglie e Alix sono sorelle. Io non posso appoggiarti apertamente. Soltanto il tempo e la pazienza potranno sbrogliare questa penosa situazione».

«Adesso capisco» mormorò Alain con un doloroso senso di umiliazione.

Aveva pianto davanti ai fratelli. Aveva implorato il loro aiuto. Aveva creduto in loro, implicitamente, come un tempo, ma era stato tutto inutile. Come avevano fatto presto a cambiare idea! Con quale ardore ognuno difendeva il proprio interesse! La sua solitudine era ancora più amara, più opprimente, la sua debolezza ineluttabile...

«È tardi» ripeté. «Se acconsentite, ditelo. Se vi tirate indietro, ditelo. Ma adesso, subito. Non posso più aspettare».

«Non ci tiriamo indietro, ma non possiamo fare di più».

«Sta bene» disse Alain.

Si alzò e si diresse verso la porta. Augustin gli sbarrò la strada.

«Dove vai?».

«A casa. Dove vuoi che vada?».

«Ah!... Allora, buonanotte» disse Augustin in tono stanco e irritato. «Sei fortunato tu a poter dormire. Io devo aspettare il dottore. Non saluti la mamma?».

«Dorme» disse Alain con voce rauca. «Buonanotte!».

E se ne andò. La madre, intanto, si era svegliata ed era rimasta ad ascoltare l'eco smorzata della discussione. Udì i passi di Alain che si allontanavano e poi quelli di Augustin e di Albert, vicino a lei. Entrarono in camera sua in punta di piedi.

«Buonasera, mamma. Ti serve niente?».

«Cosa succede, figli miei? Di cosa parlavate? Cosa voleva Alain?».

«Ma niente, mamma, proprio niente! Su... non agitarti».

«Sei arrabbiato, Albert? E tu, Augustin?».

«Arrabbiati? Ma che idea, mamma! Dormi, riposati ancora un po'. Noi aspettiamo che arrivi il dottore».

Il dottore arrivò e li rassicurò completamente. La mamma stava meglio ed era in via di guarigione. La pingue Joséphine entrò dopo che tutti se ne furono andati.

«La signora sta meglio stasera? La signora non è più preoccupata?».

Lei non rispose. Aveva gli occhi chiusi, ascoltava il silenzio dell'appartamento deserto, il passo lento dell'infermiera che si preparava il caffè per la notte, la lunga notte solitaria... Non si preoccupava del suo male. Sapeva perfettamente di essere guarita.

LA CONFIDENZA

« È meglio così » pensò. « Bisogna innanzitutto sottomettersi alla volontà divina. E poi cosa posso aspettarmi ormai dalla vita? Non sono più giovane. Non ho una famiglia. Per i Lambert non conto niente » aggiunse, e al solo evocarli il suo viso si contrasse in un'espressione amara: dei Lambert lei era la parente povera, impossibile dimenticarlo. « Sono il loro zimbello! Una vecchia istitutrice come me non dà certo lustro alla famiglia. Sono povera. Non ho amici. Se non dovessi sopravvivere all'intervento, la morte mi risparmierebbe anni di miserabile vecchiaia » disse ancora fra sé, cercando di calmare con pensieri rassegnati, ragionevoli, cristiani il suo triste cuore, che non reggeva alla paura e all'inquietudine.

Aveva voluto tornare a piedi dall'abitazione del dottore fino a casa sua, in rue Monge. Era una prova di coraggio verso se stessa: quando si sta per perdere tutto, l'ultimo conforto consiste in quel lieve palpito di orgoglio.

Resistendo all'emozione e alla fatica, Blanche

Lajunie camminava spedita, a testa alta, lanciando ai passanti sguardi carichi di fierezza e di sfida, come se pensasse:

«Sì, sono una vecchia zitella, povera e sola! Ma non ho bisogno di nessuno! Non mi serve aiuto. Chissà quante, al mio posto, sarebbero svenute o sarebbero corse a chiudersi in casa a piangere. Io, grazie al cielo, non ho voglia di piangere. La vita non vale tanti rimpianti. Urtatemi pure, voi che siete più agili e forti di me! Burlatevi pure del mio cappellino della stagione scorsa e del mio viso avvizzito: io ho più dignità e più coraggio di tutti voi!».

La folla indifferente premeva da ogni parte. Era mezzogiorno. Negozi e uffici stavano chiudendo. Tutti affrettavano il passo. Nessuno la degnava di uno sguardo. Nessuno avrebbe mai sospettato lo sforzo enorme che doveva imporsi per ostentare una decorosa compostezza... Ma lei avrebbe tenuto duro. Sarebbe tornata a casa a piedi. In punto di morte avrebbe potuto pensare in tutta sincerità: «Ho mantenuto fino all'ultimo la padronanza di me stessa. Il giorno in cui ho saputo che avrei dovuto affrontare un intervento serio, forse fatale, anzi sicuramente fatale, me lo sento, per me è stato un giorno come gli altri. Non mi sono nemmeno concessa un taxi. Sono stata coraggiosa. Non ho chiesto aiuto a nessuno. Ho sempre avuto una profonda ammirazione per quelle donne del popolo che stringono i denti fino all'ultimo, si ammazzano di lavoro e di fatica senza un lamento, fermandosi solo per morire, quelle donne di cui si dice: "Sono toste...". E io...».

Solo nell'ambulatorio aveva avuto un attimo di cedimento e versato qualche lacrima. Il dottore aveva la tipica voce pacata e lo sguardo indifferente di coloro che per mestiere fingono di interessarsi alla vostra sorte. «Ecco,» sembrano dirvi «tutta la mia attenzione, tutta la mia scienza è al suo servizio, esclusivamente... per dieci o quindici minuti. Non mi chieda altro. Non so più dove sbattere la testa. Sa, dietro quella porta altri mi aspettano. E mi raccomando, la prego di non aspettarsi un solo briciolo di compassione, un solo granello di amore. Dove andremmo a finire, cara signorina, se dovessimo mostrarci compassionevoli con tutti quelli che ce lo chiedono? Forse un dottorino di quartiere, ancora giovane... Ma io! A cento franchi e più la visita, non mi pare proprio il caso di pretendere compassione».

«È un intervento di routine» aveva detto. «Stia tranquilla. Non ha parenti? Controlliamo un po' il cuore. Si è sentita fiacca ultimamente? Ma sì, ma sì, il cuore è a posto. Su, non c'è da preoccuparsi».

Forse grazie alla sua professione di istitutrice aveva sviluppato una certa abilità nell'intuire i pensieri altrui. Ed era come se leggesse nella mente del dottore mentre la visitava e appoggiava cautamente la testa al petto magro della paziente:

«Peccato che non abbia parenti. A un familiare capace di mantenere il sangue freddo (un erede, per esempio) è talmente facile spiegare...». Ma lei ha già capito.

Sì, aveva capito. Toccava a lei portare quel fardello, come finora aveva sopportato i dispiaceri e la solitudine, venire a patti con quella verità intravista, aspettare, guardando le strade di Parigi, quel cielo di un azzurro brillante, quel sole, le auto cariche di bagagli che partivano per la campagna, per le vacanze di Pasqua, e pensare: «Quel certo mese, quel certo giorno forse non ci sarò più. Io? Proprio io, possibile?». La paura della morte, infatti, non risparmia gli umili: per quello spauracchio, quel rapace cacciatore, non esiste selvaggina spregevole.

Dal medico, però, dopo i primi istanti, dopo il primo brivido di terrore animale, si era ripresa, aveva discusso pacatamente del costo dell'operazione e annotato con mano ferma gli indirizzi degli ospedali e delle cliniche «per la classe media», così come la data fissata per l'intervento, come se avesse potuto dimenticarsene.

Rue Monge era ancora lontana. Blanche Lajunie cominciava a essere stanca. Si sedette su una panchina. Sola con se stessa, lasciava finalmente trasparire sul volto un'espressione esausta e amara; durante le lezioni, però, quando si sforzava di catturare l'attenzione di un allievo, o quando con il sarcasmo, le minacce, un'apparente pacatezza o un'abile dialettica riusciva a indovinarne le intenzioni, i pensieri, le bugie, appariva vivace, energica, e incuteva ancora timore. Aveva cinquant'anni, un portamento rigido e i modi bruschi, quasi virili, che l'abitudine all'indipendenza e alla povertà conferisce alle donne. Gli occhi erano vispi; doveva essere stata bella ma un dimagrimento eccessivo aveva guastato le proporzioni del viso: solo la linea orgogliosa del naso spiccava sui lineamenti molli; le palpebre erano pesanti, sciupate; l'occhialetto che, in un residuo di civetteria, utilizzava solo per leggere, le aveva lasciato due leggeri solchi rossastri sulla pelle agli angoli degli occhi. Era vestita dignitosamente ma con quell'aria impercettibilmente ridicola che contraddistingue una donna che non solo è povera ma non esce mai e non sa più cosa si porta. Cosicché, il cappellino di feltro nero con la tesa rialzata di lato da una fibbia di galalite blu seguiva i dettami della moda, seppure vagamente e con una stagione di ritardo; invece, il cappotto scuro – capo di tutti i giorni – aveva una foggia decisamente insolita e antiquata. Lei lo sapeva e ne soffriva, e gli sguardi imbarazzati con cui a volte indugiava sui suoi vestiti, i vecchi guanti, le scarpe grosse rivelavano, ancor più della forma squisita della bocca e delle mani, che un tempo era stata bella.

Teneva gli occhi bassi, le mani incrociate sulle ginocchia. Era una giornata di primavera, così bella e calda che sembrava di essere in piena estate. Lo splendore della luce, il tepore dell'aria la incantavano e la ferivano al tempo stesso; i visi, le voci dei passanti la irritavano. Si trovava nel quartiere delle università e delle grandi scuole. Qui la gioventù era più aggressiva che da qualsiasi altra parte: regnava sovrana, occupava le panchine, le strade, i giardinetti. La signorina Lajunie non amava la gioventù: il suo mestiere era quello di disciplinarla, redarguirla, trattarla come un nemico. Era infastidita dalle frotte di ragazzi e ragazze che invadevano chiassosamente il marciapiede, con il berretto calcato in testa e le cartelle sottobraccio, dalle loro voci fresche e sfacciate che le risuonavano alle orecchie. Per sottrarsi a quel supplizio, trovò la forza di alzarsi, fece segno all'autobus in arrivo e salì sulla piattaforma con le gambe malferme. Adesso ci voleva un po' di pazienza, un po' di coraggio. Questione di qualche minuto. Ecco la fermata di rue Monge. Pochi passi ancora e sarebbe stata a casa.

Abitava in un modesto appartamentino al secondo piano, lugubre ma lindo, che dava sul cortile. Il tavolo della cucina era apparecchiato per il pranzo sin dalla mattina: pranzava a casa tre volte a settimana e gli altri giorni dai genitori di un'allieva. Accese il gas, ma alla vista della fettina cruda e sanguinolenta ancora da cuocere ebbe un improvviso mancamento. Si affrettò a riporre la carne, mise a bollire dell'acqua e, con in mano una tazza di tè e qualche fetta biscottata su un piatto, entrò in sala da pranzo. Si tolse piano il cappello con mani ancora tremanti. Si sedette al solito posto, di fronte alla finestra, e cercò di concentrarsi sugli impegni della giornata.

La piccola Colette Lambert, la figlia dei cugini, doveva venire dalle quattro alle cinque per una lezione di letteratura francese. Di solito, l'intervallo tra il pranzo e l'arrivo di Colette era colmato da una ripetizione di matematica a Neuilly. Quel giorno però, temendo di fare tardi dal medico, aveva confermato solo la lezione di Colette e disdetto quelle degli altri ragazzi. Colette era parecchio indietro in letteratura e storia. « Queste ragazzine sono del tutto prive di sensibilità e di immaginazione » pensò la signorina Lajunie. Ciononondimeno metteva un impegno particolare con le allieve svogliate e testarde, come un cavallerizzo con un cavallo ombroso: per piegarle, imporre loro la sua volontà e infine soggiogarle, per il loro bene. Una volta ottenuto il risultato voluto, come il cavallo può essere venduto o regalato, l'allievo poteva pure cambiare maestro. Lei si riteneva soddisfatta.

Insomma, era libera fino alle quattro. Sospirò. Non era di libertà che aveva bisogno. In quel momento invidiava la sorte delle massaie stremate, delle madri di famiglia – donne che non hanno mai, letteralmente, « il tempo di pensare a se stesse », come dice il volgo. Correre da un quartiere all'altro, aspettare l'autobus, inerpicarsi su per le scale di vecchi palazzi senza ascensore della rive gauche, correggere compiti, dettare sunti di storia lasciava ancora troppo spazio alla vita interiore; invece, una donna frastornata dalle grida dei bambini, distratta dalle mansioni domestiche, dalle bocche da sfamare, riesce a mettere a tacere qualsiasi desiderio, qualsiasi rimpianto per se stessa, pensava la signorina Lajunie, ed era già qualcosa!

Eppure, come aveva spesso ribadito, era convinta che fosse stata una fortuna non essersi sposata, non aver avuto figli. La sua era stata una vita dignitosa e indipendente. Aveva viaggiato molto. Per cinque anni aveva vissuto in Italia; era stata la governante delle due figlie dell'ambasciatore di Spagna. Aveva accompagnato i suoi alunni in viaggio in quel paese. Aveva soggiornato in Svizzera e in Inghilterra. La sua carriera era cominciata presto, in Russia, prima della guerra... Cosicché aveva potuto conoscere ambienti diversi dal suo, ambienti che a persone della sua classe e di scarsi mezzi come lei raramente capitava di frequentare.

«Con un marito, dei figli, che vita piatta e miserabile avrei avuto!» pensò. «I miei genitori erano praticamente dei contadini. Chi avrei potuto sposare?».

Ripensò al suo paese natale, in Lorena, che aveva lasciato all'età di sedici anni. «No, non ho nessun rimpianto. Se non che un marito, dei figli, almeno serbano un ricordo, un'immagine fedele di voi dopo che siete morti. Io invece!... Non mi è rimasto nessun parente, nessun amico di gioventù. Nessuno si ricorda di me, di quella che sono stata».

Si immaginò la reazione dei vicini, dei genitori dei suoi alunni, degli stessi Lambert che, dieci anni prima, al suo rientro dall'Italia, l'avevano rivista già vecchia. Che diranno? «Poveretta, povera zitella...».

«Una macchina che snocciola formule matematiche, nozioni di grammatica e di inglese un tanto all'ora, ecco come mi vedono. Ecco che cosa sopravviverà di me. Una volta sotto terra sarà come se non fossi mai esistita e nella memoria di tutti resterà la mia caricatura, il ricordo di una zitella inacidita. Eppure sono stata una donna... Ah, tutto questo non dovrebbe importarmi! Anzi, dovrei addirittura trovarci una sorta di piacere ironico. Finora non mi è dispiaciuto aver perso di vista tutti quelli che mi hanno conosciuto da giovane. Ho provato gusto a guardare la graziosa signora Lange, o la madre della piccola Francine e pensare: "Mi compatisci? Pensi che sia stata sempre vecchia, brutta e sola. Ma io sono stata più bella e più amata di te!". E le ragazzine! Ah, quelle bambine felici, insolenti! Roselyne, Nicole, Annette, lo so, sento che qualche volta si chiedono se io sia mai stata giovane come loro. Hanno l'età dei primi appuntamenti, dei primi filarini. Non le invidio. So bene come va a finire. Conosco il sapore delle lacrime che verseranno. Povere ochette!... Ma io sono una donna fragile, vorrei prenderle per un braccio e dire loro: “Aspettate! Guardate! Ascoltatemi! Non respingetemi! Sono stata come voi”». «*Et in Arcadia ego*» mormorò quasi senza accorgersene. Per una questione di deformazione professionale, la citazione latina, misteriosamente, la calmò. Dare alla sua angustia una forma classica, elegante e breve era, malgrado tutto, una consolazione. Si sentì meglio.

Finì di sistemare alcune cose, corresse i compiti di un allievo. Alle quattro la sua giovane cugina suonò alla porta.

I Lambert erano gente ricca, compassata. Per un tacito accordo, non si faceva mai cenno al grado di parentela, per quanto assai prossimo, che li legava alla signorina Lajunie: Lambert, che aveva fatto fortuna nel dopoguerra, era il suo pronipote.

I Lambert apprezzavano le qualità di insegnante e di educatrice di Blanche Lajunie: grazie a lei il loro figlio maggiore era riuscito a finire il liceo dopo due precedenti tentativi. E adesso dava ripetizioni a Colette, la figlia quindicenne. Quando parlavano della vecchia zitella, i Lambert convenivano che fosse una donna colta, intelligente, «ma arida, fredda, egoista», concludeva astiosamente la signora Lambert, ripensando a certi aspri commenti della donna. Quest’ultima ci teneva a dimostrare di non avere peli sulla lingua con i parenti ricchi e non si faceva scrupoli a risultare sgradevole. Anzi, aveva il dono innato di essere sgradevole, prerogativa non comune. Un pizzico di cattiveria accentuava le qualità della sua prontezza di spirito, come il succo di limone esalta il sapore di una pietanza. Era strano: a volte, mentre si recava da una delle sue allieve, le succedeva di commuoversi per un pensiero, un ricordo, una lettura, o di avvertire dentro di sé quel languore agrodolce che le prime giornate di primavera risvegliano nell’animo della gente di città. Allora la tenerezza, l’amore la invadevano tutta, ed era pronta a commuoversi per un cane o un bambino, al punto che si riprometteva vagamente di adottare un gatto randagio, di piantare dei fiori sul davanzale della finestra; il suo passo si faceva più pesante; si sentiva stanca. Arrivava in casa di estranei, tutti presi, evidentemente, da preoccupazioni e piaceri che lei non avrebbe mai conosciuto e che le nascondevano gelosamente; le risate delle bambine cessavano bruscamente al trillo del campanello; non le era difficile immaginare che cosa si dicessero: «Ecco, è arrivata la vecchia Lajunie a scocciarci con i suoi participi e le tragedie di Racine!». Subito provava il desiderio di sfidarle, di osteggiarle, di soggiogarle e far scontare loro quella gioia a lei ignota con piccole vessazioni, commenti ironici, di riferire ai genitori cose spiacevoli (sempre esatte del resto) sulla condotta o il rendimento dei figli: ciò aveva su di lei l'effetto di un tonico. Si sentiva subito meglio, anche fisicamente. Fuori, con la punta dell'ombrello chiuso, allontanava i mocciosi che correvano ad aggrapparsi alle sue sottane.

Anche quel giorno, non appena Colette fu entrata, la tristezza della signorina Lajunie, pur senza svanire, parve dissiparsi un po', lasciando trasparire solo un disprezzo beffardo e quel bisogno singolare di piegare il prossimo, di ammansirlo, di plasmargli l'animo; tutte peculiarità che, temperate dal senso di giustizia e da una certa nobiltà di carattere, la rendevano un'ottima insegnante.

Colette Lambert, in abitino chiaro, con le braccia nude, buttò i libri sul tavolo e salutò la signorina Lajunie. Era una ragazzina di quindici anni, dal viso ancora infantile ma già donna nella linea della vita e dei fianchi, e in certe movenze del corpo. Aveva le guance arrossate per la camminata spedita e il caldo pomeridiano. Lo sguardo era candido e spavaldo; i capelli castani, anche se in famiglia continuavano a dire «biondi» per abitudine. I bambini cambiano a una tale rapidità e la percezione che ne hanno i genitori è così lenta! Le metamorfosi della pubertà si sono già da tempo compiute e loro ancora non se ne sono resi conto; non si accorgono che i riccioli hanno perso i riflessi dorati, anzi, che non sono nemmeno più riccioli ma si sono trasformati nei capelli fini e scarmigliati di un'adolescente; né che gli occhi non esprimono l'ingenua allegria di un tempo ma curiosità e un oscuro turbamento. La stessa signorina Lajunie, che aveva conosciuto Colette da piccola, quando le parlava si rivolgeva a un'immagine svanita, al riflesso di una bambina che non esisteva più.

Colette si asciugò la fronte con il fazzolettino appallottolato:

«Fa un gran caldo, sa?» disse. «Quanto si sta bene al Luxembourg!».

«Vieni da lì?» chiese la signorina Lajunie osservandola con freddezza.

Si era raccomandata che rileggesse, prima di venire da lei, la lettera di Madame de Sévigné sulle foglie autunnali e il sunto della *Querelle des Anciens et des Modernes*, ma quella piccola...

«Vieni dal Luxembourg?» ripeté.

Le palpebre di Colette ebbero un leggero fremito.

«Sì, signorina Blanche» rispose con un'espressione sorniona e distante.

Tirò fuori lentamente dalla cartella i quaderni, i libri, ebbe un attimo di esitazione:

«Permette che mi sieda al suo posto?».

«Di fronte alla finestra? Se vuoi... Che mania di volerti sedere sempre là! Hai il sole negli occhi».

«Il sole? Ma se qui da lei non arriva» borbottò Colette.

E pensava: «Quanto la detesto! Dio, quanto la detesto! Chissà se è un peccato detestare a tal punto qualcuno. Vorrei che si rompesse una gamba. Che morisse. È brutta, vecchia e odiosa. E quell'aria di superiorità, poi, è insopportabile. È tutta orgogliosa del suo misero sapere, della sua misera scienza, ma non sa fare niente di veramente valido, utile, importante. Non sa sistemare i fiori, non sa vestirsi, non sa ridere».

La guardò con astio, ma il suo volto era l'immagine vivente degli esami, dei temi, delle pagelle trimestrali, e lei distolse lo sguardo.

«Vediamo questi compiti».

«Sì, signorina Blanche».

Colette era sempre andata malissimo a scuola, pensava la signorina Lajunie, ma negli ultimi tempi sembrava che si sforzasse di applicarsi. Era stata lei a chiedere di sua iniziativa ai genitori di mandarla due volte a settimana dalla signorina Lajunie, anziché avere lezione con lei il giovedì mattina in casa Lambert, in rue La Fontaine, com'era accaduto fino a quel momento.

Colette si sedette di fronte all'istitutrice, aprì il libro alla pagina indicata e «finse di studiare» come diceva la sua insegnante, che sapeva riconoscere la differenza tra quell'apparente docilità, le risposte talora corrette, e lo studio vero e proprio.

«Colette, non mi stai a sentire! Insomma, figliola, non posso rubare i soldi ai tuoi genitori. È un bene che tu voglia imparare, dato che tu stessa ne hai manifestato il desiderio insistendo con i tuoi genitori per aumentare la frequenza delle lezioni, ma questo non basta. Bisogna metterci anche un po' di cuore, di intelligenza... Non hai ascoltato una parola di quello che ho appena detto...».

«Sì, invece! Stava dicendo: "Vauvenargues, contro La Rochefoucauld, prende le difese dell'Uomo, fino allora in disgrazia presso tutti i pensatori"».

«E che cosa significa? Insomma, qui non si tratta di ripetere a pappagallo quello che dico...».

«Chissà a che cosa pensa» si chiese la signorina Lajunie guardando esasperata i grandi occhi grigi cerchiati di Colette che contemplavano il cielo.

«Colette!... Insomma!... Si può sapere che cosa vedi a quella finestra?».

« Io? Niente » disse prontamente Colette.

Guardava il sole sul muro di fronte. La luce scendeva piano piano; tra poco avrebbe lambito la finestra aperta, quella finestra dove un ragazzo di cui ignorava il nome ma che vedeva ogni volta che andava a lezione (per quale altra ragione sennò richiedere delle lezioni supplementari?), un ragazzo dai bei capelli scarmigliati studiava anche lui alla stessa ora, solo in camera sua.

Quel giorno non c'era ancora. Ma sarebbe arrivato. Si guardavano e sorridevano. Lui doveva avere sedici o diciassette anni. Era bello, aveva le guance magre e abbronzate, i capelli neri. Colette non faceva altro che pensare a lui. Tutte le sere, dopo la lezione dalla signorina Lajunie, si attardava per strada, nei paraggi di casa sua... Chissà se l'avrebbe incontrato... Lui non si era mai azzardato a raggiungerla, ma la amava, ne era sicura, lei gli piaceva. Fino a quel momento i suoi amori erano stati Clark Gable e Robert Taylor, i personaggi di qualche romanzo oppure volti creati dai suoi sogni, dai suoi desideri. Era la prima volta che si innamorava di un ragazzo in carne e ossa dai bei capelli... Di che colore aveva gli occhi? Oggi non si era ancora fatto vedere. Bisognava tirare la lezione per le lunghe. Si sforzò di fare del suo meglio; scriveva con lentezza; faceva mezzi sbadigli stringendo le piccole mascelle; rispondeva malvolentieri, con goffaggine, con indolenza, allo scopo di sentirsi dire:

« Mi farai il favore di ripetere, vero? ».

I libri di studio lo aspettavano in ordine sul tavolo davanti alla finestra. Tra poco sarebbe arrivato. Ma ormai erano le cinque. Che fare? La lezione era finita. Si alzò, riordinò la cartella cercando disperatamente un pretesto, una scusa qualsiasi per trattenersi ancora un po'. Chiese:

« Esce, signorina Blanche? ».

« No, perché? ».

«Così. Non ha altre lezioni per oggi?».

«No, nessuna lezione... no...».

«Ah, credevo di sì...».

«Sono un po' stanca oggi» disse la signorina Blanche con un impercettibile sospiro.

«Stanca? Sì, in effetti ha un'aria stanca» disse Colette, scorgendo, per la prima volta, un'espressione davvero umana su quel volto odioso. «Ma che cosa farà sola soletta?» chiese, mossa da un sentimento affine alla pietà. «Si metterà a lavorare?».

«Ho dei compiti da correggere... più tardi...».

«Non vuole che resti un po' con lei?».

«Con me?» ripeté la signorina Blanche.

Arrossì. E quell'afflusso di sangue alle guance sciupate risultò quanto mai incongruo e patetico.

«Non hai niente di più interessante da fare?» mormorò.

«Ma no» rispose Colette interdetta, colpita suo malgrado da quel tono amaro e disperato. «Ho... Ho pensato che è tutta sola e visto che non ha granché da fare, per una volta... E comunque,» continuò «devo passare da un'amica che abita qui vicino, ma mi aspetta per le sei. Quindi potrei restare fino a quell'ora, sempre che non la disturbi, naturalmente».

«Non mi disturbi affatto» disse la signorina Blanche.

Era grata a Colette per la sua offerta. Certo, la presenza di quella ragazzina non era un granché, ma meglio di niente... Tutt'a un tratto si ricordò che Colette Lambert era una sua parente, un essere del suo stesso sangue, e al mondo non gliene restavano molti. Tra loro c'era un legame. In quel giovane viso poteva forse riconoscere qualche lineamento comune. Non ci aveva mai pensato. La guardò con un improvviso palpito del cuore. Sì, magari nel taglio delle palpebre...

«Hai un bel vestito, Colette» osservò, ma con la stessa freddezza con cui diceva ogni cosa.

Il sorriso stupito, beffardo, di Colette diceva chiaramente:

«Sentila, pensa di intendersene!».

Lanciò una rapida occhiata allo specchio sopra il caminetto e contemplò per un attimo le sue esili braccia nude, il collo roseo.

«È molto gentile, signorina Blanche» mormorò.

«Presto avrà sedici anni» pensò la signorina Lajunie guardando a sua volta la pelle liscia e abbronzata delle braccia scoperte, il piccolo collo robusto e tondo, le lunghe ciglia nere. Provava ammirazione, tristezza e forse, celata in fondo al cuore, quell'impercettibile crudeltà che nasce nell'animo di una donna matura quando si trova al cospetto di un giovane essere che non è carne della sua carne, prole della sua prole: «Sei bella, sei giovane, sei allegra» sembrava pensare. «Buon per te! Ma vorrei sapere che cosa resterà di quelle guance floride, di quell'allegria dopo che avrai vissuto, dopo che avrai amato...».

Cosicché nutriva ora attrazione, ora avversione per Colette, e tutto questo, unito alla stanchezza e al presagio della morte imminente, la riempiva di angoscia e faceva riaffiorare alla superficie, più vividi che mai, i vecchi ricordi.

«A sedici anni ero appena arrivata in Russia» pensò ancora. A voce alta disse:

«Sei grande ormai... Alla tua età, io ero sola al mondo e mi guadagnavo già da vivere».

«Ah, già!» commentò educatamente Colette. «Era in Russia, mi sembra, no?».

La signorina Lajunie emise un lieve sospiro:

«Sì».

In Russia... Dio mio! Chissà quali immagini passavano per la testa della piccola Colette mentre pronunciava quelle semplici parole e pensava: «A sedici anni la signorina Lajunie faceva l'istitutrice in Russia?». Che cosa vedeva? Probabilmente una ragazzina brutta, triste e sola, costretta a espatriare per andare a insegnare il francese a piccoli stranieri nei convitti, in tetri istituti. Suo malgrado, la signorina Lajunie, si lasciò sfuggire una risatina e gli occhi le si accesero.

«Ho passato gli anni più belli della mia vita in Russia» disse.

«Sul serio? È stato molto tempo fa, vero?».

«Trentaquattro anni fa».

«Oh!» disse piano Colette, in un tono che tradiva l'incredulità. «Trentaquattro anni...». (Ricordi vecchi più di trent'anni, com'era possibile?... Un'epoca che si perdeva nella notte dei tempi, del tutto priva di interesse per lei).

«E tu credi,» pensava la signorina Lajunie con disprezzo e commiserazione «tu credi che sia molto? Certo, è più del doppio della tua breve, stupida e vuota esistenza, ma era ieri, lo capisci? Sta già arrivando la fine, la morte! Sì, la morte! Le mie sensazioni non mi ingannano. Così presto, santo cielo, così presto! Quella ragazza di sedici anni, vestita di grigio, con le trecce arrotolate sulle orecchie e i capelli biondo scuro, come i tuoi, ero io... Era me che lui teneva per mano... Era a me che diceva: "Non abbiate paura, non tremate. Perché tremate così?... Non vi farò del male. Io vi amo"».

Sentì Colette chiedere distrattamente:

«Insegnava in una scuola?».

«No, ero la governante dei principi...».

Tacque. No, neanche ora le sarebbe uscito di bocca quel nome che non pronunciava più da tanti anni.

«Un nome russo, difficilissimo da pronunciare».

«Erano buoni? C'erano delle bambine?».

«No, due maschietti. La madre era morta. Li cresceva la nonna».

«E... è un bel paese?».

«Bellissimo».

Aveva ripreso automaticamente il consueto tono autoritario, leggermente sprezzante:

« Potrei raccontarti un sacco di cose molto interessanti su paesi stranieri che probabilmente non avrai l'opportunità di conoscere ».

« E perché? » pensò Colette. « Anch'io viaggerò. Perché no? Ma non per guadagnarmi da vivere! Non come una noiosa istitutrice occhialuta. Me la vedo la signorina Lajunie in visita a Mosca: "Ragazzi, questa è la collina da cui Napoleone guardò bruciare la città... Avanti, chi di voi sa dirmi la data esatta? Badate di non sbagliare! Altrimenti stasera niente dolce!". Per lei contano solo le date, i libri, i numeri, la polvere! Io, quando viaggerò, non mi interesserò a vecchie rovine ma alle persone. Non mi porterò dietro nemmeno un libro, ma parlerò con la gente del popolo, con i venditori nei suk » pensò con un sorriso, vedendosi già per le strade di una città straniera, a braccetto di un uomo. « Io sposerò un diplomatico ».

Intanto la signorina Lajunie continuava, con gli occhi bassi:

« Ho vissuto a San Pietroburgo, a Mosca, ho visitato la Crimea, e trascorrevamo l'estate in una proprietà dell'anziana principessa, nel governatorato d'Orël. Conducevamo un'esistenza brillante, molto mondana... Lì, governanti e precettori, in un certo senso, facevano parte della famiglia. Ne ho viste di feste sontuose. Il padre dei bambini si chiamava Aleksej Nikolaevič ».

Com'erano deboli e inadeguate le parole!... Le pronunciava, le sentiva risuonare alle sue orecchie e capiva che per Colette non avevano nessun significato, nessuna malia, mentre per lei... Ah, per lei erano circonfuse di un'aura di poesia, di emozione, erano impregnate di tristezza e di una sottile mestizia, ma anche di felicità, sì, evocavano la felicità: le ricordavano l'unica felicità che avesse mai conosciuto. San Pietroburgo... La residenza della principessa... Rivide la sala della musica dove aveva incontrato per la prima volta Aleksej Nikolaevič. Come succede quando si è vecchi, alle soglie della morte, allorché un sogno vi restituisce miracolosamente la giovinezza perduta, la signorina Lajunie sentì il cuore battere di gioia e di dolore, una gioia e un dolore così intensi, così mescolati che era impossibile districarli e assegnare a ciascuno la propria sfera.

Lui era entrato nella grande sala bianca e l'aveva guardata, lei, la francesina, la governante dei suoi figli. Era giovane, era bello. Le aveva preso la mano, le aveva sorriso, e lei seppe da subito quello che sarebbe successo.

«E d'inverno non aveva freddo?».

«Il clima è ottimo» disse la signorina Lajunie in un tono singolarmente alto e vibrante. «Gli inverni sono lunghi e rigidi, ma non ho mai patito il freddo...».

Patire il freddo... Di quel paese serbava solo ricordi caldi, esaltanti, radiosi. La neve copriva ogni cosa, il sole era gelido, ma il suo sangue era vivo e ardente, il suo corpo leggiadro e flessuoso, e con lei, al suo fianco, c'era la presenza costante di un uomo innamorato... «Alëša» pensò, chiamandolo per la prima volta dopo tutti quegli anni con il diminutivo affettuoso che aveva sussurrato dapprima nel segreto del cuore, nell'intimità delle notti, e poi, un giorno, a lui, al suo orecchio, tra le sue braccia. Era ancora vivo? Quante volte si era fatta quella domanda!... O era stato ucciso in guerra? O assassinato dai bolscevichi dopo il 1917? Era in esilio? In miseria, magari, più povero di lei, vecchio, infermo... Qualsiasi fosse il destino riservato da Dio all'uomo che lei aveva amato, una memoria, o almeno un cuore, quello di Blanche Lajunie, avrebbe serbato l'immagine di un brillante ufficiale che aveva fatto il suo ingresso in un salone bianco, un giorno di primavera come questo, trentaquattro anni prima, e le aveva preso la mano, le aveva sorriso...

Era arrossita; si ravviò meccanicamente i capelli

con il gesto rapido e aggraziato di un tempo. Colette non si era accorta di niente; non guardava l'anziana cugina ma la faceva parlare per compiacenza, temporeggiando, senza staccare gli occhi dalla casa di fronte.

«Mi parli ancora della Russia, signorina, sa raccontare così bene».

«È intraducibile» disse la signorina Lajunie, torcendosi nervosamente le mani. «Inesprimibile» aggiunse piano.

La ricchezza di cui traboccava il suo cuore, i ricordi, l'amore, l'oblio, tutto ciò che la rendeva una donna diversa dalle altre, una donna fra mille altre, tutto quanto fa sì che un essere, al di là dell'aspetto fisico e dello stato civile, sia anche un'anima, tutto questo restava invisibile, inesprimibile... Eppure...

Si sforzava di mantenere un tono neutro, freddo, deliberatamente scevro da emozioni:

«Immagina un paese molto piatto, dove lo sguardo non incontra subito, come in Francia, una collina o i tetti di un paesino. Si può viaggiare in macchina per ore e ore senza vedere altro che campi e pianure. Una distesa deserta e, d'inverno, coperta di neve».

Mentre parlava rivedeva un'immagine fra mille altre: i cavalli che si fermano e sbuffano nell'aria nebbiosa, satura di neve. Il cielo è basso, cupo, ma il suolo bianco irradia una luce pallida, fredda, angelica, che avvolge ogni cosa in un incerto chiarore crepuscolare. Poi tutto si spegne; il vento è gelido; in una piega del terreno innevato brilla un fuoco ardente e immobile. Lei è in slitta con Aliosha; lui le cinge la vita; lei si porta alle labbra il piccolo manicotto. Dopo tutti quegli anni, le sembra di sentire ancora il leggero effluvio di pelliccia ed essenza di rose. Appoggia la fronte sulla spalla di Aliosha e lui, con voce sommessa:

«Siete felice?».

La signorina Lajunie continuò a parlare:

«Ballavo molto bene a quei tempi... Adoravo ballare...».

«Lei? Questa poi!...».

Ormai la candida insolenza di Colette non aveva più il potere di irritare l'anziana donna. Sì, era stata felice. Poteva accadere di tutto a questo mondo e il peggio era accaduto: la separazione, un lavoro ingrato e, per finire, la morte che l'aspettava in una sala operatoria o in seguito, lì, in quell'appartamento, da sola... Ma nulla poteva alterare il passato.

«Proprio così, ballavo bene... Ti stupisce? Avevo sedici anni ed ero felice. Stenti a crederlo, vero? La possibilità di essere felice in un paese straniero, a casa di estranei, povera e a servizio? Ma arriva un momento...».

Tacque.

«Ah, non posso portarmi tutto questo nella tomba» pensò. «Quello che sono stata, la mia verità, che almeno questa ragazzina ne serbi il ricordo, la testimonianza. Non ho mai fatto parola con nessuno di Aliosha. Ma adesso sto per morire. Perché non raccontarle il mio passato? Non c'è niente di cui debba vergognarmi. Il più tenero affetto, l'amore più casto... E lei ha l'età in cui le parole, le storie d'amore hanno una tale presa da restare per sempre impresse nella memoria».

Perché questo desiderava soprattutto: perpetuare ancora un po' (un istante: la durata di una generazione) il ricordo perituro. Con voce turbata disse:

«Puoi ben immaginare che se conservo un ricordo così vivido della Russia è perché laggiù ho conosciuto qualcuno che ho amato e non ho più dimenticato. Non l'ho mai detto a nessuno, Colette,» soggiunse a voce più bassa «ma oggi mi sento così triste, così depressa... Presto me ne andrò, cara».

Colette represse a stento un sussulto di gioia.

La signorina Lajunie stava per dire: «Devo sottopormi a un'operazione rischiosa», ma non voleva lasciare a Colette un ricordo che suscitasse in lei compassione, bensì affetto, simpatia.

«Sono vecchia, mi sarebbe di conforto sapere che qualcuno al mondo si ricorda ancora di me e di questa antica storia d'amore. Lui era nobile, ricco, sapevo che il matrimonio tra noi due era, se non impossibile, una follia, una specie di miracolo, e ciononostante ci speravo. Un giorno proverai questa sensazione, quella di correre verso un baratro, verso l'infelicità, la morte; avrai gli occhi aperti, lo saprai, eppure...».

Tacque. I ricordi, troppo numerosi, troppo struggenti, le palpitavano nel cuore, la opprimevano. Intanto Colette, che l'aveva ascoltata distrattamente, si era alzata ed era andata alla finestra. A quel movimento, la signorina Lajunie ritornò in sé, nell'attimo presente; con una rapida occhiata insospettita scrutò la facciata della casa che Colette contemplava e, alla finestra del secondo piano, vide un bel ragazzo di sedici o diciassette anni, con il viso abbronzato, i capelli neri, che guardava Colette sorridendo.

«Adesso capisco!» pensò la signorina Lajunie, e si ricordò a un tratto di quanto Colette avesse insistito per trattenersi da lei. «Piccola sciagurata! Adesso capisco...».

Richiuse libri e quaderni con un colpo secco:

«Sei stata di un'amabilità esemplare» disse in tono sarcastico. «Ti ringrazio di aver spinto la tua dedizione al punto da prestare ascolto alle mie farneticazioni! Ma la lezione è finita da un pezzo! Puoi andartene!».

Colette non sentì niente. Si calcò il berretto in testa; prese la cartella e ci infilò alla rinfusa i libri, i guanti, il fazzoletto; offrì la fronte al freddo bacio della signorina Lajunie e mormorò:

«È stato molto interessante, glielo assicuro, adesso, però, scusi ma sono in ritardo, altrimenti la mamma mi sgriderà».

Aveva visto il suo innamorato. Non chiedeva altro. Aveva solo quindici anni e per lei contava solo portare con sé il ricordo di quel sorriso, di quello sguardo, per le strade che cominciavano già a imbrunire, fino a casa, fino alla solitudine della sua camera, fino alla notte. Si dileguò.

La signorina Lajunie la guardò andarsene con labbra tremanti. Infilò la penna nel calamaio con un gesto secco, come se l'avesse piantata nel cuore di Colette. Si preparò mentalmente il discorso che intendeva fare l'indomani stesso ai cugini Lambert. Lo compose con metodo, con accanimento, con una sorta di fredda passione, rifinendolo, suddividendolo in tre punti come un tema scolastico:

« Primo: raccomandare loro di sorvegliare le letture della figlia. Secondo: le sue frequentazioni. Terzo: verificare come impiega le giornate. Consigliare: a) di ritirarla dalla scuola dove la libertà di cui gode è indubbiamente deleteria; b) metterla in un semiconvitto e farle seguire il corso di studi che indicherò loro; c) farla accompagnare durante le uscite del giovedì e della domenica. Infine, cercare di far capire a Colette quanto la sua condotta sia sconveniente ».

Quando ebbe terminato di appuntarsi tutto, la stanza era ormai buia. Alzò la testa e pensò:

« Devo chiudere le imposte e accendere la luce ».

Ma non si mosse. Era la prima serata di primavera. Dagli appartamenti bui che davano sul cortile si levarono una risata, un canto. Abbandonando per un istante il lavoro, una servetta si era affacciata alla finestra e, con i gomiti nudi appoggiati alla ringhiera del balconcino, si sporgeva con indolenza, come in ascolto di chissà quale flebile eco, un richiamo dolce e selvaggio proveniente dalla strada.

La signorina Lajunie sospirò. La consapevolezza della sua solitudine la opprimeva. Fu tentata di perdonare a Colette la sua indifferenza, il suo disprezzo.

« È troppo giovane, non capisce » pensò.

Ma sapeva che non era vero. «Non capisce più» avrebbe fatto meglio a dire. «Sono arrivata troppo tardi. Ieri sarebbe stata attenta, partecipe, ma oggi ha già un innamorato, la sua vita. Una ragazzata, ma che importa? Lei ne è totalmente presa. E io?... Cerchiamo invano, chiamiamo invano. E non c'è un cuore che comprenda il nostro. Non una mano che si tenda verso di noi».

Le sembrava non solo di non avere niente intorno a sé, né famiglia, né amore, né amicizia (questo l'aveva sempre saputo, non poteva aspettarsi altro), ma il suo stesso passato le appariva cupo, banale, misero. L'avventura sentimentale tra una piccola governante e un uomo più grande e viziato dalla vita. Strano... In quel tempo lontano, qualche volta le era capitato di pensare che lui non l'amasse veramente, che si limitasse a colmare in quel modo il periodo vuoto tra la vedovanza e le seconde nozze. Perché un bel giorno si era risposato con un'altra... E allora, per lei, quante notti insonni, quanti pianti! Ma gli anni erano passati, e a poco a poco lei si era ricostruita nella mente, con pazienza e tenerezza, il passato come sarebbe dovuto essere. Adesso ricordava. Lui era volubile; corteggiava tutte le donne; gli piaceva bere e giocare a carte.

Ma a quel punto, con uno sforzo impetuoso e selvaggio, arrestò il meccanismo della memoria. Cosa le sarebbe rimasto se anche il passato la abbandonava?

Disse piano:

«Basta divagare. Pensiamo a domani. Ciò che conta innanzitutto è assolvere il proprio dovere quotidiano. "Il dovere quotidiano..." Ecco un argomento per il prossimo tema di Colette!».

Stringendo le labbra, prese penna e bloc-notes e cominciò a disdire le lezioni per la settimana seguente. Per ogni lettera, il testo era: «L'impellenza di un intervento chirurgico mi vede costretta, con grande rammarico, a sospendere per qualche tempo le ripetizioni di matematica (o di francese, o di storia) impartite finora a vostro figlio (o alla vostra cara figliola) ».

Aveva acceso la luce. Il ragazzo nell'appartamento di fronte leggeva un romanzo infilato in un dizionario di latino, sbirciando di tanto in tanto l'espressione severa dell'anziana istitutrice che scriveva senza fretta; gli ricordava i compiti da fare per l'indomani, gli esami, tutti i rigori dell'esistenza. Lei alzò gli occhi. Si scambiarono un'occhiata fredda e diffidente, poi ciascuno distolse lo sguardo dall'altro senza averlo capito.

LA PARTENZA PER LA FESTA

La ragazzina sognava di ballare sulle onde del mare. Al suono di una musica ammaliante e triste scivolava, senza affondare, sull'acqua lucente, palpitante. La schiuma lambiva appena le sue scarpette da ballo. Si svegliò con il sorriso sulle labbra: nella realtà non possedeva scarpette di quella tinta incantevole, rosa scuro, quasi amaranto, né tanto meno con i tacchi alti! Che peccato! Non tutto, però, era svanito con il dileguarsi delle tenebre del sonno. Era un giorno d'estate, un giorno magnifico! Sentiva il fragore delle onde; al pianterreno le persiane erano state aperte e subito prudentemente richiuse: segno che faceva caldo, segno di bel tempo. La stanza era immersa nell'ombra: le imposte di legno massiccio avevano un foro a forma di cuore. Un raggio di sole illuminava le espadrillas bianche messe ad asciugare su una sedia. Quella sera sarebbe andata alla festa. Rise piano. Aveva quindici anni. Nei suoi sogni ballava con un ragazzo dal viso più bello che si fosse mai visto al mondo: un ragazzo da favola che la stringeva fra le braccia. E sorrideva. Ma ecco che sbiadiva di nuovo, ridiventava una figura pallida, lontana come un fantasma. Infine si dissolse. Magari, quella sera, qualcun altro... in carne e ossa, con la pelle dorata, i muscoli sodi, l'avrebbe fatta volteggiare.

La sorella maggiore dormiva nel letto accanto. Lei, la più piccola, aveva buttato a terra cuscino e coperta. Com'era possibile dormire? Rosine non stava nella pelle. A quindici anni la gioia è impaziente, quasi dolorosa. Quando sarebbero suonate le otto? Aveva fame. Smaniava al pensiero del vassoio della colazione, con i riccioli di burro freddo, le due tazze azzurre. Finalmente Christiane si svegliò:

« È bello fuori? ».

« Sì ».

« Stasera, c'è la festa... ».

La festa era nel paese vicino, al confine con la Spagna. Andava avanti già da tre giorni e tre notti. Ogni tanto arrivavano folate di musica selvaggia, quella della giostra con i cavallucci di legno, del tiro a segno, e nel fondovalle si vedevano accendersi i lampioncini sulla piazza.

« Ma non andremo alla festa tre giorni di fila, ragazzi! » avevano detto i loro genitori. « In fin dei conti è solo una specie di sagra. Non capisco che gusto ci trovate... Non avete più otto anni... ».

Quella sera, però, ci sarebbero finalmente andati, il padre gliel'aveva promesso. E se necessario si sarebbero trattenuti fino all'alba, fino all'ultimo ballo.

Fecero colazione. Sul balcone, i costumi da bagno sbatacchiavano nel vento leggero.

« Lo sai, vero, Rosine, che non puoi venire con me? Io e Roger andiamo da soli... ».

« Sì, lo so, lo so... ».

Da quando si era fidanzata, Christiane era diventata odiosa, pensava Rosine. Scrollò la testa con impazienza.

« Oh, Rosine, i tuoi capelli!... ».

A forza di inzupparsi di acqua di mare ed essere scompigliati dal vento, i capelli neri di Rosine erano diventati una zazzera ribelle. A volte le si drizzavano sulla fronte «come un'aureola», credeva lei, o «come la criniera di un selvaggio», dicevano i suoi fratelli. Assunse un'aria compunta e cercò di lisciarseli con la mano, ma quelli non ne volevano sapere di obbedire. Christiane, invece, era sempre ben pettinata. Rosine si guardò allo specchio. Solo una cosa le piaceva di sé: le lunghe ciglia.

«Non ho bisogno di te. Andrò con i ragazzi...».

Chistiane sogghignò:

«Hanno di meglio da fare, figurati».

«Allora con papà».

Christiane si strinse nelle spalle, a significare da una parte il suo disinteresse per la faccenda e, dall'altra, che a quindici anni non ci si poteva aspettare di più dalla vita che passare l'intera serata con mamma e papà. Rosine invece pensava ai balli in piazza, alle giostre, ai sacchi rosa pieni di coriandoli.

«Ci saranno i vicini spagnoli».

«Come fai a saperlo?».

«Lo so».

Rosine si struggeva per quei ragazzi spagnoli dai grandi occhi neri; loro nemmeno la guardavano. Oh, ballare con uno di loro! Sarebbero arrivati verso sera, ancora con un po' di luce. Avrebbero preso un gelato e poi suo padre l'avrebbe lasciata libera di andare dove voleva, persino di salire su quella giostra in cui ci si tiene aggrappati a delle corde, stretti in un'imbracatura, e si vola così in alto da vedere i tetti delle case e le tombe del cimitero nel cortile della chiesa ora sollevarsi ora scomparire come flutti. E magari, più tardi, mentre era assorta a contemplare il cielo, uno dei ragazzi spagnoli si sarebbe avvicinato a lei con passo silenzioso e indolente e l'avrebbe invitata. Sarebbero diventati amici, e lei sarebbe andata a trovarli intrufolandosi attraverso la siepe. E, ancora più tardi...

Nella stanza accanto anche il padre era sveglio. Non era più giovane. Si era coricato accanto alla donna silenziosa e massiccia che era sua moglie e aveva persino dormito un'ora tra le sue braccia. L'abitudine... Quella mattina non era né allegro né triste. Pensava: « Oggi farà caldo ». Era calmo; non prevedeva nessuna seccatura per la giornata che stava cominciando. Quando si hanno quarantanove anni, quattro figli, una salute cagionevole, parecchie spese e un mestiere meno redditizio di un tempo – François Lancy era architetto –, che cosa si può voler di più dalla vita che l'assenza del dolore? Anche sua moglie aveva aperto gli occhi. Entrambi ascoltavano i rumori familiari: la voce di Dolores, la cuoca spagnola, che parlava con il venditore di ghiaccio, i passi di Christiane e Rosine in giardino, il trambusto nella camera dei ragazzi, una porta che sbatteva...

Lei guardò François:

« Vai a fare il bagno prima di colazione? ».

Non ci aveva pensato, ma il suo tono lamentoso gli tolse ogni dubbio. Lo trattava come un vecchio.

« Certamente, l'acqua è deliziosa al mattino ».

Lei non replicò. Se non altro, discuteva raramente con lui. Di questo le era grato; quando pensava a lei – ma non pensava affatto a lei, né lei a lui, o almeno così credeva. A volte le raccontava qualche fatto che lo riguardava, o meglio, lo raccontava a se stesso, a voce alta, davanti a lei, e quando aveva finito di parlare lei diceva, con aria assorta, dopo un istante:

« Bisognerà che mi decida a cambiare macellaio. La costata era dura... ».

Era evidente che seguiva il filo dei suoi pensieri, secondo una traiettoria personale, nota solo a lei, senza minimamente ascoltare. Proveniva da una famiglia ricca; era una ragazza di provincia, e aveva ricevuto un'ottima educazione. Il loro matrimonio era stato combinato dai genitori. Lei aveva tredici mesi più di lui. All'epoca, quando avevano ventiquattro e venticinque anni, era una differenza di età trascurabile. Adesso che erano entrambi invecchiati, avrebbe dovuto contare ancor meno, ma erano trascorsi venticinque anni, alcuni dei quali, per François, così strani, furtivi e ardenti.

Si alzò. Il suo viso si illuminò debolmente dopo che si fu infilato un costume, un vecchio golf senza maniche e un paio di pantaloni bianchi. Era a Hendaye da soli quattro giorni e ogni cosa era ancora nuova e gradevole. Gli piaceva avere il collo e le braccia nude. Si sentiva ringiovanire anche se, naturalmente, non provava più l'allegria delle mattine di una volta... A quei tempi tutto era fosco e mutevole... fervido e impuro... Era felice, allora. Pestò una conchiglia con il piede nudo e guardò sul parquet la brillante polvere di madreperla. Scese di sotto.

In acqua vide i suoi figli, che però nuotavano lontano da lui. Tornato a riva, li ritrovò tutti sdraiati davanti alla tenda e intenti a bisticciare. Vedendolo, Christiane disse:

«Oggi noi quattro pranziamo in spiaggia».

Scrollò i capelli bagnati con aria risoluta.

«Glielo dici tu alla mamma che la giornata è troppo bella per rientrare, eh, papà?».

«Non so se vostra madre...» cominciò a dire; ma non lo ascoltavano.

«I ragazzi vanno a prendere tutto l'occorrente. Hubert, attento a non rompere le bottiglie come l'ultima volta!».

«Ma non è possibile» esclamò Rosine costernata.

«Perché no, sciocchina?».

«A casa ci sono i porcini per pranzo!».

«Pensi solo a mangiare tu» disse Marc in tono sprezzante.

E riprese a elencare i piatti che Hubert doveva portare.

«Non dimenticare i cetriolini, e di' a Dolores di mettere qualche noce in fondo al cestino. Fai un salto in città a comprare un melone; ce ne sono di belli da González».

Rosine aveva assunto un'espressione sconsolata. Era chiaramente combattuta tra due desideri contraddittori e inconciliabili: quello di mangiare dei bei porcini alla brace, innaffiati di olio, e quello di pranzare in riva al mare, di addentare la polpa rosea di un'anguria cosparsa di sabbia.

«Dirò alla cuoca di conservare i porcini per domani» le disse suo padre.

Rosine sorrise. Ecco fatto: si sistemava sempre tutto. Com'era semplice la vita!

«Quando rincasate, figlioli?».

«Stasera, è ovvio, alle sei. Andiamo alla festa, no? Ceneremo là».

«Ma certo, fuori, ai tavolini del caffè, sarà divertente».

François rientrò in casa. Germaine lo aspettava nella sala da pranzo fredda e buia. Stava leggendo una lettera. La ripiegò con cura prima di alzare gli occhi su di lui; li riabbassò e, con la testa leggermente voltata dall'altra parte, disse:

«È arrivata una lettera di Cécile...».

Cécile era la sorella di François, più giovane di lui di qualche anno.

«È morta Florence» aggiunse in tono assolutamente neutro, algido e indifferente dopo un breve istante di silenzio.

Lo stesso tono, pensò lui, di una segreteria telefonica: «L'utente ha cambiato numero. Siete pregati di consultare l'elenco aggiornato».

«Ah, sì?» mormorò.

Era strano. Non provava niente. Sua cugina Florence, la fidanzata che l'aveva lasciato per poi tornare da lui quando ormai era troppo tardi; Florence, la sua amante per quindici anni; Florence, il suo unico amore; Florence, che ormai vedeva solo una settimana all'anno – e per tutto l'anno lui viveva nell'attesa di quei sette giorni! –, Florence era morta! Per proteggersi dal flusso di dolore che gli stava montando dentro – lo avrebbe invaso, sommerso –, qualcosa nel suo cuore diventava gelido, inerte e pesante come una pietra, arrestando lo strazio. Aveva già sofferto così tanto per lei. E non voleva più soffrire. Prese una sottile fetta di pane nero dal suo piatto e la imburrò con ostentata indifferenza.

«Non ho visto niente sui giornali».

Florence era una grande artista, una musicista famosa, la sua morte sarebbe stata di dominio pubblico. Si ricordò a un tratto di non aver letto i giornali del giorno prima. Con un'espressione irritata e insofferente chiese:

«Tu lo sapevi, vero?».

Lei non rispose. Non rispondeva mai alle domande che la mettevano a disagio. Assumeva un'aria inebetita e distante. Se lui insisteva, era capace di alzarsi con un sospiro e di andarsene, per tornare dopo un po' senza aprire bocca. Si sarebbe comportata come se niente fosse e lui avrebbe provato vergogna. Talvolta la odiava, come un tempo, quando non poteva lasciarla per via dei bambini e dei soldi, quando lui e Florence erano giovani e lui temeva sempre di perdere l'amante se non avesse vegliato di continuo sul suo tesoro... Era difficile tenersi stretta una donna come Florence...

«Anche Germaine mi odia» pensò.

Ma lei sopportava in silenzio. Gli avrebbe fatto pagare tutto in una volta, più tardi – e con gli interessi –, tutto quello che aveva sofferto. L'età e la malattia l'avevano fiaccato, e di colpo provava la sensazione, che veniva dal suo cuore spezzato, di colare a picco, di sprofondare nell'acqua alta. Quando l'età e la malattia l'avrebbero ridotto alla sua mercé, allora lei si sarebbe vendicata. Lo avrebbe tenuto costantemente accanto a sé. Lo avrebbe soffocato di attenzioni. Sarebbe rimasta con lui giorno e notte. Lo avrebbe defraudato dei suoi pensieri, dei suoi sogni. Si sarebbe resa indispensabile. Lo avrebbe costretto ad amarla, svilendo così la sola cosa che gli restava: il ricordo della sua infedeltà, della sua libertà.

Aveva già cominciato a mettere in atto la sua paziente, subdola opera femminile. L'odio che all'improvviso provò per lei aprì la strada al dolore. François smise di mangiare. Continuava a rigirare sul piatto un porcino freddo. Comparve Dolores, grassa e pesante, con un pettinino rosso tra i capelli neri.

«No bon?» chiese nel suo eloquio mezzo spagnolo e mezzo francese.

Non rispose. Dolores portò il piatto principale. Lui non riuscì a mandar giù nemmeno un boccone.

«Le dispiace preparare una tazza di tiglio per il signore?» disse Germaine.

Lui aspettò che Germaine finisse di mangiare. Anche lei aveva perso l'appetito. Uscirono in terrazza. Soffocando uno sbadiglio, Germaine disse:

«Che seccatura, bisognerà portare il lutto».

«Perché?» mormorò lui.

«Oh, insomma, era una parente stretta. E poi era una persona talmente nota, tutti sapevano che era tua cugina».

François si domandò perché Florence lo avesse amato o, per lo meno, perché lo avesse accettato fra i tanti, dal momento che lei lo aveva tradito, non si faceva illusioni a riguardo. Era già incredibile che gli si fosse concessa. Comunque, era riuscito a tenersela stretta per quindici anni. Lei viaggiava. Faceva tournée all'estero. Quando lui andava a prenderla alla stazione, in mezzo ai giornalisti e agli impresari, lei gli sussurrava piano all'orecchio:

«Tu, François? Sempre tu, mio fedele amico?».

Un amico che rappresentava il passato, la gioventù,

il primo amore. Lui viveva solo per lei. Con il passare del tempo il loro legame si era allentato; inoltre, purtroppo, lei pensava sempre più ai cachet e agli ingaggi, alle critiche e alle lettere degli ammiratori. Da giovane non faceva quella vita, né la sua vita si riduceva alla carriera. Da vecchia, era quella l'unica cosa che contava e, naturalmente, stavolta si trattava di un amore puro, di un'autentica passione: la musica!

Si accorse di stringere in mano la lettera di Cécile, leggeva e rileggeva le frasi senza capirle:

«La povera Florence si è uccisa. Negli ultimi tempi era strana. Forse una nuova avventura? Mi hanno appena informata di questo triste evento e mi premuro di riferirtelo, cara Germaine,» (già, naturalmente si premurava) «anche se presto lo apprenderete dai giornali, ancorché in questo momento la politica estera releghi sullo sfondo notizie del genere. A quanto mi dicono, si è uccisa a Verona, in un alberghetto di second'ordine. Si è avvelenata».

Non aveva chiamato François in aiuto. No, non si trattava di una nuova avventura. In tal caso sì che l'avrebbe chiamato, per esercitare il suo potere almeno su un uomo, per sentirsi rassicurata, consolata. Non esiste migliore consolazione per una donna infelice che sapere di far soffrire qualcuno. No, il motivo doveva essere un altro. Lo sconforto, la stanchezza... Teneva moltissimo alla sua fama e da qualche anno la fama l'aveva abbandonata. E non solo quella. Era il 1935. I cuori degli uomini palpitavano di terrore e disdegnavano gli antichi dèi... E poi, gli costava ammetterlo, ma lei invecchiava, diventava meno... attraente (per gli altri, per quelli che non la vedevano con gli occhi dei vent'anni...). Lui rifuggiva da quel pensiero come fosse un sacrilegio. E per finire... la mancanza di soldi... un alberghetto di second'ordine.

Povera Florence... E lui? Che cosa gli restava? Per che cosa vivere, adesso?

La giornata trascorreva. Il cielo si fece di un azzurro intenso. Poi si sparse sul mare la luce limpida e tranquilla delle sei.

I ragazzi rincasarono.

«Quando si parte, papà?».

Trasalì. Per un attimo li guardò, i suoi figli, come se non li riconoscesse.

«Partire? E per dove?».

«Ma per la festa, papà! Per la festa!».

«Ci sono corriere piene di gente che scendono a valle... Oh, come ci divertiremo!... Ehi, Christiane, ti metti il vestito rosa? Che fortuna che il tempo sia così bello!».

«Non possiamo andare alla festa!» disse il padre.

Tutti lo guardarono costernati, increduli.

«Già, figlioli, mi dispiace... Una disgrazia».

«Che cos'è successo, papà?».

Erano spaventati: sembrava sconvolto. Sicuramente, pensò Rosine, è morta la mamma. È caduta per le scale. Si è uccisa. Oppure è annegata. È uscita in macchina e ha avuto un incidente. Addio vacanze, addio felicità!, pensava Rosine.

«Figli miei... Vostra cugina Florence...».

«Quale Florence? Ah, Florence Millet?».

E Hubert disse con voce squillante:

«La vecchia?».

Christiane gli diede una gomitata, facendolo tacere, poi chiese, in tono freddo e malevolo:

«Dunque, che cosa le è successo? È morta?».

«Sì».

«Ah!» dissero stringendosi nelle spalle.

Lui cercò con tutte le forze di risvegliare in loro compassione, pietà:

«Una morte tragica!» disse. «Ho appena saputo che...».

Ma fu interrotto. Poco importava come fosse morta Florence. Quel che contava era la festa...

«Va bene, papà, è una cosa triste, e tutto il resto!» disse Marc (in quel momento somigliava più che mai a Germaine: ne era il ritratto vivente). «Solo che noi, insomma...».

Stava per dire: «ce ne infischiamo», o qualcosa del genere. Ma sentendo lo sguardo del padre fisso su di lui non osò, e continuò in tono più conciliante:

«Capisco, voi due la conoscevate bene, siete addolorati, è naturale...».

«Bontà sua» pensò amaramente François.

Marc continuò:

«Ma noialtri la vedevamo una volta ogni due anni, quando ci portavate a quei barbosissimi concerti. Non pretenderai mica che prendiamo il lutto, vero? Non è come se fosse morta la nonna, o tu!».

«Marc!» esclamò Christiane che aveva il senso delle convenienze.

Cinse il collo del padre con un braccio fresco e premuroso:

«Povero paparino... Ovvio che tu non verrai alla festa... Ascoltare quella musica e vedere tutta quella gente ballare e divertirsi quando si pensa alla morte, al passato, e a tutto il resto, è troppo triste... No, ci andremo da soli. Tu riposati, caro papà... Povera cugina Florence. Non era vecchia, vero? Bene, corro a vestirmi, tra poco passa Roger».

«Anch'io corro a vestirmi» disse Rosine.

La sorella la bloccò con un gesto spazientito.

«Ti ho già detto che non puoi venire con noi! Insomma, possibile che non possa passare una serata tranquilla con il mio fidanzato? Lo sai che parte domani e che non lo rivedrò prima di ottobre... Pensi che sia divertente portarti sempre appresso? No e poi no! Arrangiati! Vai con i ragazzi!».

«Per nulla al mondo!» disse Marc con fermezza. «Forse, se Rosine avesse un po' di giudizio...».

«Io non ho giudizio?» protestò Rosine.

«Tu? Ti abbufferai di gelato e ti verrà mal di pancia, oppure cadrai dalla giostra, o ti storcerai una caviglia ballando, come l'ultima volta, e bisognerà mollare tutto per riaccompagnare a casa la signorina! Sei noiosa, sai? E dopo siamo noi a sentirle! Io e Hubert non abbiamo intenzione di starti dietro, a meno che non venga anche Christiane».

«Ho detto di no, ed è no! Io vado con Roger».

«Oh, Roger! Quanto rompi con quel Roger. Sei proprio una lagna con il tuo Roger! A sentire te, si direbbe che tu sia la prima ragazza al mondo ad avere un fidanzato!».

Ma Christiane si era già precipitata in casa con uno sbattere di porte.

«Dimenticate» disse piano François «che si tratta di una parente, una parente molto stretta. Vostra madre prenderà il lutto».

«E allora? Se vuole, ma noi...».

«Vi proibisco di rispondermi con questo tono» sbottò François, pallido di rabbia, trovando un insolito sollievo alla prospettiva di una scenata (tutto era meglio della mortale tristezza che aveva provato per l'intera giornata). «Mi sembra che per una sera potreste anche restare a casa, no? Non morirete mica!».

«E allora? Abbiamo solo due miseri mesi di vacanze!».

«Marc! Sta' zitto!».

«Valeva proprio la pena di sgobbare come un matto per prendere il diploma. "Ottimo, figliolo! Sono molto fiero di te!"» disse Marc imitando il tono del padre. «"Passerai l'estate a riposarti e divertirti. Te lo sei proprio meritato". E invece bisogna chiudersi in casa! Ah, no, è il colmo! Per quello che ci si diverte qui...».

«Già, per quello che ci si diverte qui» ripeté Hubert con il suo vocione da sedicenne in via di trasformazione. «È un mortorio! Per una volta che potevamo spassarcela, bisogna prendere il lutto e versare lacrime per una vecchia barbogia... ».

« Hubert! Sta' zitto! ».

Ma il padre non era in grado di imporsi. Non aveva mai alzato la voce in casa. Il suo soprassalto di rabbia era già venuto meno. Del resto, Marc e Hubert non lo ascoltavano neppure.

« Capirei se si trattasse di qualcuno a cui eravamo affezionati, che si fosse occupato di noi quando eravamo piccoli, non siamo mica senza cuore... Ma in questo caso no, accidenti! Non ci ha già scocciato abbastanza da viva? Quando arrivava con le sue smancerie da star e i capelli tinti, non si cenava prima delle nove e dopo lei si metteva al piano! Ossignore! ».

« Era una grandissima artista ».

« Può darsi. Non mi piace la musica » disse Marc. Poi, voltandosi verso il fratello: « No, ma ti ricordi quando è venuta, due anni fa, prima di partire per l'Uruguay o il Brasile, non so più, con quel vestito giallo e quel coso ficcato tra i capelli, una specie di piuma gialla e arancione, quando si dice una vecchia befana, e prima di mettersi al piano si toglieva gli anelli a uno a uno... ».

Contorse comicamente le lunghe braccia di adolescente, scimmiottando i gesti di Florence; suo padre si alzò e andò verso di lui:

« Vattene! Andatevene tutti e due! Vi proibisco di uscire! E niente cena! Resterete in camera vostra! Filate! Non voglio più vedervi! ».

Accasciata su un gradino della terrazza, Rosine vide i ragazzi battere precipitosamente in ritirata, ma con un'aria assai poco intimorita. Ridacchiavano. Sentì i loro risolini soffocati sulle scale. Suo padre era tornato a sedersi. Non la guardava. Lei piangeva, con il cuore in frantumi, e lui nemmeno la guardava. Non aveva mai sopportato di vederla piangere. I ragazzi sì. Christiane sì, ma lei, la piccina!... Per lei aveva sempre una carezza, un sorriso; la consolava; sistemava sempre tutto. Quando era piccola aveva aggiustato i suoi giocattoli, persino l'orso a rotelle che Marc aveva rotto. Il negoziante aveva detto:

«Oh, è impossibile ripararlo, figliola».

Lei era tornata a casa in lacrime, e lui:

«Su, su, proverò a sistemare per l'ennesima volta questo vecchio catorcio...».

E, come per miracolo, l'orso aveva ritrovato la zampa rotta. Quella mattina, di nuovo, aveva sistemato tutto, per i porcini... E adesso... Come poteva farle un simile torto? Non aveva fatto niente, lei... I ragazzi erano stati giustamente puniti per la loro insolenza, ma lei!

Rosine si mise a piangere forte, come quando aveva cinque anni:

«Dài, papà, andiamo alla festa... Ti prego, ti supplico, non sai quanto lo desidero, un'ora soltanto!...».

Ma in quel momento si rese conto che lui era sordo ai suoi pianti e alle sue suppliche. Letteralmente non la sentiva. Come quando si lascia uggiolare e guaire un cucciolo davanti a una porta chiusa, senza capire che ha bisogno di aria fresca, di movimento, senza capire il suo stupore e la sua disperazione, senza degnarlo di uno sguardo.

Dolores stava finendo di apparecchiare, canticchiando come al solito. Christiane se n'era andata. I ragazzi erano scomparsi. Tendendo l'orecchio si sentivano i primi trambusti della festa nella valle. Dalla villetta accanto uscirono gli spagnoli tra risa e schiamazzi. Tutto stava per cominciare, le danze, i canti, il divertimento, e Rosine non avrebbe visto niente. Si immaginava la piazza davanti alla vecchia chiesa al chiaro di luna, i baracconi del tiro a segno, i ruggiti del leone nel serraglio, le grida dei gelatai, il ronzio dei cavallucci di legno, le stelle filanti, i coriandoli, lo strepito dei petardi, le lampade a olio che illuminavano i carretti carichi di frittelle, arance e cialde, la musica, soprattutto la musica, i ragazzi sconosciuti. Magari uno degli spagnoli si aspettava di vederla? Magari diceva a un amico: «Aspettate a invitare qualcuno. Verrà la nostra vicina, Rosine Lancy. È molto carina. Ancora non la conosco ma stasera ho intenzione di fare la sua conoscenza. È da un pezzo che lo desidero». E lei non si sarebbe presentata...

«Penseranno che mi hanno messa in castigo» pensò a un tratto, e allo sconforto si aggiunse un atroce senso di umiliazione. Se pensavano questo di lei, era la fine. Ai loro occhi sarebbe rimasta una ragazzina, non l'avrebbero nemmeno presa in considerazione. Scoppiò in un pianto dirotto che inzuppò di lacrime il fazzolettino, il colletto e il vestito. Lei voleva morire e la voce allegra di Dolores annunciò come sempre:

«La cena è servita».

François si alzò come un automa, intorpidito.

«Io non ceno» strillò Rosine con una voce acuta e vibrante. «Mi ammalerò a forza di piangere e morirò, ecco!...».

«Adesso mi abbraccerà» pensò. «Dirà: "Povera piccina...", oppure aggrotterà la fronte e mi rimprovererà: "Sei una sciocchina, Rosine!". Finalmente si preoccuperà per me...».

Ma suo padre la scostò con un gesto stanco della mano e passò oltre. Rosine corse a rifugiarsi in fondo al giardino, si appoggiò a una tamerice e rimase immobile; un ramo molle, umido e impolverato di sabbia le sfiorava il viso. Nel momento in cui ci rendiamo conto per la prima volta di non interessare più a nessuno, allora smettiamo di essere bambini! Aveva avvertito la freddezza che si cela nei cuori più vicini al nostro. Alla superficie si trova compassione e amore, ma basta andare poco sotto per scoprire profondità in cui la nostra immagine non penetra, profondità che racchiudono segreti a noi ignoti e oceani, abissi di indifferenza nei nostri riguardi.

«Gli altri se ne infischiano» pensò Rosine, diventata di colpo adulta avendo perso la maestà, il dolce orgoglio dell'infanzia, consapevole che le sue gioie e i suoi dolori, la sua vita e la sua morte avevano importanza solo per lei. Non era nemmeno più triste. Era tutto finito. In fondo al cuore le si stava formando un grumo duro e freddo. Al contrario di certe specie animali, gli esseri umani la loro corazza se la portano dentro.

Attraversò il giardino, salì in camera sua, si spogliò e si mise a letto. Germaine si attardava in terrazza, con un lavoro a maglia in grembo. Florence era morta. Finalmente Florence era morta! Ora non la temeva più. Aveva vissuto abbastanza per sapere che i morti non hanno potere sui vivi, che un uomo ormai quasi vecchio, malato, è più interessato alla sua dieta, ai suoi acciacchi, alle sue piccole gioie che ai ricordi di un amore. Avrebbe voluto prendere la mano di François, stringerla, baciarla, ma non osava. Bah, si sarebbe consolato, il peggio era passato ormai. Lo sentiva andare su e giù in camera sua. Poco dopo salì anche lei. Si coricarono. Nel cuore della notte, François si alzò e scese nel giardino profumato e tenebroso. Pensava a Florence viva, al passato, all'amore, alla sua vita inutile, a Florence morta. Prima di mettersi al piano si sfilava lentamente gli anelli, si voltava verso di lui, lo guardava e lui indovinava i suoi tormenti, le sue angosce: avrebbe suonato bene come desiderava? Quel giorno avrebbe superato se stessa? Avrebbe finalmente raggiunto il colmo della felicità che solo la musica poteva darle? E adesso era morta.

Sorse l'alba. Nella strada silenziosa, sotto le tamerici, sentì il cigolio di una bicicletta, delle risa, delle voci soffocate. I suoi figli gli avevano disobbedito ed erano andati alla festa. La porta di casa era chiusa a chiave. Si arrampicarono sul muretto del garage e poi sul grosso ramo di magnolia fino al balcone della loro stanza. L'alba rischiarava i capelli biondi cosparsi di coriandoli e le belle facce felici. Il padre li guardava sorridendo, nascosto nell'ombra. Che birbanti... Com'erano agili... Se l'erano spassata. Nel momento in cui ci rendiamo conto di non interessare più a nessuno, nel momento in cui questa consapevolezza, anziché farci soffrire, ci consola e ci calma, allora abbiamo smesso di essere giovani.

LA CONFIDENTE

Lì lei aveva assaporato per l'ultima volta il dolce sonno dei vivi. Si ricordò che dormiva come una bambina, con le braccia nude incrociate sul petto. Si avvicinò al letto dove lei aveva passato la notte prima dell'incidente; toccò il cuscino freddo, le lenzuola bianche. Dimenticava che si trovava in una casa e-stranea e che una donna lo seguiva. Entrava per primo in ogni stanza. Apriva le finestre, gli armadi e chiedeva:

« Qual era il suo posto a tavola? ».

Oppure:

« È questo l'armadio in cui teneva i suoi vestiti? ».

Ascoltava una voce bassa e compassata rispondergli:

« Si sedeva qui... Teneva i vestiti nella stanza azzurra, la biancheria nel grande comò nell'alcova... ».

Guardava quell'estranea in piedi al suo fianco; si era presa cura di Florence moribonda, aveva tenuto quelle belle mani fra le sue, ne aveva vestito la salma. Era una donna pallida e scialba, con indosso un semplice abito nero, i capelli raccolti in una grossa crocchia rigida, la figura gracile, brutta, a stento una donna agli occhi di Roger Dange. Com'era possibile che la sua delicata, la sua brillante Florence si fosse affezionata così tanto a quella creatura insignificante, a quella povera istitutrice di provincia, sua amica d'infanzia? Era inconcepibile. E perché lui era andato tanto lontano? Perché aveva accettato di partire per una tournée di concerti in Messico? pensò il vedovo. Sulle prime Florence aveva deciso di accompagnarlo ma poi, a una settimana dalla partenza, aveva cambiato idea, annunciandogli che sarebbe andata a stare da un'amica fino a marzo. Lui si era rallegrato di quella decisione. Temeva che un viaggio così lungo non avrebbe giovato alla salute di Florence, che non si era ancora del tutto ripresa da un aborto spontaneo. Sposato da due anni, parecchio più anziano della moglie, era innamorato e geloso; preferiva saperla in quel paesino sperduto a casa della signorina Cousin (così si chiamava quella zitella. Curioso che la considerasse una zitella... Aveva solo diciotto mesi più di Florence, e Florence ne compiva, ne avrebbe compiuti trenta quell'anno...). Sì, preferiva saperla lì piuttosto che circondata di uomini. A un tratto gli sembrò di scorgerla in quella camera buia, mentre reggeva lo specchio con gesto aggraziato e si incipriava il decolleté e il collo. Si portò la mano alla fronte e la ritrasse umida di sudore; eppure la casa era gelida. Dopo un lungo silenzio, la voce spaventata della signorina Cousin arrivò alle sue orecchie ronzanti:

«Non si sente bene, signor Dange?».

Dovette appoggiarsi al braccio di lei per tornare in sala da pranzo. Lì la piccola stufa era accesa e si sentì meglio.

«Adesso me ne vado» mormorò. «Le chiedo scusa, credo di aver preso freddo venendo qui».

Lei avvicinò una poltrona alla stufa.

«Non può andarsene adesso. Fa talmente freddo ed è bianco come un lenzuolo, signor Dange».

«Ma la sto disturbando...».

«No» disse lei con dolcezza.

Mise qualche altro ceppo nella stufa e uscì dalla stanza. Una servetta andò a chiudere le imposte e la signorina Cousin tornò con una tazza di tè fumante. Era una sera di febbraio, in una campagna umida e tenebrosa. Tirava un forte vento. I due abeti davanti alla porta di casa scricchiolavano e gemevano, e un ramo semispezzato urtava il muro a intervalli regolari, come qualcuno che fuori, nell'ombra, chiedesse asilo. A ogni colpo Dange trasaliva.

«Dovrò decidermi a farli abbattere» disse la signorina Cousin. «Oltretutto impediscono alla luce di entrare».

«Signorina, vorrei sentire un'altra volta dalla sua bocca il racconto di quell'ultima giornata, tutti i particolari dell'incidente».

«Ma le ho già scritto tutto. Il giorno prima Florence mi aveva detto che intendeva andare a Parigi in mattinata per restarci tre o quattro giorni. Si è alzata presto... insomma, presto per lei... erano le nove. La scuola era appena cominciata. Non l'ho vista uscire, ma ho sentito lo stridore dell'auto che cappottava. Aveva piovuto e la macchina ha slittato sulla piazza del paese, dove c'è il monumento ai caduti. Ha preso una tremenda sbandata ed è andata a schiantarsi contro il muretto davanti alla casa dei Simon. Oh, è impossibile descrivere il rumore, sembrava il rombo di un tuono, e poi il fracasso di vetri rotti... Come avrà visto, signor Dange, questo è un paesino tranquillo e a quello schianto sono accorsi tutti in piazza. Dalle finestre della scuola si vedeva tutto. Mi sono precipitata fuori anch'io. La macchina era tutta accartocciata. Hanno dovuto estrarre quella poveretta dai rottami...».

«Era sfigurata?» chiese Dange.

Le sue espressive mani da musicista, forti e delicate allo stesso tempo, erano tese verso il tepore della stufa e l'estremità delle lunghe dita tremava. La signorina Cousin si affrettò a rispondere:

«No, no, il viso era intatto».

«E il corpo?».

«Il corpo?».

Esitò, ripensando alle gambe letteralmente maciullate.

«Le ferite non erano visibili» disse infine.

«Era ancora viva?».

«Respirava ancora. L'hanno portata qui con una barella scovata da qualche parte. Le è stato usato ogni riguardo. Non sembrava soffrisse».

«Poi mi darà i nomi di quelle brave persone che l'hanno soccorsa. Voglio sdebitarmi in qualche modo».

«Oh, non è il caso».

«Sì, invece... E, mi dica... Ha chiamato subito il dottore, vero? E non c'era più niente da fare? Ah, se fossi stato presente! Perché sono partito? È strano, l'ho lasciata con una grande angoscia... Tutto di quel viaggio mi era sgradito. Avevo rimandato due volte la data di partenza. Ma avevamo avuto parecchie spese e quei concerti erano pagati profumatamente. Su mia richiesta, l'impresario aveva avanzato pretese esorbitanti. In cuor mio speravo in un rifiuto da parte loro, o per lo meno in una contrattazione, in modo da avere una valida scusa per far saltare tutto. Invece no, hanno ceduto su tutta la linea. Così sono partito e, quindici giorni dopo, il suo cablogramma mi annunciava la morte di Florence. Mi vergogno di non essere venuto prima a ringraziarla per tutto quello che ha fatto per lei. Non credevo che avrei trovato il coraggio di mettere piede in questa casa, di vedere la stanza dove è morta Florence, né di incontrare lei, signorina».

«Capisco. Beva il suo tè, signor Dange. Tenga, ho aggiunto un cucchiaino di rum».

Lui respinse la tazza che gli veniva porta.

«Quel viaggio... Ha detto perché partiva?».

«No, non ha detto niente».

«Era il 4 dicembre il giorno in cui è morta, vero?».

«Sì, erano due mesi esatti lunedì scorso».

La guardò, fece per aggiungere qualcosa, aprì la bocca, ma poi il suo viso magro parve contrarsi in una silenziosa smorfia di dolore, e tacque.

La signorina Cousin chinò il capo. L'unica particolarità degna di nota in lei era una grossa ciocca di un bianco argenteo che spiccava fra i capelli neri. Se la ravviò con un gesto automatico della mano; portava un anello da lutto, come usava una volta, ornato di giaietto. Roger Dange lo notò e per un riflesso di buona educazione chiese distrattamente:

«Ha perduto qualcuno?».

«Un cugino, un ragazzo di venticinque anni».

«Ah, da molto?».

«Da...».

Si interruppe.

«Alcuni mesi» disse infine. «Ho seguito le sue istruzioni alla lettera, signor Dange. Purtroppo sono arrivate troppo tardi per l'ultima vestizione, ma per puro caso ho messo a Florence proprio l'abito che mi aveva indicato lei. La salma è partita per Parigi il 6 dicembre e tutto è stato eseguito secondo i suoi desideri».

«La conosceva bene, vero?».

«Sì, eravamo amiche d'infanzia. Come sa, siamo nate nello stesso paesino del Jura».

«Lo so... So così poco di lei, adesso che ci penso. Eravamo sposati da due anni. L'avevo incontrata a teatro, dove cercava di muovere i primi passi. Che voce deliziosa aveva! Forse non abbastanza potente per una carriera teatrale, ma era il soprano più puro che abbia mai sentito. È stato praticamente amore a prima vista. Questi due anni sono passati così in fretta, e i miei concerti, la mia carriera, la radio, ci sottraevano, ci rubavano tante ore. E adesso che cosa resta? Le confidenze e i ricordi, due giovani sposi li mettono tacitamente da parte, come riserva per la vecchiaia, in modo da non sacrificare un solo istante all'amore».

Vedendola trasalire, pensò di aver scandalizzato la zitella. Tacque. La parola «amore» e soprattutto il tono appassionato e roco con cui era stata pronunciata parvero aleggiare fra loro, vibrare nell'aria e smorzarsi piano come il suono basso di un violoncello. La stanza era molto buia; una lampada da lavoro con un paralume verde inclinato rischiarava una pila di quaderni aperti su un tavolo.

«Sono imperdonabile. Mi presento all'improvviso, distogliendola dal suo lavoro. Le rivolgo domande sentimentali e assurde. E solo per sentirmi ripetere una volta di più quello che mi ha già scritto nelle sue lettere e che né io né lei possiamo cambiare... Probabilmente penserà che sono un tipo strano, un mezzo matto».

«Ma no, capisco benissimo, signor Dange. È stato un tale colpo...».

Roger Dange fece un piccolo gesto di impazienza.

«Aspetti... Devo dirle... Sono particolarmente turbato per via di una cosa che è successa... Oh, si tratta senz'altro di un malinteso, ma... Insomma, lei è proprio certa che Florence le avesse parlato il giorno prima di quel viaggio a Parigi, il viaggio in cui è rimasta uccisa?».

«Ma... sì».

«Senza fornire nessuna motivazione per quella partenza?».

«Si trattava solo di qualche giorno. E poi non era tenuta a darmi spiegazioni. È possibile che abbia accennato alla prova di un abito o a un appuntamento dal dentista, ma l'ho dimenticato. Non capisco che importanza... ».

« La mia posta non mi era stata inoltrata a Città del Messico, era rimasta in giacenza presso un fermo posta. Mi è stata rispedita solo di recente. L'ho ricevuta quattro giorni fa. E c'erano due lettere di Florence ».

« Ah sì? ».

« La prima portava la data del 4 dicembre, ossia il giorno della sua morte, e la seconda del 5 dicembre, evidentemente il giorno dopo ».

« C'è stato senz'altro un errore » disse la signorina Cousin lasciandosi sfuggire un ciocco che teneva in grembo con l'intenzione di metterlo nella stufa. « Ha controllato il timbro postale? ».

« La prima è stata spedita il 4 dicembre, e la seconda il 5 ».

« È... incomprensibile ».

« Già, non è vero? C'è solo una spiegazione: quei giorni che si proponeva di passare a Parigi si preannunciavano così pieni, così lieti, così carichi di promesse che mia moglie ha sbrigato in anticipo la corvée della lettera quotidiana che le avevo chiesto di scrivermi. Aveva incaricato qualcuno di spedire le lettere durante la sua assenza perché partissero sempre dallo stesso luogo. È possibile che sia riuscita a spedire di persona la prima, fermandosi un attimo all'ufficio postale prima dell'incidente, ma la seconda deve averla affidata a qualcun altro, magari a un ragazzino del paese ignaro della sua morte o non abbastanza accorto per capire che non era più il caso di spedire quella lettera, dato che la mittente era deceduta. Sì, dev'essere andata così ».

« Ma... in quelle lettere, non c'è niente? ».

« Nessun accenno al viaggio a Parigi, intende? No, nemmeno una parola. Quelle lettere... Oh, avevano uno stile inconfondibile: incantevoli, tristi e folli... Parlava di musica, di quei grandi abeti davanti alla sua porta, signorina, della neve, dei libri che leggeva. Quella datata 5 dicembre cominciava così».

Chiuse gli occhi e recitò a mezza voce: «“Stanotte è piovuto fortissimo sulla terra imbiancata di neve. Una pioggia furiosa, una neve candida, come una fanciulla fustigata dalle streghe... Credo di aver preso freddo. Mi sono alzata tardissimo...”. E continuava a proposito della “*Piccola serenata notturna* di Mozart e delle stelle di Natale” che erano “morte a Ognissanti, malgrado la tradizione”...».

Tacque.

«Non capisco» disse la signorina Cousin con un filo di voce.

«L'indisposizione a cui accennava era una scusa per trascorrere in santa pace due o tre giorni a Parigi senza dovermi scrivere. In seguito mi avrebbe informato che aveva avuto una leggera influenza dalla quale era guarita».

«Ma, via, perché mai avrebbe dovuto tenerle nascosto quel viaggio? Avrebbe potuto inventarsi un motivo credibile».

«Ho parlato con i domestici. Non aveva dato nessuna disposizione circa il suo arrivo. E non era il tipo da fare improvvisate. Le piaceva che fosse tutto predisposto in anticipo: il fuoco nel camino, il bagno caldo, i fiori... Non intendeva fermarsi nell'appartamento per quella notte, ne ho la certezza. Data la situazione, è naturale che preferisse tacere del suo viaggio».

«Ma, signore, le ripeto che le ragioni più innocenti...».

«Ma via!» esclamò guardandola fissa. «Capisce anche lei che non c'è ombra di dubbio. Basta vedere l'espressione del suo viso, signorina. I fatti parlano chiaro. Ma non abbia paura, non le chiederò niente» aggiunse sforzandosi di sorridere. «Né come si chiamava il suo amante, né da quanto tempo durava questa relazione. Tanto non me lo direbbe. Era molto affezionata a Florence. L'ha aiutata come meglio ha potuto a tradirmi. E adesso, ne sono sicuro, custodirà i suoi segreti con la massima devozione. Eppure quante cose deve sapere. Ma, le ripeto, non le farò nessuna domanda indiscreta. Desideravo solo parlare di Florence con qualcuno che la conosceva bene, che l'amava, parlare di lei a lungo, con affetto... un'ultima volta. Nutriva un'amicizia profonda per mia moglie? ».

Lei non rispose.

« Era una creatura eccezionale, vero? Mi sono sempre sentito umile di fronte a lei. Ero perfettamente consapevole che un giorno mi avrebbe tradito o mi avrebbe lasciato. Prima o poi si deve morire, si sa. Avevo ventidue anni più di lei ».

« Ma cosa dice? Come può parlare così? ». (Parlava a voce bassa e concitata, con grande foga). « Proprio lei, signor Dange? Non ha dunque idea di chi è lei? Non ha mai visto la sala gremita durante i suoi concerti, tutte quelle persone che la ammirano, le sono riconoscenti, la amano? Sì, la amano, signore... Voi artisti vivete in un mondo, un mondo... ».

Cercò le parole e alzò gli occhi accesi e brillanti verso di lui.

« Un mondo sublime. E noi, noi non siamo niente, solo povere creature inutili. È così raro, così bello, quando un grande artista si concede, ci fa uscire dalla nostra mediocrità, parla per noi. È qualcosa di immenso, signore. È quasi un dovere da parte sua rendersene conto. Mi scusi se le parlo così. Se do l'impressione di farle la predica è perché la ammiro profondamente. Che cosa importava se aveva ventidue anni più di Flora? ».

« Come dice? ».

« Di Flora » ripeté. « Si chiamava Flora, via, lo sa bene... Florence è il nome che si era scelta per calcare le scene. Ventidue anni più di lei! Ma lei, lei è un genio, uno dei più grandi musicisti di oggi! Le ha fatto un grande onore a innalzarla fino a lei».

Lui la guardò tristemente.

«Oh, beata ignoranza» disse con dolcezza. «Sono famoso, sì, ma non fino a questo punto... Un tempo, forse, sono stato degno di tutti i suoi elogi. Ma, vede, la fama è un frutto amaro che si raccoglie dopo che l'albero è caduto».

«Non capisco» disse lei. «Per me, lei è un uomo al di sopra del resto dell'umanità. Non c'è nulla di encomiabile nella sua umiltà, al contrario è malsana».

«L'uomo di cui mia moglie era innamorata doveva essere più brillante, più profondo di me. Me lo immagino simile a me da giovane».

«Simile a lei?».

Scosse la testa.

«Oh no, signor Dange, non le somigliava affatto, via!».

Tacque, come in attesa che lui le facesse finalmente una domanda, ma lui non chiese niente; si chinò verso il tavolino appena visibile nella penombra e cercò la tazza con mani tremanti.

«È rimasto un po' di tè?».

«Vado a prenderglielo».

«No, no, la prego, resti qui. Adoro il tè freddo e sto morendo di sete».

Bevve avidamente il tè color mattone.

«Lei prova tutta questa simpatia per me» disse con una leggera esitazione, protendendo il viso magro verso il fuoco. «Eppure l'ha aiutata a tradirmi».

«Non l'ho aiutata. Al contrario, ho fatto il possibile per farle intendere ragione, ma...».

«Sì, capisco, impossibile resistere a Florence. La sua bellezza, la sua grazia, la sua aria imperiosa e allo stesso tempo distaccata... Sì, ecco la parola che cercavo. Mostrava un tale distacco nelle sue relazioni sociali e amorose. A tratti sembrava distratta e fredda. Ho conosciuto persone convinte che fosse una donna superficiale e non molto intelligente. Ma l'intelligenza non significa niente, vero? Quel pizzico di tristezza e di follia che c'era in lei... Le sue lettere... Dio, quanto amavo le sue lettere! Quattro giorni fa, quando ho riconosciuto la sua calligrafia su quelle buste che mi erano state rispedite dal Messico, non so esprimerle quello che ho provato. Tremavo tutto. È stato straziante e dolce allo stesso tempo... Per me è tutto finito adesso, non è così? Non sono un compositore, sono solo un interprete. E a lungo andare diventa un compito insufficiente e ingrato. Lei non può capire. Io riesumo gli scomparsi, li riporto in vita. È un mestiere da medium. Sfortunatamente, io, Roger Dange, sono sterile. Da me non nasce nulla. Non lascerò dietro di me né un figlio né un'opera. Nemmeno un amore, niente».

«Un nome insigne...».

«Sono istupidito da tutta questa storia» disse a un tratto in tono diverso. Schiuse le labbra a fatica. «Non dormo da quattro notti malgrado dosi massicce di sonniferi. Non sono sufficienti a farmi prendere sonno, ma mi fanno vivere in uno stato intermedio tra il sogno e la veglia. È una sensazione stranissima. E poi questa stanza, il fuoco... Mi sento la febbre».

«Non vuole stendersi? Le preparo un letto comodo, si farà un bel sonno e...».

«Ma le ho appena detto che non riesco a dormire!» esclamò con irritazione. «No, lasci stare. Sto bene qui, mi creda. Se mi vuole bene, non mi parli di me ma solo di lei, di Florence... Delle cose più semplici, più banali. Il suo vestito, ad esempio. Com'era vestita il giorno che è morta? Dato che faceva molto freddo si sarà messa il grande cappotto grigio da viaggio, con il collo di lontra? E il cappello?».

«Il cappello?» mormorò distrattamente l'istitutrice. «Senta, signor Dange...».

Si interruppe, immergendosi in una profonda fantasticheria.

«Conservo dei vecchi ricordi» disse infine. «Fotografie, lettere di Flora... di Florence. Vuole vederle?».

Lui annuì. Allora lei si alzò, prese una fotografia dalla mensola del caminetto e gliela porse: ritraeva venti ragazzine in grembiule nero e zoccoli nel cortile di una scuola. Erano spettinate e tenevano le punte dei piedi rivolte verso l'interno. Contadinotte di tredici, quattordici anni, tarchiatelle, con il busto squadrato, infagottate in maglioni e camicie di stoffa grossa.

«Florence è qui in mezzo?» disse lui con un sorriso forzato e divertito. Doveva spiccare come un cigno fra le anatre.

«Eccola» disse la signorina Cousin. «Era robusta e in carne, com'è normale a quell'età, ma il viso era delizioso. I lineamenti fini, gli occhioni azzurri. Quando questa foto è stata scattata io ero in un collegio a Besançon da tre mesi. Flora me l'aveva spedita. Guardi» disse indicando la dedica. «"Alla mia cara Camille, la sua Flora". Non mi sono data pace finché non mi ha raggiunto. Non voleva proseguire gli studi. Il suo sogno era imparare il mestiere di sarta e stabilirsi in città. Si accontentava di quella visione del futuro: una macchina da cucire in una misera stanzetta e un cinema il sabato sera con il commesso dei grandi magazzini di fronte. La sua famiglia, come la mia, apparteneva alla piccola borghesia priva di mezzi. Suo padre si era risposato. Lei non andava d'accordo con la matrigna, che non era una cattiva donna, ma aveva un'indole acida e debole... Capisce cosa intendo dire? Flora non faceva altro che recriminare, tenere il broncio e lamentarsi. Poiché ero tornata a casa per le vacanze di Pasqua, andai a trovare i suoi genitori – avevo quindici anni all'epoca –, e non so più come, un po' appellandomi a suo padre, un po' blandendo e terrorizzando la matrigna, riuscii a farli cedere: mandarono Flora a Besançon, nel mio stesso collegio. Là restammo insieme per cinque anni; io un anno di più come istitutrice per non separarmi da lei, in modo da farla studiare; perché superasse gli esami, perché diventasse qualcuno e continuasse con le lezioni di canto; e soprattutto per evitare che qualcuno di quegli orribili ragazzi le ronzasse intorno, perché Flora era per me...».

Prese la foto dalle mani del vedovo e la rimise al suo posto. Camminò a lungo su e giù per la stanza, con la mani incrociate sul petto. Aveva un passo sorprendentemente leggero e silenzioso.

«No, lei non può sapere cos'era Flora per me. Avevo un anno e mezzo più di lei. E lei aveva i lineamenti, lo sguardo, il sorriso che avrei voluto avere io. Non sono mai stata bella, e l'ho sempre saputo. All'inizio ero invidiosa di Flora. Una volta ho ridotto a brandelli, strappando la stoffa con le unghie e con i denti, un cappottino azzurro cielo che portava la domenica e che aveva dimenticato su una sedia dell'ingresso dopo essere venuta a trovarmi. Tutti quanti dicevano: "Che bel color pastello... E come le dona con quei riccioli biondi!". Poi, crescendo, quel sentimento è svanito, è diventato qualcosa di molto strano... Prima mi chiedeva se nutrivo amicizia per Flora. No, non ho mai provato né amicizia né affetto per lei, ma la plasmavo a mio piacimento, capisce? È cominciato da piccole cose. Le facevo imparare a memoria la poesiola per la cerimonia di premiazione di fine anno. Le insegnavo a recitare, a tenersi dritta, a salutare, a fare certe moine per valorizzare il suo grazioso profilo e la cascata di riccioli, e quando la applaudivano e si complimentavano con lei provavo un godimento amaro che non so descriverle. Pensavo: "È tutto merito mio... È grazie a me se ammirano Flora. Senza di me lei non sarebbe niente. È una mia creazione"».

Si fermò di fronte a Dange.

«Una mia creazione. Era esattamente questo il mio pensiero segreto. Per me era come un libro, come un quadro. Naturalmente sono passati degli anni prima che me ne rendessi conto. Forse l'ho capito davvero solo negli ultimi cinque o sei anni. Del resto, a tratti mi dimenticavo di Flora. Diventavo ambiziosa per me stessa: dopo aver superato brillantemente un esame, ad esempio. E comunque mi dicevo: "Figlia mia, con la faccia che ti ritrovi, è meglio che tu non pretenda niente, che non ti aspetti niente. Ti risparmierai cocenti delusioni". Insomma, ero fatta così, provavo gusto a giocare all'eminenza grigia. Da adolescente ammiravo più di tutti i gesuiti, quegli uomini modesti ed eruditi che consigliavano il re nell'ombra. Non si burli di me, signor Dange. Nessuno è al corrente di quello che le sto dicendo, ma fa bene parlare con il cuore in mano una volta tanto, e poi, insomma, sono stata io, io, a darle quella Flora che adesso rimpiange tanto».

«Come sarebbe?» esclamò Dange.

Ascoltava con fervida attenzione, torcendosi le mani pallide.

«A tredici o quattordici anni, Flora era diventata una ragazza molto ordinaria. Non mi piaceva più frequentarla. Mi deludeva, mi irritava, sicché la vita non aveva più senso per me. Compiti in classe, esami, voti finali... Andavo benissimo a scuola, e senza sforzi, ma mi annoiavo. Sa, a quell'età conta solo una cosa: i sogni, una specie di vita altra... Ciò che ci si immagina di essere, che si vorrebbe diventare. Per anni, nei miei sogni, ero stata Flora; avevo goduto di tutti i doni che la natura le aveva dato, ed ecco che invece si rivelava una ragazza scialba, quasi sciocca, che non aspirava ad altro che a fare la sarta. La sarta, capisce? Flora la sarta, che si fa mettere incinta da un misero commesso, o sposa giudiziosamente un piccolo borghese; Flora... E io, allora? Una volta, però, la sentii cantare. Durante le vacanze di Pasqua, un giorno che eravamo in riva al fiume. Da noi i fiumi sono profondi e impetuosi. Quell'anno la primavera era in anticipo. Eravamo andate al fiume per mettere i piedi a mollo e cogliere fiori. Eravamo un gruppetto di cinque o sei ragazze. Quando rientrammo in paese era ormai sera. Camminavamo tenendoci sottobraccio e una di noi si mise a cantare. Le altre intonarono il ritornello e, in quel coro, la voce di Flora si distingueva per una tale innata nobiltà, una tale purezza, che a poco a poco le altre si zittirono, e continuammo ad avanzare come sospinte in avanti, sollevate da quel timbro squisito. Allora, come le ho detto, mi sono adoperata per farla venire a Besançon. Capisce, doveva diventare una personcina istruita, beneducata, una signorina, insomma. Da qualche parte avevo letto che non bisogna cominciare a prendere lezioni di canto nell'età dello sviluppo, ma non volevo che quegli anni andassero persi per lei, per la sua cultura generale, per la sua istruzione, per le sue letture. Credo di essere stata dotata di un certo talento di pedagoga. Flora era una ragazza svogliata. Solo io riuscivo a farla studiare. Quanto godevo dei suoi progressi! Io, invece, che ero stata una studentessa modello, ero rientrata ormai nella media. Avevo rinunciato deliberatamente a qualsiasi ambizione personale per pensare solo a Flora. In un certo senso vivevo per interposta persona. Lei non immagina quello che provavo: orgoglio, ironia, il piacere della mistificazione, il piacere di sentirmi superiore a tutti, e innanzitutto a Flora. Appena compiuti diciott'anni, le feci studiare canto. Partì per Parigi e là, penso che lei lo sappia, divenne quasi subito l'amante di un uomo molto ricco, sposato ma separato dalla moglie, con il quale Flora conviveva apertamente».

«Sì, questo lo so» disse Dange.

«La vedevo di rado, ma lei non mi aveva dimenticato. Teneva al suo amante ma allo stesso tempo desiderava essere libera... Capisce?».

«Capisco».

«È stato un periodo difficile per lei. Quell'uomo

aveva un carattere dispotico e possessivo. Ogni volta che i loro rapporti diventavano tesi al punto da rischiare di rompersi, Flora correva da me. Entrava qui, si sedeva sulla poltrona dov'è seduto lei adesso. E diceva: "Ho fatto così... Ho risposto così... Che cosa era meglio fare secondo te? Che cosa avresti fatto al mio posto?". Allora io le parlavo... a lungo. Le facevo intendere ragione. Io... capisce, non volevo che lasciasse quell'uomo. Grazie a lui respirava l'aria di Parigi. Si vestiva con eleganza. A poco a poco, sul piano fisico, si stava compiendo la metamorfosi necessaria. La pettinatura, il modo di camminare, i vestiti, era tutto perfetto. E io, nella mia testa, costruivo per lei un futuro mirabile. Quella Flora era la mia opera d'arte. Le sembra sciocco? E perché mai? Si crea un'opera d'arte con materiali banali o inanimati, con la pietra e un martello, con una tela e dei colori, perché non con la carne e con il sangue? Imprimere la propria personalità a un altro corpo, infondere il proprio spirito in un'altra esistenza – è inebriante, sa?».

«E Florence le dava retta, le obbediva docilmente?».

«Le ho pur detto che lei, signor Dange, non la conosceva affatto! Nessuno la conosceva, e lei stessa ancor meno di chiunque altro. Credeva di essere libera, pensi un po'! Quando io le dicevo: "Bisogna fare così, bisogna fare cosà. Gli scriverai questo. Ti detto io la lettera. Quest'uomo va respinto. Quest'altro va cortesemente tenuto a distanza, senza scoraggiarlo, ma...", lei rideva ed esclamava: "Oh, ma cosa vuoi capirne tu, mia povera Camille! Che ne sai tu degli uomini, dell'amore, insomma, della vita? Tu, che te ne stai rintanata nel tuo buco?". Io rispondevo: "Sarà, sarà, ma rifletti un attimo e vedrai che ho ragione. È la cosa più giusta da fare". E alla fine, quando seguiva il mio consiglio, era convinta di aver agito di testa sua. Era così femmina...».

Tacque. Un sorriso malinconico, tenero e acido

allo stesso tempo le aleggiava sulle labbra. Dange la guardava stupefatto. Dopo un attimo di silenzio, lei proseguì:

«Il suo amante morì all'improvviso e, dato che non era stata presa nessuna disposizione testamentaria in favore di Flora, l'intera eredità andò alla moglie legittima. Da un giorno all'altro Flora si ritrovò in miseria. Il palazzo in cui abitava, l'automobile, niente era intestato a suo nome. Io riuscii a ottenere un paio di mesi di congedo e per un po' vivemmo insieme a Parigi. Volevo che quella donna diventasse qualcuno, capisce? Immaginavo per lei una carriera teatrale. Con quella voce, la sua bellezza, il suo fascino, avrebbe potuto riuscirci, no? Farsi un nome! Eppure, ripensandoci, non era ancora abbastanza. Era diventata quasi un'allucinazione, capisce. A tratti dimenticavo che io ero Camille Cousin e lei Flora Leblanc. Quando cantava, avevo l'impressione che fosse la mia voce a uscirle dal petto. Il suo canto mi liberava da me stessa. Conducevamo una vita tranquilla, ritirata, non le piaceva mostrarsi in pubblico nelle condizioni miserabili in cui l'aveva ridotta la morte del suo amante! Senza bei vestiti, senza gioielli, spesso senza nemmeno i soldi per il parrucchiere. Se fosse rimasta sola, sarebbe stata pronta a gettarsi in chissà quali avventure redditizie...».

Dange la interruppe.

«Lei non può più difendersi» osservò pacatamente, con voce tremante.

«Le parlo come se mi trovassi al cospetto di Dio. Sono credente e sono convinta che la sua anima ci ascolta e sa che sto dicendo la verità. In quei due anni mi sono presa cura di lei, le ho fatto intravedere un futuro mirabile, promettendole la gloria e l'amore se mi avesse ascoltato. Glielo ripeto, era inebriante vedere quella bella creatura ripetere le mie parole in maniera quasi inconsapevole, riportare le mie considerazioni, esprimere il mio giudizio sulle letture che facevamo... E le sue lettere... Ah, talvolta mi veniva così da ridere... Quelle lettere che scrivevo per lei... Un po' alla volta aveva capito le mie intenzioni. E si lasciava plasmare, certe volte mi chiamava addirittura "la sua regista", ma mi attribuiva scopi meschini: credeva che contassi di vivere alle sue spalle, in futuro, e addirittura – mi disse una volta ridendo – di sposare qualche suo amante respinto, uno scarto di Flora Leblanc, io... ».

Ripeté: « Io! » e alzò le spalle con un'aria di orgoglio semplice e naturale.

« L'ho sentita suonare per la prima volta un po' più di due anni fa, signor Dange. Avevo qualche disco con le sue registrazioni e la ascoltavo alla radio, ma non avevo mai assistito a un suo concerto dal vivo. E quel giorno... Prima ho detto che lei ha un dovere verso tutti quelli che la ammirano e la adorano. Deve sapere che, ogni volta che lei suona, c'è almeno un essere in sala al quale, per alcuni istanti, presta la voce. Le persone sono mute, signore. Siamo come piante, come alberi. Soffriamo, moriamo e nessuno sente il nostro grido. Ma, insomma, questo lo sa. Avrà capito che da quel giorno io... ».

Tacque e si ritrasse leggermente, in modo da nascondere nell'ombra il viso appassito.

« Non ero bella, e naturalmente non potevo farmi nessuna illusione, ma c'era Flora. E allora... le ho parlato di lei. L'ho portata ai suoi concerti e non ho avuto pace finché non siete stati presentati. Sì, in quel teatro vuoto, poche settimane prima del suo debutto. È strano. Sulle prime lei si è mostrato molto freddo. Ma io sapevo che avrebbe finito per amarla ».

« Ma lei? Lei? ».

« Lei non la amava. Non sapeva amare. Ha detto: "una creatura eccezionale"? Via, era una donna comunissima. Oh, né più meschina né più stupida delle altre... Semplicemente, nella media. Lei, Roger Dange, ha amato la Flora Leblanc di un tempo, quella che voleva fare la sarta. Lei si è lasciata amare da un uomo ricco e famoso. E poi ha cominciato a tradirla. Non me lo sarei mai aspettato. La vedevo raramente a quei tempi, e non era tipo da sbandierare le sue avventure. Sei mesi fa è venuta a stare qualche giorno qui. È strano... era affascinata da me e allo stesso tempo mi odiava. Fuggiva e poi tornava da me. Io non ero sola. Con me abitava un ragazzo, un cugino di mia madre. Aveva dieci anni meno di me, e dopo essere rimasto orfano era stato cresciuto dai miei genitori. Un bel ragazzo, un mezzo contadino, con il naso all'insù, le guance rubizze, i capelli neri, braccia forti e sode... La prima volta è durata solo una notte, credo, dato che Flora ripartì quasi subito. Ma si rifece viva dopo che lei ebbe accettato quella tournée in Messico. Lui non poteva seguirla a Parigi. Aveva rilevato un'officina in paese ed era un tipo furbo, uno di quelli che difficilmente perdono la testa per una donna. Insomma, fin dal primo momento, tutti e due... Se penso che lei, signor Dange, mi ha rimproverato di averla aiutata a tradirla! L'ho sbattuta fuori di casa, capisce? Non potevo perdonarle una cosa simile... Era talmente ignobile, talmente vile. Allora Flora mi ha detto che ero gelosa di lei. Credeva che fossi innamorata di quel ragazzo, di Robert... Grazie al cielo non ha mai intuito la verità! L'avrebbe sporcata! E poi mi ha rinfacciato che tutta la sua esistenza era stata una montatura, un artificio, che era fatta per uomini come Robert, non come lei, signor Dange, che quelli sì che sapevano come appagarla, e aggiunse anche una cosa... una cosa tremenda... "La pelle è l'unica a non ingannarsi...". Li ho cacciati di casa. Lei e il suo amante. E ho detto loro: "Domani, quando torno da scuola all'ora di pranzo, non voglio più trovarvi qui". Sono scoppiati a ridere. E se ne sono andati. E sono rimasti uccisi in un incidente stradale. È questo che rimpiange?».

Ripeté: «Questo!» con una risata stridula e dura. Guardò Dange e aggiunse:

«Scommetto che non mi crede. Pensa che stia farneticando, che sia una vecchia pazza. Vuole che le reciti a memoria la lettera che trova così struggente? Quella che comincia con "Stanotte ti ho sognato", quella che parla dell'aria così bella di Monteverdi: "Lasciatemi morire...", quella che le è stata spedita il giorno prima della sua morte... quella di cui parlava poco fa. Flora mi diceva: "Camille, scrivigli tu, io mi scoccio". E io scrivevo. E con quale gioia! Io le scrivevo».

«Perché mi dice tutto questo adesso?».

«Per salvarla, perché si liberi di lei, per guarirla dalla sua morte, perché Flora non merita nemmeno una lacrima da parte sua. Ciò che ha amato in lei non le apparteneva».

«Mi giura che questa è la verità? Che non sta mentendo? Lei non è pazza, via, ha l'aria così lucida e calma. Giura che è la verita?».

«Glielo giuro».

Dange si alzò e attraversò la stanza barcollando. Prese il soprabito, il cappello, e aprì la porta senza dire niente. Lei restò immobile a guardare il fuoco.

Un'ora dopo lui arrivò nella stazioncina deserta. Provava una strana sensazione. Capiva di aver amato un'illusione, un'ombra. Sapeva con assoluta certezza di aver finalmente appreso la verità. Ma soffriva più che mai perché capiva ciò che per Camille era inconcepibile: che l'anima, lo spirito, l'intelligenza di sua moglie, tutto questo non importava, era stato amato come qualcosa di accessorio. Quello che contava era il lento movimento della sua spalla quando inclinava la testa verso di lui, la forma e il tepore del suo seno, uno sguardo, un'inflessione della voce, un piccolo gesto rapido e stanco della mano con cui l'allontanava quando lui si avvicinava e lei si ritraeva (adesso sapeva perché). Da tutto questo era impossibile guarire.

L'ORCHESSA

C'è forse un luogo più triste del casinò di una cittadina termale a fine stagione? La pioggia cade sui tetti dello stabilimento, sugli alberi del parco, e dai muri rosa dell'edificio si sprigiona un odore di bosco umido. Nel giro di una notte spuntano dei funghi ai piedi del chiosco per la musica. Le sedie di ferro sono ripiegate e sistemate in un angolo della sala; l'orchestra suona solo pezzi brevi; il violoncellista ripone il proprio strumento e, attraverso le vetrate scure, si sente il brontolio dei tuoni sulla montagna. Qualche avventore è seduto a giocare a pachisi o al bar, ma si tratta di una clientela di poco conto, che gode di scarsa considerazione e si situa a un gradino appena superiore alla gente del posto: residenti della stazione termale che rimarranno dopo che gli ultimi ospiti di passaggio se ne saranno andati, le case di villeggiatura avranno chiuso i battenti e sui balconi saranno ricomparsi i cartelli «Affittasi»; quando le merlettaie sul ponte e la venditrice di cialde saranno a loro volta scomparse, e la pioggia farà flettere e gemere i rami degli alberi intorno al Grand Hôtel.

Avevo quindici anni e mio padre era molto malato. Sarebbe morto di lì a pochi mesi, e protraeva inutili cure in una città termale nei Vosgi. Camminavamo fianco a fianco per le sale deserte e fiocamente illuminate dell'albergo, intorno al casinò dipinto di un giallo tenue e delicato come un sorbetto che, sotto il temporale, sembrava luccicare leggermente nei punti in cui il sottile strato di pittura si era scrostato, lasciando intravedere a tratti l'intonaco dei muri. La sera lo accompagnavo nella sala di lettura, dove si metteva a sfogliare una rivista mentre io ascoltavo il rumore della pioggia. A volte mi dava i soldi per andare al cinema o a teatro, ma erano sempre vecchi film e vecchie commedie. Lui, però, non ne voleva sapere di seguirmi in quelle sale ora surriscaldate ora gelide. Ero ancora un bambino e non capivo che era spacciato, ma il profondo affetto che nutrivo per lui mi portava istintivamente a stargli accanto, nell'ombra.

Di solito la sala di lettura era semivuota e conoscevamo di vista gli habitué: due spilungone piatte e magre, un sudamericano dalla pelle bruna e spessa che faceva pensare a un volume rilegato in marocchino. Dentro di me avevo affibbiato a tutti un soprannome: il sudamericano era l'In-quarto, per via della carnagione; le due ragazze erano la Platessa e la Sogliola. C'era anche una signora, che avevo soprannominato l'Orchessa. Quella donna suscitava la mia curiosità: mentre tutti gli altri fra le dieci e le undici si ritiravano, lei restava al suo posto, sprofondata in una poltrona, con un lavoro a maglia in grembo e i piedi appoggiati su uno sgabello, tanto da farmi pensare che trascorresse così l'intera notte. Era una matrona dai fianchi robusti, le ginocchia grosse e i lineamenti marcati. Era imbellettata come le vecchie che da tempo hanno rinunciato a piacere ma continuano a truccarsi, senza convinzione né diletto, solo per abitudine o per decenza. Ricordo il rosso acceso delle sue labbra, che metteva ancor più in evidenza la sottile peluria sotto il naso. Aveva gesti bruschi e decisi, e nella sua bruttezza c'era un che di aspro e vigoroso che mi affascinava. La prima volta che mi rivolse la parola trasalii: la sua voce era stranamente profonda e gradevole, anzi se fosse uscita da un'altra bocca sarebbe stata addirittura commovente. Gli occhi erano neri, con uno sguardo talmente acuto e penetrante da farmi abbassare le palpebre quando si girava verso di me.

Di quando in quando ci scambiavamo qualche osservazione banale: io le raccoglievo un gomitolo di lana che era rotolato a terra e lei diceva: «Grazie, giovanotto». Poi, rivolta a mio padre, soggiungeva in tono sommesso: «Che ragazzino adorabile. E che occhi...» nello stesso tono voluttuoso di un buongustaio che mormora: «Le piacciono i polletti teneri teneri al dragoncello? Io ne vado matto».

Una sera eravamo tutti e tre nella sala di lettura. Pioveva di nuovo e, poiché mio padre aveva dimenticato l'ombrello, fu giocoforza aspettare che spiovesse. Proposi di andare a chiamare un taxi.

«Non ne troverai più a quest'ora, figliolo,» disse l'Orchessa «ma, se non vi dispiace pazientare un momento, il mio buon vecchio ombrello da contadini ci riparerà tutti. Spero che mia figlia non abbia dimenticato di prendere il suo. È talmente accaldata quando esce di scena che temo sempre che si buschi un raffreddore. Sarebbe un disastro per lo spettacolo».

Di fronte alla mia espressione meravigliata, osservò: «Questo giovanotto avrà senz'altro applaudito mia figlia quest'estate... Si chiama Édith de Lancy. Sono la madre di Édith de Lancy» aggiunse, incrociando sul lavoro a maglia le mani olivastre e robuste, sulle quali luccicava una grossa fede, di un oro rossastro, come usava una volta.

Non ricordavo nessun'attrice con quel nome, ma

mi resi conto che era il caso di dire qualche parola di ammirazione. Cosa che feci. Lei sorrise.

«Oh, il ragazzo se ne intende! Ha un temperamento artistico. Si vede dagli occhi e dalla forma delle dita. Fammi vedere la mano, figliolo».

Obbedii. Lei ci picchiettò sopra briosamente con il ferro da calza.

«Ha un leggero rigonfiamento alla base dell'anulare. È l'influenza di Apollo. Apollo, dio del sole e dell'arte. Entrambe le mie figlie ce l'avevano sin dalla nascita, e talmente pronunciato che sarebbe stato davvero imperdonabile da parte mia spingerle verso una carriera diversa da quella teatrale. Avrà visto mia figlia Édith in *Francillon*. Hanno un repertorio molto rococò, ma lei è riuscita a trasformare quella cretinata in un vero capolavoro...!».

Si era rivolta a mio padre, il quale le rispose che non stava bene e temeva gli spifferi delle sale di teatro. L'Orchessa sembrò contrariata.

«Credo molto nella cura del morale, congiuntamente alla cura termale, anzi, a dire il vero credo più alla prima che alla seconda. Il morale agisce sul fisico, e svaghi di un certo livello possono avere solo effetti benefici su una persona sofferente. E lei dev'essere una persona molto sensibile. Non dica di no. Non cerchi di negarlo. Gli uomini si vergognano sempre un po' della propria sensibilità. Ah, è un vero peccato che non abbia visto mia figlia! In realtà, è più portata per la tragedia. Con quelle sue note gravi...» disse, portandosi la mano al petto e accentuando il timbro sonoro, roco e profondo della sua voce. «Ma in Francia non esiste più la tragedia, caro signore. Badi bene, Édith è ineguagliabile nel registro sentimentale, patetico, ma la sua vera natura è Fedra... Lei si schermisce: "Sono troppo giovane, mamma" dice. "Fedra è una donna vissuta, che si avvicina alla trentina. Insomma, certe inflessioni devono salire dalle viscere". Ma io ribatto: "Sciocchezze, figlia mia. Il genio sa d'istinto ciò che il semplice talento acquisisce con l'esperienza". Mi dirà che pecco di immodestia, che sono la tipica madre di un'attrice, vero, signore? Vero, figliolo? Il fatto è che il Signore mi ha affibbiato due figlie che sono l'umiltà in persona... Mai una volta che siano state consapevoli del loro valore. Édith aveva tutte le carte in regola per lavorare a Hollywood, ma le è mancato un lancio pubblicitario come si deve, e così al suo posto ci è andata quella Danielle Darrieux. Sia chiaro, nessun rimpianto. Il cinema è un'arte inferiore. Oh, naturalmente, quando si ha l'età di questo giovanotto si considera il cinema di gran lunga superiore al teatro, ma poi ci si ricrede, eccome se ci si ricrede. E poi Hollywood... l'America... Si hanno dei doveri verso il proprio paese. "La Francia ti perderebbe" ho detto a mia figlia. Sì, lo so, adesso mi citerà i grandi nomi che sono tornati, ma l'America si sbarazza dei vuoti a rendere, caro mio. Si prende solo il meglio. E, dopo averli spremuti per bene, ci restituisce degli attori stanchi, stremati, finiti, signore, finiti! Qualche rimpianto Édith l'ha avuto. Che vuole farci? Quella ragazza è stata viziata dalle idee di oggi. Per la sua povera sorella, invece, non esisteva niente di più importante del teatro. Si ricorderà certo della sorella! Noëlle Givre, della compagnia del Théâtre de l'Odéon. Primo premio per la tragedia all'Accademia di arte drammatica nel 1920. Primo premio per la commedia. Noëlle Givre».

Mio padre, che fino a quel momento era rimasto ad ascoltarla senza aprire bocca, ebbe un moto di sorpresa.

«Noëlle Givre? Aspetti un attimo... Ma sì, l'ho applaudita in varie occasioni... In *Romeo e Giulietta*, mi pare, e in una commedia di de Musset. Era adorabile. Piccola, delicata, con una voce indimenticabile: suadente, profonda, un po' roca. Che fine ha fatto? Si è ritirata dalle scene?».

«È morta, signore. L'ho persa nel 1925, a soli ventiquattro anni».

«Ma è terribile!» la compatì mio padre. «Povera ragazza... All'epoca ero appena stato smobilitato. La mia famiglia abitava in provincia e io cercavo, vanamente, un lavoro a Parigi. Alloggiavo in un alberghetto in rue Cujas, e nelle giornate più tristi e solitarie mi consolavo andando a sentire sua figlia all'Odéon. Bisogna dire che scenografia, compagnia e pubblico lasciavano molto a desiderare, ma sua figlia sfavillava come un diamante in mezzo a volgari pezzi di vetro».

L'Orchessa si illuminò in volto.

«Come dice bene... Un paragone azzeccato, brillante... Ma, dica, non sarà mica un drammaturgo? Per caso scrive?».

«No, sono un ingegnere».

«Che peccato! Avrebbe dovuto scrivere. Ha il dono di formulare frasi molto azzeccate».

«Oh, via, signora...» fece mio padre, imbarazzato.

«Sì, invece... Un diamante, questo era mia figlia... Un diamante» ripeté l'Orchessa, estasiata. «Le sue compagne la chiamavano "fiocco di neve". Aveva un fascino verginale... un po' freddo, forse... non lo nego. Sua sorella è più passionale, più vibrante. Noëlle, invece, era l'innamorata casta. Badi, però, che non ho detto l'ingenua. Il suo registro era molto più variegato, più ampio. Ifigenia, Esther, erano solo un aspetto della sua natura. I suoi ruoli preferiti erano quelli di Giulietta e di Camille. Lei l'ha vista in *Romeo e Giulietta*. In *Con l'amore non si scherza*. Si ricorda della chioma sciolta in *Carmosine*? Non era un parrucca. Erano i suoi capelli, i suoi bei capelli, un manto d'oro. Glieli lavavo una volta a settimana con la camomilla per mantenere quei bei riflessi naturali. Ah, che ragazza, caro signore, che ragazza! L'ho tirata su fin dalla culla affinché diventasse un'attrice, una cantante o una ballerina. Insomma, volevo che avesse un futuro eccezionale. Ho sempre vissuto per le mie figlie. Non ho avuto ambizioni se non per loro. Deve sapere che vengo da un'ottima famiglia e ho ricevuto un'educazione piuttosto rigida. Avrei potuto ambire a un'esistenza più felice, più piena, di quella che ho avuto. Negli anni mi sono sentita spesso chiedere: "Con la voce che si ritrova, non ha mai pensato di calcare le scene?" Ebbene, sì, ci ho pensato eccome! Ma in casa mia nessuno voleva sentire ragione! Intendiamoci, non disconosco certo il valore di una solida educazione tradizionale, ciò non toglie che una donna ha il diritto di desiderare di essere bella, ammirata, famosa! Capisce bene che, nel mio animo, tutto questo può conciliarsi con la più integerrima moralità. Anzi, dev'essere un tutt'uno. Mi hanno insegnato che con l'onore non si scherza, caro signore. Mio padre era ufficiale di carriera. E le assicuro che con le mie figlie sono stata inflessibile! "Figlie mie, non dovete trovarvi un amante ricco, ma un marito con un nome, un patrimonio, un avvenire. Un lord inglese, un miliardario americano; al limite, un uomo politico qui in Francia! Vi auguro una vita radiosa, una vita lussuosa, interessante, originale, piena di viaggi e dell'amore di un uomo in vista, di successo. La Duse, ecco cosa intendo! Oppure Greta Garbo! Ma sposare un brav'uomo di nome Papillon, grossista di ferramenta, come vostro padre, e rassegnarvi a un'esistenza ordinaria, sapendo che morirete senza aver mai conosciuto altro, questo no, care mie! Non ne vale la pena. Un'altra madre magari lo pensa ma non lo dice. Io invece ve lo dico perché voi possiate godere di tutto ciò che io non ho avuto, perché vi voglio bene e voglio che siate felici. Date ascolto a vostra madre". Sono rimasta vedova molto presto, signore. Dal momento in cui Noëlle ha cominciato a parlare le ho insegnato delle poesiole, delle canzoncine. Quante ore passate a correggere un'intonazione, una postura. Ah, sapesse la pazienza! “Ma le altre bambine non fanno queste cose, mamma” diceva. Io le rispondevo: “Le altre sono bambine normali, mentre io voglio che mia figlia sia eccezionale”. “Ma perché, mamma?”. “Ah, ancora non puoi capire” le dicevo. Era così piccola che quando avevamo ospiti la mettevo in piedi sul tavolo per farle recitare qualche poesia. Badi che non parlo di una bambina prodigio! A ogni modo, prima del 1914 il cinema non offriva ancora sbocchi interessanti per i bambini dotati. Conveniva piuttosto risparmiarsi per il futuro. Mia figlia poteva contare su un'educazione e un'istruzione ottime, ma era perfettamente consapevole di quello che mi aspettavo da lei. “Oh, lo so bene, mamma, o la va o la spacca!” diceva – scherzava, naturalmente. La mia piccola Noëlle era la figlia più obbediente e giudiziosa del mondo, e poi sapeva che io pensavo solo al suo bene. Talora le citavo l'esempio del padre della Malibran che le aveva insegnato a cantare a suon di botte. Per fortuna non fu necessario arrivare a tanto! Noëlle era talmente docile e dotata, capiva tutto al volo. E poi era così graziosa... Non è forse vero, lei che l'ha vista? Non dico una bugia, non è la cecità materna a farmi parlare così: era o no incantevole?

«Sì, incantevole» confermò calorosamente mio padre.

«Così bianca, così bionda, sono stata io a trovarle il nome di battaglia, Noëlle Givre[1]. Un nome che evoca il cristallo, la neve o, come ha detto lei, signore, il diamante. A quattordici anni si è ammalata di polmonite, oh, niente di grave. Quando ha saputo che intendevo farle calcare le scene, il dottore mi ha detto che era troppo cagionevole di salute. Ma in cuor mio avevo la certezza che si sbagliava. Era figlia mia, no? E io ho sempre avuto una salute di ferro. Sapevo perfettamente di cosa poteva essere capace Noëlle.

1. In francese *givre* significa «brina» [*N.d.T.*].

Perciò l'ho curata a modo mio, caro signore: alimentazione abbondante, a letto presto, vita ritirata insieme a me, a Le Vésinet, in una villetta di campagna che avevo preso in affitto. La sera le leggevo le tragedie di Racine, per educare il suo gusto. Aveva sputato sangue un paio di volte ma io ero certa che era una cosa di gola. Come poteva essere malata di petto? Mi guardi. E, infatti, sei mesi dopo stava benissimo, e non l'ho più vista indisposta fino al giorno in cui... Ma siamo tutti soggetti a disgrazie. Un microbo particolarmente resistente... No, se la mia povera Noëlle mi ha fatto penare, non è stato per la sua salute né per la sua docilità, ma piuttosto per una certa passività che non riuscivo a contrastare. Si sarebbe detto che il brillante avvenire a cui la stavo preparando non l'attirasse affatto.

« "Mi fai pensare a una futura regina" le dicevo "che invidia la sorte dei figli della portinaia". Lei rideva. Soprattutto verso i diciassette, diciott'anni, si rese necessaria una vigilanza serrata! Si sa, quella è l'età dei filarini. Ma io stavo all'erta, non la perdevo d'occhio un solo istante. Sapevo bene che rischio correva una ragazza come lei a imbarcarsi in un'avventura. Frequentava l'Accademia e cominciava già ad accettare qualche particina, qualche breve scrittura in città. La tenevo sotto stretto controllo come a dodici anni. Capisce, ero certa della sua virtù. Più che i sensi, erano i palpiti del suo cuore a preoccuparmi. Sì, c'è stato un ufficialetto spiantato che le faceva la corte, ma Noëlle capì ben presto che era meglio lasciar perdere. Quando le ricordavo quello che avevo fatto per lei, e che eravamo sole al mondo – nel frattempo mi ero risposata, ma il mio secondo marito mi aveva abbandonata con Édith ancora in fasce –, quando le dimostravo che lei era tutta la mia vita e doveva sfondare a tutti i costi, allora cedeva. La sua acuta sensibilità la portava ad aborrire tutto ciò che io avrei trovato esaltante: la vita di teatro, gli intrighi, la lotta quotidiana. In un certo senso lo capivo, ma le dicevo: "Non si può sempre trovare la pappa pronta, figlia mia". Una carriera si costruisce con pazienza, perseveranza, coraggio. Ah, quando facevo appello al suo coraggio... "E poi, insomma, se non vuoi farlo per te, fallo per me e per tua sorella: sai bene che vivo solo per i tuoi successi". Comunque, questo stato di languore, di depressione, durò poco. Riuscii ad allontanare l'ufficialetto. Una volta che quel giovane fu sparito dalla circolazione e mia figlia cominciò a lavorare all'Odéon, la sua trasformazione mi lasciò di stucco. È incredibile, a quell'età si cambia di umore come di camicia. Si buttò anima e corpo nel lavoro, con la stessa abnegazione con cui una novizia prende i voti – non saprei descrivere meglio quella metamorfosi. "Non mi resta altro" diceva. Sa la tendenza che hanno i giovani a esagerare! Ma quando è troppo è troppo, e cercai di trattenerla. Si sfiancava, non dormiva più. Ma che trionfo! Che trionfo! Dio, non potrò mai dimenticare il suo debutto in *Con l'amore non si scherza*. L'ha vista anche lei, no? Il teatro veniva giù dagli applausi. Di quell'epoca serbo due ricordi che mi sono più cari della pupilla dei miei occhi. Uno è questo... ».

Da una grande borsa di tela color vinaccia tirò fuori una custodia per occhiali, un mazzo di carte in un astuccio con la scritta « SOLITARIO », un rosario, una manina di corallo contro il malocchio, un astuccio per il trucco, pastiglie per la tosse e, infine, il ritratto di una giovane donna.

« Guardate » disse rivolta a me e mio padre. « Guardatela bene ».

Mio padre tenne a lungo la fotografia tra le mani. Per quanto vecchio, malato e fedele al ricordo di mia madre morta, era sensibile alla bellezza femminile, e il ritratto di quella giovane non poteva lasciarlo indifferente: i suoi lineamenti puri erano animati da un'espressione intensa e sognante; lo sguardo volitivo e intelligente. Indossava gli abiti di Camille in *Con l'amore non si scherza*, davanti a un fondale con un filare di alberi in trompe-l'oeil e una fontana di cartapesta. Polvere e orpelli. Eppure, nonostante il belletto, quel viso appariva nudo, semplice e pieno di vita.

«La riconosce?» domandò sua madre con voce tremante.

Mio padre rispose:

«Perfettamente. Non l'avevo dimenticata. Impossibile dimenticarla».

Dopo un attimo di silenzio, l'Orchessa si riprese la fotografia e la avvolse nella carta velina. Poi sfilò un disco da una custodia di cuoio morbido.

«La registrazione della sua voce, nel 1924, meno di un anno prima della sua morte».

Il piccolo sole nero e lucido sfavillò sotto la luce della lampada.

«Non me ne separo mai» disse. «Capisce, qui vive ancora. Una parte di lei vive».

Declamò a occhi chiusi.

«Quando pronunciava queste parole un fremito scuoteva il pubblico. Io stessa, a sentirla, avevo i brividi. Da non credere, eh? Se a quei tempi ci fosse già stato il cinema sonoro, con la sua voce e quel viso fotogenico, chissà i successi, le scritture, i cachet... La fortuna, la gloria, Hollywood... Ah!...».

Emise un sospiro rauco e si asciugò gli angoli degli occhi con un fazzolettino. Deterse le lacrime con estrema cura, come si tamponano con l'angolo di una carta assorbente le gocce di inchiostro ancora fresche: temeva di sbavare il mascara.

«È stato un amico a far registrare la sua voce, un sudamericano immensamente ricco. Ah, una perla di uomo! Bello, simpatico, istruito, colto, con modi aristocratici e un patrimonio inestimabile. Oh, mi ero informata, sa. Mi creda, a me non la si fa. Quando ci hanno presentato Pépé – è stato lui a dirci di chiamarlo affettuosamente così – ho pensato: "Non è possibile. È troppo. È troppo bello per essere vero". Perché lui si era innamorato follemente di Noëlle sin dal primo momento. Ovvio, tutto portava a credere che fosse un avventuriero, un gigolò... Invece, proprio per niente, caro signore! Se nella Francia del dopoguerra c'era uno straniero che non era un imbroglione, un avventuriero o un gigolò, quello era Pépé! Dopo avere avuto le prove inconfutabili della sua serietà e della sua ricchezza mi sono detta: "Bisogna giocarsela bene. Deve sposarsela". Che vuole farci, sono all'antica io. Ho sempre pensato che l'amore libero, come si diceva ai miei tempi, andasse tutto a vantaggio degli uomini. Ah, voialtri siete proprio dei gran bricconi» disse l'Orchessa minacciandoci scherzosamente con il dito. «Come in quell'aria del *Faust*: "Non concedere baci se non hai l'anello al dito, se non hai l'anello al dito". Se non proprio sposarla, almeno avere con lei una relazione seria, stabile, con benefici garantiti. Ma avevo visto subito – ho gli occhi buoni io – che quel ragazzo andava conquistato suscitando in lui ammirazione: per l'attrice, innanzitutto, ma anche per la donna. Anzi, dirò di più: per la fanciulla! Afferra la sfumatura? C'era tutto un lato di dignitosa povertà che doveva sedurre quel milionario... Ma che dico, milionario? Miliardario! Miliardario è la parola giusta! Nel suo paese possedeva appezzamenti grandi come un intero dipartimento francese. Un uomo così doveva essere alla ricerca di due cose: farsi amare per se stesso, naturalmente, e questo è ovvio; e compiacersi della propria magnanimità, della propria generosità, nell'appagare la donna che avrebbe scelto. Perciò, sin dal primo giorno, spinsi Noëlle a rifiutare tutti i regali che lui le faceva. Avrebbe voluto regalarle un'automobile. Noëlle fu tentata di accettare. Certo, era una ragazza giudiziosa, ciò non toglie che fu tentata. Cosa vuole, è umano! "Già che ci sono, mamma, tanto vale che me la goda" diceva. E io le rispondevo: "Sciocchina, dai ascolto a tua madre e vedrai. Altro che un'automobile! Ti coprirà d'oro, ti elargirà metà della sua fortuna!" "Mamma! Tu vivi in una favola!" ribatteva lei. Santo cielo, è forse un delitto? Sognare è divino. E per mia figlia sognavo un futuro di gloria e ricchezza. La sera, all'uscita dal teatro, le sue compagne, certe smorfiosette, signore – del resto, si sa che in quell'ambiente... –, tornavano a casa in taxi oppure avevano ciascuna la loro macchinetta. Noi, invece, aspettavamo l'autobus per rientrare a Passy, passando con fierezza davanti a Pépé. Non accettavamo niente da lui, sempre più innamorato e disposto a tutto. A una madre non la si fa. Pépé ce l'aveva sulle labbra la proposta di matrimonio, era solo una questione di ore, ma il destino – il *fatum*, come dicevano gli antichi –, la pallida sorte aveva steso la mano su di noi. Va detto che l'autunno del 1925 fu particolarmente rigido. "Tu esageri, mamma. Lasciatelo dire, esageri" diceva Noëlle, tossendo, mentre aspettavamo il nostro autobus sotto il portico dell'Odéon sferzato da una pioggia battente. Lei tossiva. Ha presente il posto, no? Certe correnti d'aria! Micidiale... Ma, insomma, io che avevo ventott'anni più di lei e soffrivo di reumatismi, nemmeno un raffreddore! E poi attraverso i miei sogni vedevo la mia povera Noëlle invincibile! Ma i figli ci deludono sempre. Triste sorte quella dei genitori, immancabilmente delusi da coloro che hanno messo al mondo. Ah, fu una cosa fulminea, caro signore! Non eravamo ricche, capisce? Perciò, le scarpe di seta zuppe d'acqua, un cappottino troppo leggero... Una sera Noëlle prese freddo. Otto giorni dopo era morta. Tisi galoppante. Un colpo terribile. Grazie a Dio, mi restava Édith. Allora mi sono ripromessa di fare di lei ciò che non mi era stato possibile con Noëlle. Lei ha una salute di ferro. Ce la farà».

«Somiglia alla sorella?» domandò mio padre dopo un attimo di silenzio.

«No, è un tipo completamente diverso. Édith è più alta, più maestosa. Ha qualcosa della Duse e anche di Greta Garbo. In meglio, me lo lasci dire. Detto tra noi, la Garbo è sopravvalutata e, ormai, datata. La gloria tramonta in fretta. Il cinema americano avrebbe bisogno di nuove leve per svecchiarsi. Abbiamo già ricevuto qualche proposta... Ma in questo mestiere le cose si muovono con lentezza e si ha a che fare con certa gentaglia... Per questo tentenno, temporeggio... Allora, prima di prendere una decisione, dato che bisogna pur vivere, abbiamo accettato di fare una stagione qui. La direzione insiste per farci firmare un contratto anche per l'anno prossimo. Ma non ci penso neppure. Ecco, sente?» disse tendendo l'orecchio. «Uno scroscio di applausi, il sipario che cala. Édith esce di scena. Volete venire con me dietro le quinte? Così ve la presento.»

Mi aspettavo che mio padre declinasse l'invito, invece, con mia grande sorpresa, accettò. Lo seguii in una parte a me sconosciuta del casinò: un corridoio polveroso e maleodorante, ingombro di americane, sul quale si affacciavano i camerini degli attori; vi aleggiava un odore di cosmetici, brillantina, sudore, profumo dozzinale e latrine. L'Orchessa ci fece strada.

«Ecco mia figlia Édith» esclamò.

Mi ritrovai davanti un donnone dai capelli neri, il naso rincagnato, le guance pienotte e l'aria ebete. Sembrava una pescivendola, senza neanche un briciolo di quella malizia, di quella volgare spavalderia che avrebbero potuto ravvivare una simile fisionomia. Una ragazza supponente e ordinaria, dotata però della voce profonda e leggermente roca della madre. Ma la più bella voce del mondo non sarebbe bastata a far dimenticare la fronte bassa, i fianchi pesanti né il tono con cui diceva:

«Che razza di pubblico! Ne ho viste di facce da cretini ma questi le battono tutte! Se almeno si fossero divertiti!...».

La madre fece le presentazioni. Strinsi una manona dalle unghie rosse come se fossero state immerse nelle viscere sanguinolente di un bue appena macellato. Mentre l'attrice e sua madre parlavano con noi, si aprì una porta sulla quale era scritto col gesso «Direttore di scena»; e, più sotto, «Siete pregati di non gridare quando i colleghi sono in scena». Una voce maschile chiamò: «Ci sei, Lancy? Ho bisogno di parlarti. Viene anche lei, signora Papillon?».

Sopra la mia testa, le due donne si scambiarono segnali che dovevano essere una specie di codice familiare. La madre sgranò gli occhi, scosse il capo e si portò un dito alle labbra prima di fare il gesto di contare i soldi. La figlia scrollò le spalle e fece segno di no con una mano, mostrando con l'altra la sagoma del direttore sulla soglia. Tradussi così:

«Vedi di strappare un contratto migliore per la prossima stagione».

Al che, l'altra doveva aver risposto:

«Tranquilla, non sono mica nata ieri. Attenta, ci guarda».

Ci piantarono in asso senza una parola di scuse e scomparvero. Scoppiai a ridere.

«Hai visto, papà, la diva che eclisserà la Duse e Greta Garbo?» esclamai. «Come no! Le mancano giusto un paio di cose!».

«Mi domando cosa sia mancato alla madre» mi disse.

Poi, a voce bassa, rivolto più a se stesso che a me, che non potevo capire, aggiunse:

«Non c'è nulla di più pericoloso del desiderio insoddisfatto di una donna. Perché farà in modo che i suoi figli mangino a sazietà i frutti che a lei sono stati negati, e non importa se sono indigesti: li costringerà a inghiottire la buccia, la polpa, il nocciolo, tutto, fino a soffocarli».

Mi mise la mano sulla spalla, tra il serio e il faceto.

«Cerca di innamorarti solo di donne felici, ragazzo mio».

Intanto, mentre ci allontanavamo, arrivarono fino a noi degli scoppi di voce.

«Per insinuare che non scaldo il pubblico, caro mio, devi essere cieco oppure un gran villano! Vedessi le lettere appassionate che ricevo!».

Non sentii la risposta del direttore. Mi colpì invece quella della signora Papillon:

«Taci, Édith. Se non vuole rinnovare il contratto non è il caso di insistere. È una questione di dignità. Stia a sentire me, signor Vercors, ho un'altra proposta da farle. Visto che il prossimo anno vuole mettere su un music-hall, che ne dice di una bimbetta di sei anni, un po' sul genere Shirley Temple, ma in meglio. Un amore di bimba, che canta e balla a meraviglia. È la piccola de Lancy, un peccato di gioventù di mia figlia. Ha un temperamento straordinario: un'attrice nata. Del resto, l'ho tirata su io, non le dico altro...».

NOTA AI TESTI

LA COMMEDIA BORGHESE

La Comédie bourgeoise, «Les Oeuvres libres», 132, giugno 1932.

IDA

Ida, «Marianne», 82, 16 e 23 maggio 1934.

DOMENICA

Dimanche, «Revue de Paris», III, 1° giugno 1934.

L'INIZIO E LA FINE

Le Commencement et la Fin, «Gringoire», 20 dicembre 1935.

LEGAMI DI SANGUE

Liens du sang, «Revue des Deux Mondes», 15 marzo e 1° aprile 1936.

LA CONFIDENZA

La Confidence, «Revue des Deux Mondes», 15 ottobre 1938.

LA PARTENZA PER LA FESTA

Le Départ pour la fête, «Gringoire», 11 aprile 1940.

LA CONFIDENTE

La Confidente (con lo pseudonimo di Pierre Nerey), «Gringoire», 20 marzo 1941.

L'ORCHESSA

L'Ogresse (con lo pseudonimo di Charles Blancat), «Gringoire», 24 ottobre 1941.

BIBLIOTECA ADELPHI

ULTIMI VOLUMI PUBBLICATI:

560. Varlam Šalamov, *Višera*
561. Alexander Lernet-Holenia, *Ero Jack Mortimer*
562. W. Somerset Maugham, *Honolulu e altri racconti*
563. Roberto Calasso, *L'ardore*
564. Sándor Márai, *Il sangue di san Gennaro*
565. Vladimir Nabokov, *Parla, ricordo*
566. John Maynard Keynes, *Sono un liberale?*
567. Czesław Miłosz, *Abbecedario*
568. Georges Simenon, *La fuga del signor Monde*
569. Irène Némirovsky, *Il vino della solitudine*
570. Giorgio Manganelli, *Ti ucciderò, mia capitale*
571. Gabriel Chevallier, *La paura*
572. Vasilij Grossman, *Il bene sia con voi!*
573. Tommaso Landolfi, *Viola di morte*
574. Sándor Márai, *Il gabbiano*
575. Georges Simenon, *L'assassino*
576. Vladimir Nabokov, *L'Incantatore*
577. Evelyn Waugh, *In Abissinia*
578. Carlo Emilio Gadda, *Accoppiamenti giudiziosi*
579. Irène Némirovsky, *Il signore delle anime*
580. Rudyard Kipling, *Storie proprio così*
581. Oliver Sacks, *L'occhio della mente*
582. Maurice Sachs, *Il Sabba*
583. Cristina Campo, *Il mio pensiero non vi lascia*
584. Czesław Miłosz, *Trattato poetico*
585. Georges Simenon, *Il destino dei Malou*
586. Leo Perutz, *Il Maestro del Giudizio universale*
587. Osip Mandel'štam, *Il rumore del tempo*
588. Irène Némirovsky, *I falò dell'autunno*
589. W. Somerset Maugham, *Storie ciniche*
590. Adam Zagajewski, *Dalla vita degli oggetti*
591. Georges Simenon, *I complici*
592. Carlo Emilio Gadda, *L'Adalgisa*
593. Tommaso Landolfi, *Diario perpetuo*
594. Hermann Hesse, *Siddhartha*
595. Vladimir Nabokov, *Guarda gli arlecchini!*
596. W.G. Sebald, *Soggiorno in una casa di campagna*
597. Irène Némirovsky, *La preda*
598. Misia Sert, *Misia*
599. Carlo Emilio Gadda, *Verso la Certosa*
600. Georges Simenon, *Le signorine di Concarneau*
601. Derek Walcott, *La voce del crepuscolo*
602. I.J. Singer, *La famiglia Karnowski*
603. Irène Némirovsky, *Una pedina sulla scacchiera*

604. Sándor Márai, *Sindbad torna a casa*
605. Joseph Conrad, *Il caso*
606. W. Somerset Maugham, *Una donna di mondo e altri racconti*
607. Georges Simenon, *Faubourg*
608. Giorgio Manganelli, *Cina e altri Orienti*
609. Oliver Sacks, *Allucinazioni*
610. Irène Némirovsky, *Film parlato*
611. Mario Praz, *Il patto col serpente*
612. Nina Cassian, *C'è modo e modo di sparire*
613. Vladimir Nabokov, *Un mondo sinistro*
614. Fernando Pessoa, *Poesie di Fernando Pessoa*
615. Patrick Leigh Fermor, *Fra i boschi e l'acqua*
616. Simone Weil, *La rivelazione greca*
617. Georges Simenon, *I fratelli Rico*
618. Elizabeth Bishop-Robert Lowell, *Scrivere lettere è sempre pericoloso*
619. Wallace Stevens, *Aurore d'autunno*
620. I.J. Singer, *Yoshe Kalb*
621. William Faulkner, *Foglie rosse e altri racconti*
622. Alberto Arbasino, *Ritratti italiani*
623. Henry Miller, *I libri nella mia vita*
624. Georges Simenon, *I clienti di Avrenos*
625. Andrej Belyj, *Pietroburgo*

STAMPATO DAL CONSORZIO ARTIGIANO «L.V.G.» - AZZATE
NELL'AGOSTO 2014